LEYENDA DEL CÉSAR VISIONARIO

FRANCISCO UMBRAL

LEYENDA DEL
CÉSAR VISIONARIO

Seix Barral ⚡ **Biblioteca Breve**

Cubierta: «El Generalísimo Franco»,
mural de R. Meruvia

Primera edición: febrero 1991
Segunda edición: marzo 1991
Tercera edición: marzo 1991
Cuarta edición: septiembre 1991

© 1991: Francisco Umbral

Derechos exclusivos de edición en castellano
reservados para todo el mundo:
© 1991: Editorial Seix Barral, S. A.
Córcega, 270 - 08008 Barcelona

ISBN: 84-322-0636-9

Depósito legal: B. 32.824 - 1991

Impreso en España

Levantó el César la espada
como un guerrero de antaño...

FEDERICO DE URRUTIA
(«Leyenda del César Visionario»)

En un Burgos salmantino de tedio y plateresco, en una Salamanca burgalesa de plata fría, Francisco Franco Bahamonde, dictador de mesa camilla, merienda chocolate con soconusco y firma sentencias de muerte. Es la suya una juventud no recastada por los estíos africanos ni las noches legionarias, pese a la leyenda, sino una juventud que se va hundiendo, como una flor en un pantano, en la molicie blanca de una bondadosidad prematura y grasa, como si la raíz viril del militar que está ganando una guerra se anegase de paz sangrienta, halago de cuartel y chocolate de monja. La voz, cuando da alguna orden, tiene temblores de lejanía hipócrita y suena a metal falso, delgado y hembra. El Generalísimo, menos Caudillo que nunca a esa hora de la merienda solitaria, en tertulia con sus muertos, con el expediente y la historia de cada hombre que va a matar o encarcelar, mantiene la boina roja y requeté en la cabeza, con algo de gorro de dormir, sin la bizarría de tal tocado, y de vez en cuando se aplica un pico de servilleta al bigote recortado, epocal y negro, mientras lee plácidos memoriales rojos de burocracia cuartelera y ratimago violento. Un ángel galaico y un ángel judío se cruzan en su alma de ojos oscuros mientras las manos priorales mojan el bizcocho, acarician el bigote o escriben al margen de algunos de los historiales: «Garrote y Prensa.» O sea, castigo y publicidad ejemplar (ejemplar para ambos bandos, que todo se sabe de un lado a otro de las trincheras). Casi hay que condenar más porque el enemigo le respete a uno que por gusto de castigar. Eso sí lo sabe él de su adolescencia legionaria.

El despacho, que es más bien saleta, tiene un clima familiar de naipes al atardecer, aunque Franco no es dado a eso, una respiración de brasero y papeles dulcemente movidos. Huele a merienda y a pistola. La habitación conversa consigo misma mediante un receptor de radio a media voz, que no se sabe si él escucha o no, pero que siempre tiene puesto, en sus largas soledades, por enterarse de lo mal que mienten sus generales, y hasta ese loco de Giménez Caballero, y de lo mal que confiesan su verdad los generales enemigos, a alguno de los cuales guarda secreta amistad de armas, como el general Rojo.

Garrote y Prensa. La letra del Caudillo es tendida, notarial y segura. Con las manos blancas y pequeñas, ojivales y casi armoniosas, Franco se abriga un poco más las piernas tirando de la manta que se las cubre, a más de las faldas de la camilla. Alguna vez se ha celebrado Consejo de Ministros en torno a esta mesa, y Franco piensa en las Cortes errantes de Isabel y Fernando y siente glorificada su domesticidad. Ha terminado la merienda, retira un poco el servicio, pero no llama al asistente, que es un capitán, sino que sigue trabajando en sus papeles, como corrigiendo exámenes, corrigiendo el examen de la vida y la muerte que unos pasan y otros no. Aquí no hay crueldad, sino burocracia. Aquí no hay injusticia, sino orden. Pero Franco se detiene con un expediente en la mano y el silencio crece por sobre el rumoreo discreto de la radio. Es el expediente de Dalmau, un anarquista catalán. Franco ya le ha puesto al margen el «Garrote y Prensa», y, sin embargo, no pasa el papel al montón de los resueltos, sino que sigue estudiándolo y al final lo mete entre la pila del trabajo pendiente, muy abajo, perdido entre los otros expedientes. Esta mañana ha venido Dionisio Ridruejo a hablarle de Dalmau.

Ridruejo es breve, bizarro y lúcido. Ahora ha venido de Alemania de ver a Hitler y se le nota un poco germanizado. A Franco le cae bien porque, pese a la poca estatura (la suya misma, más o menos), sabe llevar el uniforme como es debido, el uniforme negro de la Falange, que es el que usa Ridruejo, y que Franco usa menos porque él es ante todo militar y porque intuye (tiene que pensar sobre esto, o dejar que el tiempo piense por él, como suele) que de Alemania e Italia conviene tomar lo que se pueda, hombres y armas, pero no mimetizar la escenografía de los fascismos. Lo que peor lleva Franco es que la radio le llame de vez en cuando fascista, como un loro insolente. Ni él se considera tal ni en el fondo les ve porvenir en el mundo a Hitler y Mussolini. No quiere entrar en esa aventura, porque aventura habrá, qué duda cabe. Ridruejo, antes, tenía algo de torerillo perfilero, de capa soriano que nunca se logrará ante el toro por falta de alzada. Ahora parece que los tacones y los taconazos hitlerianos le han mejorado. Ridruejo dice que la muerte de Dalmau podría unificar, por reacción, a anarquistas y comunistas catalanes, y a él le parece mejor que se sigan destrozando entre ellos. Luego, Ridruejo ha hecho casi un canto de Dalmau, luchador íntegro, anarquista utópico, hombre honesto y valiente. Que bastaría con tenerle encarcelado, en fin.

—Es usted un poeta, Ridruejo —decía el Caudillo con su voz en huida.

A Franco le inquieta Ridruejo cuando tiene estas salidas, y también le molesta su insistencia en la figura del Ausente, a quien por cierto habrá que hacer en seguida unos funerales en las Huelgas, qué remedio. Franco estudia otro caso, pero sigue pensando en Dalmau, rebaña distraídamente la jícara del chocolate con un resto de bizcocho y llama al asistente para que cierre la radio, que Giménez Caballero tiene una noche inspirada, combativa e insoportable, cantando a las Escuadras Negras.

LA PLAZA DOMINICAL y provinciana. El cielo es un gran globo azul que cabecea allá arriba. Falangistas, soldados, moros, muchachas, legionarios, matrimonios que salen de misa. Todos están en la rueda matinal y lenta del paseo en torno de la plaza. Es el paseo de todos los domingos de la vida, pero exaltado de boinas rojas, turbantes, risas jóvenes como palomas que les cruzan a todos el pecho, y el sol de mediodía sobre el prestigio brillante de las armas, los aceros, los sables, los fusiles. Y la bandera nacional, inevitablemente monárquica, ay, y la bandera falangista, negra y roja, como una vaga amenaza o un escudo de la energía. La cotidianidad del domingo lo asume todo, sin embargo, y sólo de vez en cuando pasa por la multitud un relente de guerra, el vendaje sangriento de un herido, la insolencia muda y africana de un moro, que confunde su olor a camello muerto con el perfume festival e ingenuo de las muchachas. Hay, sí, temperatura de guerra en el paseo, pero un ensalmo de luz y amistad lo encalma todo. Hay los que pasean y los que se sientan en las terrazas a ver a los paseantes. Como toda la vida, la terraza de un café es el único sitio desde donde se puede conocer a una muchacha, hasta el alma, con sólo verla pasar.

Los históricos, los mitológicos no pasean. Están en el interior del café más profundo y noble de la ciudad en su tertulia de estrategias y martinis. Son los intelectuales de Franco, los que andan procurando ponerle a la guerra un argumento intelectual, hacer de la violencia una ética (el Ausente sólo hizo una estética, y plagiada de lo que se llevaba). Laín Entralgo, Dionisio Ridruejo, Antonio Tovar, Serrano Súñer, Giménez Caballero, Torrente Ballester y otros. Van de falangistas y con correaje y pistola. Hay un vasco alto y ducal que se llama Areílza. Un intelectual uniformado es siempre una cosa inquietante y como que no encaja. El uniforme, que siempre es un disfraz, disfraza más a los intelectuales.

Alguno parece que se avergüenza de su pistola. Otros, como Ridruejo, la exhiben. Ridruejo es lúcido y peleón, y ha vuelto de Alemania con una bizarría nueva. Pedro Laín Entralgo tiene el rostro cejijunto, noble y zaragozano, lo cual no quiere decir para nada que sea de Zaragoza.

—Creo que debemos hablar con el Caudillo sobre lo de Dalmau.

—Ayer hablé yo —dice Ridruejo.

—¿Se lo está pensando, al menos?

—Me escuchó y me dijo que soy un poeta.

Una sonrisa discreta y fina recorre el grupo ante la nueva anécdota de Su Excelencia. Laín es insistente:

—Tenemos que verle en grupo. O entregarle un papel, algo. La otra noche visité a Dalmau.

—¿Y qué te dijo?

—Que le disculpase, pero que los muertos no hablan, y que él ya está muerto.

—Tan lacónico como el Generalísimo.

—Los grandes hombres son lacónicos.

—¿Dalmau es un gran hombre?

Antonio Tovar, con gafas y pelo a cepillo, es como un germánico de Valladolid. Serrano Súñer tiene cara de gato bondadoso, y esto lo ha remediado con una imitación hitleriana de bigotito y andares enérgicos. Esta energía le queda tan inesperada y falsa como a Hitler. Serrano, por su parentesco con Franco, siempre se calla alguna cosa, o imaginan los otros que se la calla. Serrano ha estado con

Ridruejo en Alemania, en algunas de las grandes concentraciones del Führer:

—Aquello es grandioso, impresionante, cesáreo. Aquí estamos jugando a la revolución o la contrarrevolución o lo que sea esto. Los falangistas somos cuatro chicos listos tratando de inventar algo que en Europa ya está inventado, y de qué manera.

Hay un fondo de café en domingo, el esquileo manso de las cucharillas y la penumbra perfumada de café bueno. Giménez Caballero es algo así como el Groucho Marx del fascismo español. Les habla de las castañuelas y la Virgen:

—¿Le has explicado al Caudillo tu teoría de las castañuelas y la Virgen?

—Todavía no me decido. Pero cualquier día que le coja intelectual.

—Nuestro Caudillo tiene pocos días intelectuales.

Y la sonrisa fina y culpable vuelve a pasar, como el ala ligera de un ángel irónico, por todo el grupo. Gonzalo Torrente Ballester se ha disfrazado de viejo, y no sólo de falangista, desde muy pronto. Las gafas gordas, el frunce amargo de la boca, la inclinación a que le obliga su miopía para leer y escribir, le dan ya algo de vieja galaica, más que de viejo. Habla bajo y despacio. Escribe mucho y su pasión es el teatro. Lee como dispuesto a dejarse los ojos entre dos capítulos. Sobre un velador suplente que han arrimado tiene Torrente sus cuartillas, en las que se aprecian los renglones cortos de un diálogo teatral. Quizá espera que el triunfo de Franco le traiga a él el triunfo en los teatros de Madrid, que siempre le preocupa si han sido bombardeados o no, casi como si preguntase por su propia casa. No parece muy a gusto, este falangista gallego, con su joven prestigio de sabio, de profesor, de crítico literario. Se diría que la creación, su obra, como dicen los escritores, le preocupa más que la guerra. Un poco esquinado de la conversación, pone la boca redonda para silbar muy bajo viejas zarzuelas madrileñas.

Querida madre:

Ya sé que Madrid resistirá, resistirá hasta el final, pero no sé si vencerá. Por aquí no lo tienen todavía nada seguro, salvo ese loco de Giménez Caballero, que hasta echa discursos en los púlpitos de la catedral. Y Franco, supongo. Pero Franco no dice nada a nadie. Les tiene a todos acojonados con sus silencios. Da pena verles. Da vergüenza por ellos. Yo estoy bien. El soplo, el famoso soplo, el soplo aórtico que heredé del pobre papá me ha servido de mucho, claro. Estoy en oficinas militares y me entero de cosas, claro, pero no hago contraespionaje. Me he salvado de ir al frente, pero no sé si voy a salvarme de trabajar con los pelotones de fusilamiento. Es una mala noticia que no sé cómo darte, pero ya me ha sugerido Víctor algo de eso: «A matar rojos no podrás ir, según el médico, pero aquí te vamos a poner para que los mates cómodamente, ni siquiera hace falta buena puntería.» Yo creo que Víctor no acaba de fiarse de mí, y eso que hablamos mucho de poesía (hace sonetos imitando a Garcilaso), y quiere ponerme a prueba en los pelotones de fusilamiento, a ver cuántos me cargo. Va a ser horrible. Espero que se le olvide, aunque es muy insistente. Será poeta, sí, pero es capitán por encima de todo. Y capitán fascista. Aquí ya todos me llaman Francesillo. Se ha ido borrando el Marcel (ya me he cuidado yo de ello), porque no es bueno tener un apellido francés entre tanto patriota. Odian a Francia. De modo que un beso de tu hijo,

FRANCESILLO

Marcel había llegado a España después de la guerra europea como corresponsal de varios periódicos de París. En Madrid conoció a Clara, que era maestra nacional. Fueron a casarse a París, por lo civil, y volvieron a Madrid, a su barrio, Curtidores, donde nació el pequeño Marcel, un niño rubio, alto y como afrancesado al que todo el mundo llamaba de apodo Francesillo, hasta que el apodo se convirtió en nombre, como suele ocurrir, y mucha gente creía que se llamaba Francisco.

Francesillo estudió en el Liceo Francés y pensaba iniciar Letras en la Universitaria. En aquellos años madrileños y republicanos, el fascismo europeo había tenido su entoñar en España gracias a la figura de José Antonio Primo de Rivera, hijo del viejo dictador. Todas las noches y algunas mañanas, los falangistas, que así se hacían llamar, con resonancia romana, practicaban terrorismo de señoritos en la Gran Vía, en Cuatro Caminos y otros barrios obreros, en las redacciones de los periódicos de izquierdas. Marcel procuraba estar presente en estos sucesos (a veces con muertos) para enviar crónicas a sus periódicos sobre el fascismo español como extensión del alemán y el italiano. Era conocido ya en Madrid como un corresponsal de izquierdas que auguraba la guerra civil y condenaba aquella aventura sangrienta y juvenil de los hijos de la oligarquía. Una noche decidió llevarse también una cámara fotográfica:

—La cámara es más peligrosa —le dijo Clara, su mujer—. Se van a fijar más en ti.

En la glorieta de Cuatro Caminos, unos chicos del barrio vendían *Mundo Obrero* y los de José Antonio, que llegaron en un Princess, les atacaron a quemarropa con pistolas, navajas y porras. Fue un incidente menor y los falangistas ya volvían a su Princess cuando vieron al hombre de la cámara:

—¡Quietos, un momento, que la foto se la voy a hacer yo a él!

Uno de los falangistas disparó contra Marcel por la ventanilla del coche, al mismo tiempo que el deslumbramiento de la foto incendiaba la noche. Marcel estaba muerto en el suelo, con la cámara al lado, y el Princess había desaparecido a gran velocidad, negro en lo negro de la hora. Cuando la policía reveló las fotos, se veía a Marcel, reflejado en un escaparate, fotografiando su propia muerte (la figura se doblaba ya por la mitad). Ésta fue la última foto que Clara tuvo de su marido, y tardó algún tiempo en enseñársela al hijo. Ahora, Marcel/Francesillo llevaba dentro aquella imagen, como tallada en la retina o viva en el alma.

No le abandonaba ni en sueños.

Durante mucho tiempo, su sueño no era sino una variante sucesiva (una cada noche o varias en una noche) de aquella foto, que de este modo ya no era en él una imagen inmóvil, un cartón borroso, sino una escena vívida, deslumbrante como la muerte y dolorosa como un golpe de sal en el corazón. Clara pasó de su escuela a trabajar en la secretaría de don Manuel Azaña. Los domingos por la mañana, Clara y su hijo iban al cementerio civil a llevarle flores al muerto. El domingo allí era otra cosa, no era domingo, sino una paz de cielo anónimo, día sin fecha y elocuentes silencios que dialogaban entre sí: las miradas, los muertos,

los transparentes movimientos de las manos. Nada. Habían
ido en el tranvía de Ventas y en él volvían a la alegría
dominical, barroca de botijos, de una ciudad feliz y ya
crispada.

CONTRA UN FONDO de tapices heráldicos y enormes, la luz de
la mañana en su frente diezmada por la alopecia, delgado
y con papitos, de militar laureado, con la pluma de ave en
una mano, Francisco Franco despacha en tareas de rúbri-
ca legislativa, de las que saldrá, como una singular muestra de su sentido de la justicia y de la guerra, la Ley de
Responsabilidades Políticas. Al Caudillo le hace de secretario su hermano Nicolás, uniformado y con galones, grande
y blando. Esta Ley que se ha dicho incluye una depuración
de funcionarios públicos y el propio Franco se ha acotado
a sí mismo con pluma de ave (dicen que gallina) mojada en
tinta de sangre nobiliaria. Se trata de la aplicabilidad de
ambas leyes y el folleto, cuando se publique como tal, lo
firmará Manuel Mínguez de Rico, abogado fiscal, aunque
el espíritu y la letra son del Caudillo.

—¿Te gusta el texto, Nicolás? —se achifla la voz del
Generalísimo.

—Está muy bien, Paco. No te has olvidado de nada.

—Hay que limpiar España como se limpian fondos a
los navíos.

(La fijación marinera de Franco aflora mucho en su
conversación.)

—Y qué bien dicho, Paco.

Esta Ley supone la muerte o la reclusión perpetua de
miles de periodistas, intelectuales, funcionarios, políticos,
poetas, republicanos de derechas, monárquicos de izquierdas, obreros y profesores. Todos los que ahora se enjam-
bran (una parte de ellos, claro) en las catacumbas de los
conventos de la ciudad, sufriendo ya purgatorio previo,
humedades, hambre y asco, y entre los cuales está Dalmau,
el anarquista catalán que los intelectuales de Franco quieren salvar del garrote vil.

—Debieras firmar tú mismo el folleto, Paco —le halaga
el hermano, jugando de la vanidad.

—Sabes que huyo de la nombradía, Nicolás. Que lo

firme otro. Mi satisfacción es haber servido a España, aunque España no me lo agradezca o no lo sepa.

—Cómo no te lo va a agradecer, Paco. España está contigo.

«España eres tú», piensa Nicolás, en un arranque lírico. Pero no se atreve a decirlo. Lo deja para otra ocasión más alta. Esta mañana, españoles de todos los colores, tendencias, religiones, patrias y credos, mueren en el Ebro, en Cataluña, en Brunete, en Madrid. Requetés, milicianos y falangistas de Sáenz de Tejada, arcángeles de Pemán, bestias negras de Millán Astray. Están luchando con el optimismo gangrenado de la guerra. Están gangrenados de valor y mierda, de pólvora, sangre y entusiasmo, y el despacho de Franco luce en sus caobas antiguas, sus cornucopias, y todo un clima mordoré y convencional que el sol viene a prestigiar con su hora.

—Se puede perdonar el error, Nicolás, y yo estoy dispuesto a hacerlo, pero la responsabilidad política es eso: responsabilidad. Y el responsable paga. Bien claro lo he escrito, me parece.

—Como el agua, Paco. Como el agua.

—Pues ocúpate de que se publique pronto.

Esta última frase del Caudillo puede significar más o menos que la jornada de trabajo ha terminado por esta mañana. La Salamanca burgalesa y plata, las «Salamancas de luz» que había cantado Gerardo Diego, el Burgos manuelino y salmantino, se asoman a la gran ventana con luces que son como banderas.

—El mal de España son los funcionarios públicos, el covachuelismo, Nicolás. Eso ya lo vio Galdós. En los ministerios hay mucho masón.

—Masones hay en todas partes, Paco.

—No me asustes, Nicolás, que estamos haciendo una guerra.

—No te asusto. Te recuerdo que la masonería es tu mayor enemigo. Tu único enemigo, diría yo.

Queda en el aire un silencio complicado entre los dos hermanos. Nicolás comprende que quizás ha ido demasiado lejos. Paco fue masón o lo es. Paco es un masón arrepentido o reprimido. Los masones son los judíos de Franco. Los judíos son los masones de Hitler, que era judío. Nosotros mismos somos nuestro propio masón y nuestro propio judío. Nicolás repara tarde en que no debiera haberle recordado eso a su hermano.

El silencio del Caudillo le corrobora en su error. Nicolás sabe que ya no va a almorzar a gusto hoy, abundante y tranquilo, como a él le gusta.

—El covachuelismo, Nicolás —se engaita la voz del Jefe—. La mediocridad que se acoge a una promesa de revancha que le ofrece la masonería. Azaña no es más que un covachuelista masón y resentido, tú lo sabes.

—De sobra lo sabemos, Paco. ¿Y no vas a poder tú con ese pasantillo de mierda?

—No es él solo, Nicolás, no es él solo. Las democracias judías le asisten en el mundo.

—A ti te asisten Hitler y Mussolini, dos colosos.

Nicolás personaliza siempre la guerra en Franco. No se atrevería a pronunciar el «nos», el plural, a incluirse en la Victoria. En la plaza, de pronto, «el metal amaneció clarín».

PEDRO SÁINZ RODRÍGUEZ llega a la tertulia del café con la sonrisa blanda, la ironía clerical y las gafas llenas de brillos y dioptrías. Pedro Sáinz Rodríguez es joven, bajo y misacantano. Tiene todo él una cosa de seminarista que se trabaja mucho los latines y de paso mariconea un poco. Se dice que Pedro Sáinz Rodríguez mariconea un poco. Tampoco demasiado. En cualquier caso, nada está probado. El uniforme de falangista, con correaje y pistola, no gana ninguna bizarría en su cuerpo que está como sin terminar, con los volúmenes mal repartidos, y que es ya un cuerpo de viejo precoz o de gordo venidero.

La tertulia anda preocupada con Rafael Sánchez-Mazas, que está escondido en una Embajada hispanoamericana de Madrid escribiendo una novela pangermanista, «Rosa Kruger». En cuanto a Eugenio Montes, envía desde Roma unas crónicas imperiales, fascistas, cínicas y muy bien escritas. Un día llegó a la ciudad el conde de Foxá, hecho todo él de frases y pasteles, poeta barroco, diplomático escéptico y cornudo alegre. Foxá anda siempre por la ciudad descubriendo tabernas donde se hace buena cocina casera, con las recias y saludables especialidades castellanas, la pugnaz y popular sopa de ajo, el profundo y honrado cocido, las perdices en vinagre, cazadas por la mañana, con sabor todavía a tomillares de Castilla la Vieja. Un día en que Sáinz Rodríguez tuvo que pasar revista a las tropas, el revoleo cómico del uniforme y la arrogancia chafada de la tripa pusieron de manifiesto como nunca que aquellos señoritos literarios se habían inventado una épica que no les sentaba. No les llegaba la camisa al cuerpo o les sobraba camisa. La camisa nueva que tú bordaste en rojo ayer, que luego cobraría prestigio de camisa vieja, era para ellos camisa de once varas, como lo es siempre la política para el intelectual.

—Esta última ley del Caudillo me tiene preocupado —dice Laín—. Eso de las responsabilidades políticas no se sabe hasta dónde puede llegar.

—Pues está bien claro. Hasta las responsabilidades políticas.

—¿Y lo de la depuración de los funcionarios públicos? —se asegunda Laín, siempre con la conciencia acatarrada, como una gripe moral.

—Toda España es un funcionario público —muñe su frase Giménez Caballero.

—Lo que quiere decir que somos los enemigos de toda España.

—Esas cosas no me gustaría oírlas ni siquiera en un café —se disciplina Serrano Súñer, y de pronto aparece su autoridad política, su autoridad falangista, su autoridad franquista, su autoridad hitleriana, su autoridad personal. Serrano está hecho de autoridades como Foxá de anécdotas. (Lo cual no quiere decir exactamente que sea un hombre autoritario, pero lo es.)

—El Caudillo ha hecho todo eso sin consultarnos.

—Nosotros estamos con el Caudillo, pero no consta que el Caudillo esté con nosotros —redondea Foxá, tirando del epigrama con muchos más alcances de lo que parece a primera vista.

—Y eso no lo entiendo. O prefiero no entenderlo —jerarquiza Serrano.

Foxá enciende un puro, apura un coñac, pela una gamba, se acaricia la panza y sonríe:

—Estamos tratando de aportarle a Franco una filosofía que él no quiere ni necesita, que incluso le estorba.

—¿Quieres decir que estamos tratando de legitimar lo ilegítimo, o lo ilegitimable? —pleitea Serrano.

—Quiero decir, querido Ramón, que estamos de más y no queremos enterarnos. Los poetas y los filósofos estamos de más en una guerra como ésta. Y en todas las guerras. Bueno, tú eres un político de pura raza. Pero nuestra labor me parece que se acabó escribiendo el «Cara al sol».

Serrano Súñer se pone en pie:

—Ante el mundo, el otro bando es el de los intelectuales. Ante el mundo, ésta es una guerra de intelectuales contra sargentos. Y eso tenemos que remediarlo nosotros con una filosofía de la Patria y de la Raza, porque además la tenemos.

—Gracias a Hitler y Mussolini —se aventura Foxá.

—Agustín, te deseo mejor porvenir en la diplomacia y la gastronomía que en la política —se despide Serrano.

—Te has olvidado de las mujeres —rubrica Foxá, en alusión cínica y wildeana a su proclamada y áurea cornamenta, que es una cosa encandelabrada de la que él presume por elevación.

Hay mañanas o noches en que la tertulia se pone tensa. Va quedando claro que la autoridad es Serrano, aunque estén entre «camaradas», como ellos se llaman con cierto rubor, y que el heterodoxo es Foxá. Y Foxá cuenta, por aliviar, aunque lo pone peor:

—Cuando al Caudillo le pasaron la terna para elegir secretario general del Movimiento, sacó a Fernández Cuesta, ¿no? Alguien le dijo, quizá yo: Excelencia, ha elegido usted al más tonto: «Por eso», me dijo. Quiere borrar la memoria de José Antonio y yo soy de José Antonio, no de los moros y los africanistas. Entre otras cosas, porque en África se come fatal.

PRINCIPIANDO JULIO del 36 y terminado el curso, Francesillo había salido para la provincia a pasar el verano. Como las cosas no se estaban muy quietas en la política, don Manuel Azaña retenía a su gente en Madrid, y Clara, la madre de Francesillo, hubo de retrasar un poco sus vacaciones, el reunirse con su hijo en la vieja casa hidalga de los abuelos. Los abuelos habían muerto aquel invierno, y Francesillo, cuando llegó a la ciudad, prefirió alojarse en una pensión, aunque llevaba la gran llave en el bolsillo.

De momento, no se sentía con alma para abrir aquel mundo de soledades y luto, aquella vastedad de tiempo y pasado que había sido parte de su infancia, su adolescencia, y donde ya no quedaba nadie. Esa rara e intermitente epidemia que llamamos la muerte había ido desvaneciendo a los parientes, los primos, las tías, los criados, las costureras, hasta los perros y los gatos, y finalmente los abuelos, que murieron con un corto espacio entre uno y otro, como solían pasear los domingos por la tarde, por las calles más solitarias y calladas, él unos pasos detrás de ella, lo que no impedía que mantuviesen conversaciones durante el paseo.

En seguida, hacia el veinte de julio, hubo de presentarse Francesillo en las oficinas militares (que ya lo eran todas en la ciudad), con la angustia vaga de aquella separación de la madre que el previsible levantamiento militar había impuesto a tantas madres y a tantos hijos, a tanta gente, separación que Francesillo imaginaba corta, o eso le decían sus deducciones políticas y estratégicas, como a muchos españoles. En las oficinas, su nombre francés y el trabajo de su madre en Madrid (sobre el cual mintió, naturalmente), más la información sobre la familia que sin duda manejaban, sin decírselo, aquellos oficiales repentinamente inquisidores, todo esto, decíamos, le creó algunas primeras complicaciones al muchacho. Le pareció deducir, en cambio, que ignoraban las circunstancias de la muerte de su padre (sobre la que también mintió, asimismo, explicando lo del soplo aórtico que a él mismo iba a servirle, esperaba, para no ir al frente).

Arreglados más o menos los papeles, a la mañana siguiente, temprano y en ayunas, tuvo que personarse en el hospital militar de la ciudad. Tanto en las oficinas como en el hospital había un clima de urgencia y crispación, de optimismo y violencia contenida, algo así como un cuartel repentinamente febril, convertido en factoría y contaduría, donde lo que se traficaba eran seres humanos, los habitantes de la ciudad, muchas caras conocidas de Francesillo, algún amigo, médicos, maestros y barberos, los labriegos de la provincia, con la pana dominical para la incertidumbre histórica, aferrados a su boina, que luego olvidaban en todas partes, con los nervios.

La ciudad, sí, era un cruce de cuartel enfebrecido y ministerio asustado. En el hospital, a Francesillo le atendieron antes de lo que esperaba. Un médico viejo, con la bata blanca sobre el uniforme, le mandó quitarse la camisa y le miró por los rayos equis:

—¿Te fatigas al subir escaleras?

—Y sin subirlas —exageró el chico en la oscuridad.

Previamente le había contado al viejo lo de su soplo aórtico, del que ya había muerto su padre, o sea una cosa congénita y heredada, como la forma de la nariz.

Días más tarde, Francesillo volvió a pasarse por las oficinas militares, donde seguían las colas de señoritos, ancianos y campesinos, y le dieron una papeleta para «servicios auxiliares».

—¿Y esto qué es? —le preguntó al sargento que le había entregado la papeleta, un hombre con el pelo rufo y blanco bajo la gorra de visera, los ojos intensos y la nariz borracha.

—Eso es que te llamarán para oficinas militares, ya que eres tan buen estudiante. No sabéis qué inventar para no coger el chopo. Vaya una juventud de mierda para ganar una guerra. El siguiente.

«De modo que hablan en serio de una guerra», se decía Francesillo a la salida, con la papeleta en la mano, como una luz en la noche que se le venía.

LA MITOLOGÍA de los caballos, la africanía de la Guardia Mora, los claros clarines, un fragor de banderas, el brillo negro de los automóviles, que es el brillo del Poder, el sol prestigiando los metales no usados de las armas, el gañido inmenso y alegre del pueblo, aquel domingo improvisado y enceguecedor, el César Visionario, de pie en el coche descubierto, con sonrisa hermética y saludo entre militar y popular, una mañana color gentío y Francisco Franco ascendiendo al azul católico de España.

Así fue como el Caudillo llegó a la ciudad para asentar en ella su Estado Mayor, su Nuevo Estado. Todo ocurría en un clima de bandera y aire consagrado, en una ciudad levitante, dominical y asustada. El Generalísimo hizo de aquello su feudo imperial, su castilloso famoso, a la sombra del Cid y de Fray Luis, que también daban cobijo a los viejos embalsamados por el sol de la jubilación y con la bragueta llena de moscas.

Francesillo estaba entre la multitud. En las oficinas militares les habían dado permiso, o más bien orden, para acudir al magno acontecimiento, y el muchacho, ya iniciado en los teatros de la Historia, tampoco quería perderse aquello. La gente, en torno de él, olía a cocina doméstica y Semana Santa. Se cantaban himnos y la mañana se exaltaba de boinas rojas y bayonetas. Francesillo tuvo un estremecimiento de alma, concéntrico a la alta temperatura de la ocasión, ante aquel derrame de poderío militar. Efectivamente, aquello era una guerra civil y Franco iba a ganarla.

Luego, caminando solo entre la multitud que se desflecaba, de vuelta a la pensión, para almorzar, se asustó de aquel pensamiento que había tenido. «Franco va a ganar la guerra.» (Francesillo pensaba mediante la sintaxis, seguramente como todo el mundo.) No, me he dejado fascinar, como la gente, por este alarde, sólo que en sentido contrario a la gente (y qué sé yo de la gente). Si me pudiera dar un paseo por los mundos militares de la República, viviría la misma emoción convencida de que la victoria es suya. Sólo que sin el espectáculo que le ponen éstos.

En cualquier caso, había sido como asistir a una lámina histórica en vivo. Y la gran fuerza de la derecha, aparte las ametralladoras alemanas, es decir, su sentido del espectáculo, eso que siempre fanatiza a las masas. Lo que pasa es que da vergüenza montar cosas así. La otra fuerza de la derecha (tiene tantas en este país) es que carece de rubor intelectual, y por eso conecta en seguida con la cursilería de las clases medias y la ignorancia del pueblo. «Le tengo que escribir una carta a mamá, en seguida, contándole esto; ya lo sabrá por los periódicos y la radio, pero yo voy a hacerle incluso un ejercicio literario, y una meditación: estas cosas, después de que han pasado las plumas y los turbantes, hacen pensar.» Así fue como Francesillo se encontró en el corazón de la España nacional (extraño solecismo), muy cerca y muy lejos de todo aquello. Como el día era feriado por voluntad militar, Francesillo, después de almorzar en la pensión, con el cura organista y el viajante catalán de siempre, se metió en su cuarto, blanco y estrecho, a escribir a su madre la carta que tenía pensada.

Franco era el mismo de las revistas ilustradas. Un hom-

21

brecillo insignificante, un militar con más tensión que bizarría, alguien que se engrandecía en vano con su leyenda y sus medallas, pero que nunca podría tener fascinación para un pueblo. «Claro que tampoco Azaña la tenía, y mira.»

La dueña de la pensión se llamaba doña Patrocinio, se la conocía por doña Patro, naturalmente, y tenía dos hijas, Maruja y Emilia. Entre las tres atendían la casa y a los huéspedes. Doña Patro era alta, gris y avarienta. Maruja era treintañona, rubia y con un novio falangista. Emilia, casi adolescente, era mema y hermosa, lela y lozana, niña y ventanera, muy cantarina. Cuando lavaba en la cocina mirando la ciudad por la ventana, Francesillo se metía allí con un libro por mirarle las piernas blancas y fuertes, largas y tontas, a la Emilia, que al doblar el cuerpo sobre la tabla rizada de lavar mostraba esos dos hoyitos adorables que le hace la rodilla, por el revés, a la mujer, y hasta un arranque de muslo, blanco, sombreado y secreto.

Francesillo andaba en dudas de si seducir un día a Emilia la tonta. En la cocina había una radio y Francesillo quería poner los discursos, pero Emilia quería poner las coplas de Estrellita Castro, Conchita Piquer y todas aquéllas. Emilia cantaba a gritos al mismo tiempo que la radio. A Francesillo no le gustaban aquellas coplas (su padre le había descubierto la canción francesa, Edith Piaf), de modo que Emilia y él se traían un forcejeo con la radio de caoba y cretona. «Si no le gusta Conchita Piquer, ¿a qué viene a la cocina?» «A mirarte las piernas, Emilia.» «Cochino.» Y reía lela.

YA PRESIDES los cielos defendida
entre el bosque y el mar, sola y serena,
y es espejo del sol sobre la arena
tu desnudez apenas revestida.

Mi amor que guarda y sufre tu medida,
tiembla en la pompa cenital y llena,
y está la tierra que mi red ordena
en tu limpia hermosura comprendida.

Bajo el aire sin hálito, caliente,
en el radiante peso abandonado,
goza el inmenso espacio su presente,

y aquel en soledad acariciado,
hace piedra mi amor, huella reciente,
como un tiempo que nace y acabado.

Dionisio Ridruejo, de pie en mitad del café, erguido
con la bizarría de los bajitos, uniformado, había leído aquel
soneto con voz decidida y clara. Todo el café aplaudió el
breve e inesperado recital. Sólo que en cierta tertulia los
aplausos han sido como más falsos y huecos. Es la tertulia
maldita del café. «Al llegar al soneto tres mil trece, la
máquina Ridruejo se detiene», ironiza el poeta de esta
mesa, Daniel Lozoya, un vasco poderoso, sospechoso y dulce. Ramón Calvo, Antoniano Reyes, el ciego Alberto Rodríguez, músico y republicano, más el citado Lozoya y algún
otro, componen esta peña «tolerada» en el café de los «falangistas liberales», como ellos gustan de llamarse a sí
mismos. Son, los de esta otra tertulia, profesores y maestros de escuela de la ciudad, algún abogado, gentes que no
se han apuntado a Falange, pero sobre quienes tampoco
pesa ningún cargo grave, salvo el vago republicanismo que
se les supone, más lo que se pueda averiguar en su día,
que, sin duda, en los fondos negros y tenaces de la burocracia franquista, se está trabajando sobre ellos. En los
espejos del café, frente a los brillos de cruces, armas y
correajes de los laínes y ridruejos (el poeta se ha reintegra-
do al grupo, tras su recital), que dan un resplandor negro
y victorioso, la tertulia de los maestrillos, como la llaman
hasta los camareros, es una fuga de ocres, una medianía
de colores y voces, algo color de asilo con penumbra de
derrota.

Francesillo se ha sentado algunas veces en esta tertulia, que se reúne a la hora del café y por la noche. Al
principio le recibieron con caución y curiosidad, por su
uniforme de soldado, pero el historial del chico les había
hecho intuirle de los suyos: nombre y apellido francés,
madre aislada en Madrid, abstención falangista, etc. Incluso alguno de aquellos hombres, sospecha Francesillo, conoce el episodio de la muerte de su padre, que salió en los
periódicos. Y hasta le recuerdan vagamente de cuando era

un niño que mataba perros por los veranos de la ciudad, según la obligación de todo niño que de mayor quiera llegar a algo.

—Tu abuelo me parece que era de Pi i Margall —le aventuró un día Daniel Lozoya, sin ninguna sombra en sus ojos azules y húmedos de vasco que lleva el paisaje natal en la mirada.

Daniel Lozoya, profesor de matemáticas en el Instituto de la ciudad y poeta por libre, es un donostiarra grande, divertido y hambriento. Corre la leyenda de que un día, en clase, quiso reducir a Dios a matemática, y eso sabe Lozoya que consta en su expediente político. Asimismo, anduvo en los años veinte con la vanguardia literaria local, haciendo un surrealismo obsceno y afrancesado, con mujeres desnudas en paisajes ferroviarios. Los nacionales, nada más instalarse en aquella provincia, que desde el primer día había sido de Franco, recogieron de las librerías y algunas casas particulares los cincuenta o cien libros de Lozoya, que a más no llegaba su gloria local. Daniel Lozoya sabe que el Dios aritmético y los desnudos ferroviarios pesan en la memoria de la ciudad, un «burgo podrido» de los que citaba Azaña, y en los archivos militares de Franco. Espera, como sus compañeros de cada tarde y cada noche, la visita de la policía, los militares o los falangistas (o todos juntos) de un día para otro. Lozoya vive amancebado con una maestra nacional mucho más joven que él, lo cual completa ya un expediente negro, escandaloso y letal.

Saben todos ellos que son los tolerados de la ciudad (quizá hay en esta tolerancia una cierta mano secreta y clemente de los de la tertulia del otro extremo del café, que siempre les saludan a distancia levantando el coñac, en un brindis liberal y no del todo tranquilizador). Ramón Calvo es maestro, miope y labriego. Para ayudarse, hace traducciones y corrige pruebas en las imprentas locales, y hasta escribe solapas y prólogos a los poetas jóvenes que amanecen cada año en las revistillas provincianas. Está más señalado de azañismo que ningún otro. Tiene a la mujer loca y sin hijos. En casa parece que son felices, pero sus actividades profesionales y culturales, como las de los otros, están en suspenso desde el 18 de julio de 1936. De modo que son una punta de parados en expectativa de destino y no tienen muy seguro que ese destino no sea la muerte, pese al coñac amistoso de los intelectuales de Franco, que, como ellos también saben, no gravitan demasiado sobre los pensamientos y propósitos del Caudillo, a quien Lorenzo Martínez Fuset le acerca todos los días las listas de los condenados a garrote por los tribunales de la ciudad, para que decida. Antoniano Reyes es alto, hepático y fumador de pipa. Era profesor de dibujo en la Escuela de Artes y Oficios socialista y él mismo hace unos retratos redichos, caligráficos, con mucho parecido, mucha insistencia y ninguna inspiración. Antoniano Reyes tiene en sí un aura de conspirador que le perjudica tanto como si de verdad conspirase. El ciego Alberto Rodríguez es músico y machadiano. Tiene la hermosa cabeza y la verba violenta de los grandes ciegos inspirados.

Querida madre:

Aquí en Intendencia no hago otra cosa que sumar panes y peces. Bueno, y si sólo fueran panes y peces. Ajos, chorizos, jamones de jabalí, aceite, leche, pimentón, de todo. Pero mejor es esto que andar fusilando. No sé si ya te conté que Víctor insiste en meterme en un pelotón de fusilamiento. Víctor no es mala persona, pero es un fanático. Se ha convertido en mi protector y en mi vigilante, que son cosas que suelen andar juntas, como sabes. Qué ganas tengo de saber de ti.

En la pensión estoy bien y a gusto, leo lo que puedo, oigo la radio y me aburro. Estos fascistas comen muy bien (te lo digo por lo de antes de los panes y los peces) y si los nuestros no comen igual, que me temo que no, vamos a perder la guerra. Echando cuentas de lo que consume esta gente (y mi oficio es echar esas cuentas), comprendo que ganen tantas batallas como dice Queipo por la radio. No sé si será verdad. Oyes todas las radios (aquí en la pensión nos juntamos por las noches a ver lo que se pesca, alrededor del aparato) y al final no te has enterado de nada. A mí me parece que todos mienten. A lo mejor eso es la moral de la guerra. También la moral de la guerra es fusilar, según parece. Yo he mirado algunos reglamentos militares y veo que un «servicios auxiliares», como yo, no tiene por qué fusilar. El fusilamiento no es un servicio auxiliar. Pero no me atrevo a decírselo a Víctor porque entonces ya dejaría de creer en mí absolutamente. Como ves, el asunto me tiene preocupado. Ya te contaré. Con todo el amor de tu hijo,

FRANCESILLO

FRANCO MADRUGA mucho y en seguida le afeitan. Fácil, porque es de poca barba, aunque muy negra. Lo más delicado, el bigotillo, un bigotillo entre Hitler y Chaplin, un bigotillo que se insinúa, que manifiesta una personalidad o la oculta en la indecisión. A los hombres se les conoce por el bigote como a las mujeres por la manera de pintarse la boca. O de no pintársela. El albéitar procede de la Legión, como el propio Caudillo, y conoce los usos. El albéitar vive del bigote de Franco, especializado en ese bigote. El capitán Víctor, que de una manera vaga gobierna estos asuntos domésticos del Generalísimo, va y viene con un optimismo mudo y respetuoso que molesta un poco a Franco, pero no le dice nada. Sabe que Víctor es de una fidelidad delirante. Franco, mientras le afeitan, mientras le cortan el pelo, oyendo clarines de amanecida en los patios militares de la ciudad, recuerda su infancia galaica, los domingos de El Ferrol, azules y nublados, los uniformes angélicos de los guardiamarinas (ángeles con galones), eso que él quiso ser siempre, marino, ahora los periódicos rojos dicen que no pudo entrar en la Escuela porque no daba la talla, que Franco lo lee todo, pero la talla es lo de menos, él sabe lo que es el mar mejor que nadie, España fue grande con la Armada Invencible, el mar es el camino del Imperio, Madrid vive de espaldas al mar, para Madrid, el mar tiene las dimensiones del Manzanares, de ahí nuestra decadencia y la pérdida del Imperio, primero, y de las colonias después, España principia a pudrirse por el centro, es decir, por Madrid, la capital, a Franco nunca le ha gustado Madrid, un día tengo que escribir un libro contando todo esto, explicándolo, lo llamaré «Raza», «Raza» es un título bonito, tiene fuerza, una palabra corta y fuerte, dentro del laconismo militar de nuestro estilo, como decía el hijo de Primo, pero a Franco no le gusta pensar en José Antonio, aquellos señoritos abogadillos jugaban a soldados, pues que hubieran hecho la carrera, coño, y ahora están cayendo como moscas en todos los frentes, ¿pero es que no acaba usted nunca con ese bigote, Aniano?, dentro de poco habrá que hacerle los funerales en las Huelgas, Ridruejo y todos ésos no hacen más que hablarme de la cosa, el mito del Ausente, se acabó el mito del Ausente, con mayúscula, lo escriben todavía con mayúscula, pronto todas las mayúsculas serán sólo para mí, un país sólo lo puede llevar un hombre, y no digamos una guerra, Madrid, Franco vuelve a pensar en Madrid, que tanto se le está resistiendo, Madrid no entiende al resto de España, como no entiende el mar, Madrid sólo quiere saber de Madrid, odio esa ciudad de putas y masones, pero la voy a dejar molida, ya he dicho que redoblen los bombardeos, y aquí que no se enteren los laínes y todos ésos, me dicen que Madrid es sagrado y que tiene muchos monumentos, ¿sagrado por qué?, en cuanto a las cosas de valor, yo sólo veo el Museo del Prado, que a mí también me gusta, pero de eso ya se ocupa Azaña, que sabe más de Rubens que de cañones, y con él ese poeta rojo, el que andaba con García Lorca, Alberti me parece que se llama, se hizo comunista porque su familia se arruinó en el Puerto, si no hubiera sido un señorito como los demás y ahora estaría con nosotros, los laínes también se me ponen muy pesados con la muerte de Lorca, ya me lo dijo Pemán, me parece, Excelencia, que ha sido un error grave lo de García Lorca, en la guerra no hay errores, sólo hay vivos y muertos, vencedores y vencidos, pero claro, lo de siempre, las cancillerías y las logias, ¿es que les debo yo algo a las cancillerías y las logias?, ni yo ni Azaña, que no le mandan ni un avión viejo, y aquí todos pendientes de las cancillerías y las logias, a Franco le van vistiendo, le van poniendo las botas, el fajín, el gorro, él se mira poco al espejo, ya está vestido el pelele, ya está guapo el muñeco, ya puede salir a saludar como él lo hace, levantando vertical el brazo derecho o el izquierdo, según, por no incurrir en el saludo fascista ni falangista, pero exagerándolo y doblando, arqueando el cuerpo hacia atrás, sacando la tripita sedentaria y precoz, impropia de un legionario, ya está fabricado un Generalísimo, un César Visionario, entre un albéitar y dos asistentes, Franco se queda un momento solo, como todas las mañanas, arrodillado en el reclinatorio de su cuarto, ante un

Cristo del románico castellano, un Cristo que usaban en la Legión. Pero no reza, piensa.

Sí, el levantamiento triunfó en el campo y en los «burgos podridos», que dice Azaña, pero no en las grandes capitales, salvo Sevilla, gracias a Queipo. Madrid, Barcelona, Bilbao, Valencia, todo eso está podrido por el proletariado industrial, que se ha hecho comunista, y por la intelectualidad masónica, que está corrompiendo a las clases medias, con todo eso voy a acabar yo de raíz, esta guerra va a ir mucho más lejos de lo que nadie se cree, ni siquiera los míos, de esta guerra va a salir España, mi España, y andan hablando de pactos, de diálogos, de hacer la paz, no saben adónde voy yo, ni a lo que vengo, pero de momento estoy bien aquí, en las viejas ciudades castellanas, en mitad de esta España eterna, el levantamiento triunfó en el campo y las pequeñas ciudades agrarias porque aquí es donde está la España de siempre, el orden de siempre, una herencia de siglos, en las catedrales y en las costumbres, que es lo que hay que reencontrar y fortalecer para hacer eso que los laínes y todos los falangistas llaman la Nueva España, pero que yo prefiero llamar la España eterna, aunque suene a discurso, un rumor macho de hombres y trompetas anda ya por los patios y las calles de la ciudad militarizada, claro que no se me oculta el peligro del proletariado industrial, esa horda marxista, ni de los intelectuales y los masones, las democracias europeas están con ellos, pero Europa, la gran puta, como dice ese navarro tan gracioso, García Serrano, Europa no se atreve a dar un paso, no va a dar un paso por Azaña ni por Velázquez, lo más que harán es llevarse algún cuadro, si pueden, o todos, Franco empieza a estar incómodo en el reclinatorio, que es esbelto, de madera negra con tachuelas de oro y una cruz en el centro, con peluche rojo y blando para las rodillas y los codos, dirán que voy contra la Historia, contra el progreso, contra los tiempos que corren, pues claro, yo voy contra corriente, yo vengo con todo el pasado glorioso de España, eso tan bonito que ha escrito Foxá (aunque también dicen que escribe sonetos contra mí, es un frívolo y un disipado), «mis libros de El Escorial y mis custodias sagradas», bueno, no recuerdo si es de Foxá o de Urrutia, da igual, esa España es la mía y la que voy a implantar, porque lo que le espera a Europa es una guerra entre el fascismo y el comunismo, y a mí no me van a coger en medio de eso, ahora lo que tengo que hacer es cortar la zona republicana por la mitad, llegando hasta Valencia, con eso no cuentan, Franco mira el crucifijo sin verlo, pero al final se santigua blandamente con una mano vaga, blanca y menuda.

Y el Caudillo se aparecía un día más a los generales y los falangistas, a los obispos morados y los requetés ariscos, a las señoras de mantilla negra (Carmen está en sitio seguro, en otro sitio) y los soldados agropecuarios y tiesos, como con la boina todavía bajo el casco, bocetos malos que luego estilizaría Sáenz de Tejada. El Caudillo, efectivamente, descendido una mañana más del azul católico de España.

EN ESTA MAÑANA de domingo, Francesillo, en lugar de ir a misa (se salta muchas, aunque sabe que Víctor se las controla), se dirige, con la gran llave en el bolsillo, al viejo caserón familiar de sus abuelos, en la plaza de San Marcial. Le gusta internarse por los viejos barrios de mercados y guadamacilerías. Todo duerme en la paz del domingo y las tiendas y verdulerías cerradas dan su olor profundo y artesanal a la calle. Conventos, palacios, laberintos del plateresco, silenciosas explosiones de un barroco luminoso en algunas plazas e iglesias, una torre románica, inesperada y militar, más que religiosa, una torre con su cigüeña, que se ve desde todas partes, lejana, y de pronto se la encuentra uno de frente, como si la geografía de la ciudad fuese variable, cosa que Francesillo había imaginado más de una vez, en su infancia, con alegre placer, sobre todo cuando se perdía y tenían que salir en el tílburi de los abuelos a buscarle.

Un Burgos salmantino y militar, una Salamanca burgalesa y campamental. Hay clarines lejanos y cercanos que militarizan la mañana menestral y monumental de estos barrios. Sólo por esos clarines se rompe el hechizo dominical y popular de los soportales y chiscones de zapatero (algunos están trabajando en su banquillo, que lo suyo es descansar el lunes, y esto viene desde la Edad Media).

Y de pronto la plaza de San Marcial, de una circularidad sencilla, de una geometría íntima (nada de plazoleta romana o imperial). Lo que más se ve es la casa de la familia de Francesillo, con algo de palomar inmenso de las nubes y algo de pajar humano, inesperado y como abandonado. Francesillo se detiene un momento ante la lámina que puede devolverle toda la emoción del tiempo, pero estas emociones no se provocan a voluntad, y así de golpe la casa no le dice nada, salvo que evidentemente es la suya y la conoce mucho. Francesillo se acerca con su gran llave en la mano, como un sefardí que volviera a su casa medieval de Toledo, para abrir una puerta que ya no existe.

La puerta sí existe, la doble puerta de clavos de hierro, pero una hoja está entreabierta. Francesillo se asoma. Ve un fragmento del gran vestíbulo, ahora en sombra y con candelillas, raramente encendidas a esta hora del día. Ve el corredor que lleva al gran patio, y el patio al fondo, con su luz cítrica y gloriosa, inmóvil en el tiempo y el espacio. Ahora sí tiene Francesillo la emoción inesperada del tiempo, como en los libros de Proust (cuyo nombre lleva: Marcel), «la memoria involuntaria». Pero de aquel interior le llega un perfume dulce y hostil, un olor de cera y humo, como de capilla ardiente y cocina remota. Francesillo intuye algo, toma el familiar llamador de oro (una mano esbelta y femenina sujetando una manzana casi con las puntas de los dedos), y llama, da tres golpes. Sale en seguida una monja madura, baja y autoritaria, con los ojos de un azul breve y casi maligno:

—¿Qué desea, soldado?

—Verá, hermana...

—Soy la madre Crescencia.

—Perdón, madre. Verá, esta casa era de mis abuelos, es de mi familia. He querido volver a verla.

Y Francesillo, mientras habla, mueve y muestra la llave, maquinalmente, como prueba férrea de lo que está diciendo.

—Tanto gusto, hijo. Estás en la guerra, claro, sacrificando tu juventud por Dios y por España. Eso me gusta mucho, pero sin duda no te han enterado de que tu abuelo —¿era tu abuelo?—, don Cayo Hernández, nos donó esta casa a su muerte, para convento. Somos las Crucíferas de Nuestro Señor.

Y la crucífera le adelanta un crucifijo negro que lleva al pecho, para que lo bese. Francesillo lo roza ligeramente. Y mientras tiene sus labios en el metal frío y viejo, el espanto y la sorpresa y la memoria le invaden como tres plagas. Su abuelo, don Cayo Hernández, era federalista, nunca fue a misa, se escribía con Pi i Margall (en esa *i* latina, en lugar de la griega/castellana, descubrió Francesillo, casi niño, que en España había otras Españas, que el mundo es vario y bello, que dentro de la península hay otras escrituras, o sea otros hombres, otras culturas, otros colores y sabores que él ignora: en aquella *i* de don Francisco Pi i Margall vio Francesillo una vela latina, un árbol lejano con su copa, que era el punto, seguramente un pino a la orilla del mar: le había fascinado largamente aquella *i*, en lugar de la griega, como la llave que le abría el sentido claro y vasto de toda la latinidad, igual que la llave de su mano tendría que abrirle el pasado, su propia vida y memoria). Todo esto lo piensa Francesillo, y más cosas, en la milésima de segundo en que sus labios rozaron el hierro frío y viejo del Cristo. Mira los ojos de la madre Crescencia, un poco ojos de gallina:

—No tenía noticia de que mi abuelo Cayo... Mi madre nunca me ha dicho nada.

—Soldado, ¿vas a dudar de lo que te digo? Tenemos todos los papeles de tu abuelo y del notario y del señor obispo.

Otra asquerosa farsa. Otro cínico abuso. Tengo que escribírselo a mamá hoy mismo. Nos han incautado la casa, como tantas.

—Tenemos los lacres, tenemos los sellos, tenemos las rúbricas, soldado.

Francesillo inicia un giro para marcharse.

—Espera, soldado. ¿Cómo te llamas?

—Me llaman Francesillo.

—Francesillo, qué bonito. ¿Quieres oír misa con nosotras?

—Ya la he oído temprano.

—Nosotras oímos varias al día. Y sobre todo los domingos. Después de misa te vamos a dar una jícara de chocolate que te va a gustar. Sólo lo hacemos nosotras, las Crucíferas. Tiene fama.

Francesillo no cede a la hospitalidad confusa de la monja, sino al tirón dulce y fuerte de la casa, que es él mismo. Sabe que se va a indignar, pero también experimenta la curiosidad de su indignación. Ahora es cuando Azaña tiene que ganar la guerra, sea como sea. Estas cosas no pueden consentirse. Y Francesillo comprende en el acto que ha formulado un pensamiento egoísta, conservador, personal, que ha necesitado el ultraje directo para sentir al fin la guerra (quizá como todo el mundo).

—Aquí tenemos a Cristo Nuestro Señor. Dicen que es de Juan de Juni.

Y la monja le muestra, en la penumbra del vestíbulo, un gran Cristo de tamaño natural que parece en continua agonía, en su cruz, sin duda por las muecas y movimientos que las lamparillas ponen en su cuerpo de madera vieja que ha ido cobrando una especie de temperatura humana. Sin duda esta imagen es lo que las justifica como Crucíferas. Francesillo mira a un lado y a otro. Los cuadros de Fortuny, tan mundanos, dirán ellas, han sido sustituidos por láminas piadosas o imágenes de un románico de anticuario gitano. A la izquierda está la gran escalera que sube hasta el tejado. Seguro que los fortunis los han vendido. Al clero le repugna un artista mundano, pero no el dinero que pueda valer. Francesillo está a punto de decir todo esto y tantas cosas, pero teme manifestar su indignación profunda y que el caso lleve a remover el pasado federalista del abuelo Cayo. Hay que seguir en Intendencia sumando panes y peces.

—Aquí había unos hermosos cuadros de Fortuny.

—Demasiado hermosos, hijo. Pecaminosos, diría yo, Francesillo.

(La monja se ha apropiado en seguida de su nombre/apodo y le ha amadrinado, ya le llama hijo.)

—¿Y adónde fueron los fortunis? Eran muy caros.

—Los donamos para la causa de Franco. Todo es poco para esta santa guerra. Y así, de paso, se redime el pecado que había en esas pinturas. Tanto lujo, tantas mujeres...

—Supongo que otras muchas cosas de mi familia habrán sido donadas para la guerra.

—Algunas, hijo. Como tú mismo has donado tu generosa juventud, heroicamente.

—No crea. Estoy en Intendencia.

(La monja ríe. Tiene piorrea y le apesta la risa.)

—Eres gracioso como un querubín. Pero tienes estatura de héroe y sé que cualquier día partirás al frente lleno de valor.

Pasaron al patio/jardín a través del largo pasillo, que al muchacho le resultó irreconocible con su lujo raro de tapices religiosos y altarcitos. En el patio, en torno del pozo, había monjas y novicias y, lo que más sorprendió a Francesillo, algunos oficiales, a los que saludó militarmente, sacando de prisa el gorro que llevaba en la hombrera. La madre Crescencia explicó que Francesillo era nieto del dueño de aquel palacio, que a su muerte, el invierno anterior, lo había donado cristianamente a la Orden. Los oficiales, cuatro o cinco, creyeron ver en esto una garantía respecto de aquel raro soldado, que no iba a la guerra, con su buena estampa de héroe, y se estaba en Intendencia haciendo cuentas. Unos le habían creído siempre protegido de alguien muy poderoso y otros, los menos, intuían en él un emboscado.

—Estamos entre amigos, soldado, en vista de que eres nuestro anfitrión —le dijo el más joven de los oficiales, dándole la mano—. Basta con el usted. Si hemos de encontrarnos aquí otras veces, olvídate del saludo militar.

Era simpático aquel oficial de bigotillo rubio. El bigotillo parecía sonreír por sí mismo. Los otros oficiales andaban como enredados en parla mundana y cortés con las monjas, que eran todas jóvenes, también unas cuatro o cinco, seguramente hermanas y todavía no madres. A Francesillo le sonrieron como no sonríen las monjas. El muchacho se sentía como envuelto en un juego irreal y grato, le costaba comprender, recordar que aquello era su casa, y por otra parte la cercanía de las monjas jóvenes le había devuelto la palpitación cálida y fresca de la mujer, algo a lo que siempre fuera muy sensible. La madre Crescencia le presentó a una novicia antes de irse:

—Ésta es la novicia Camila. Éste es el soldado Francesillo. Un héroe, como ves, Camila.

La novicia Camila es muy blanca, con los ojos grandes, de un negro furioso, contenido y obsceno. Francesillo repara por primera vez en que el hábito de las crucíferas es blanco y negro. La novicia Camila, casi una niña, parece vagamente prisionera de este hábito, que la oculta como a una mora y la hermosea como a una santa adolescente y antigua.

—A nosotras vienen a visitarnos algunos militares y falangistas —dice Camila.

—¿Y requetés?

—No. Requetés no. A los requetés, como son vascos, no les interesan las mujeres, aunque sean monjas.

Francesillo calla y medita la extraña respuesta de la novicia. Pasean por el jardín en que las monjas han convertido el grande y viejo patio de caballos, cosechas y trajineros.

—¿Sabes que ésta era mi casa, Camila? Bueno, si te puedo llamar Camila.

—Sí, naturalmente que puedes. Algo he oído a la madre Crescencia, en las presentaciones. Me gusta saber que le debemos a tu abuelo este hermoso convento. Bueno, aunque tú te hayas quedado sin casa. Pero ahora no la necesitas...

—Mi abuelo no donó esta casa, Camila —dice Francesillo, sin saber lo que dice, borracho ya de la cercanía de la novicia, que tiene manos de niña vivaz, con ademanes nada monjiles, y que huele toda ella a almendras amargas y primera novia.

—¿Y tú qué sabes cómo huelen las primeras novias, Francesillo?

—Algunas he tenido, no creas.

La novicia Camila se ha detenido y le mira mucho a los ojos. Aunque no se acerca a él, aquella mirada parece que los acerca. Es una mañana de julio con cielo total y una contenida violencia amorosa en el aire. Es uno de esos domingos en que se respira que es domingo. Francesillo advierte ahora que todo el rato ha estado oyendo un vago canto religioso, una brisa de música de órgano, unas voces femeninas e irreales que cantan, como descendidas del cielo. Y ahora mismo, la fiesta alta e ingenua de una campana de monja en una punta de la luz.

—Me parece que entiendo lo que dices, soldado.

—No sé por qué te lo he dicho. A la madre Crescencia no me he atrevido a rebatirle sus mentiras sobre papeles y cosas.

—Has hecho bien. Esta casa habrá sido requisada, como todas. Unas para convento, otras para cuartel y otras...

Y la novicia Camila ríe con una risa discreta e irónica, en la que hay más maldad que alegría. Francesillo comprende que debe ser la risa habitual de tan misteriosa niña.

Dos monjas grandes y viejas pasean bajo los soportales, convertidos en claustro.

—Y otras para casas de putas —se atreve a terminar la frase el muchacho—. ¿No ibas a decir eso?

—No sé lo que iba a decir. Sigamos paseando. No les gusta a las madres verme parada con un hombre. Bueno, pues ya estamos iguales. A ti te han quitado la casa y a mí la libertad.

—¿No tienes vocación?

—Pues claro que no.

—Eso les pasa a muchas. Ya la tendrás.

—A mí me han metido aquí hasta que mi novio vuelva de la guerra.

—¿Y si no vuelve?

—Si no vuelve tengo que hacer los votos. Virgen y mártir para toda la vida —pareció concluir la novicia sombríamente.

—¿Y eso quién lo ha decidido?

Hablaban discretos y urgentes, enredados de preguntas y confidencias, como dos seres que acaban de descubrirse mediante un relámpago de intuición. Volvió el temporal apacible de órgano y coros femeninos. Seguro que habría viejas entre las monjas, pero todo el canto parecía joven y como cautivo. Francesillo recordó que la madre Crescencia no había vuelto a hablarle de la misa. Ni del chocolate.

—Eso lo decidió mi novio, que es falangista, como condición para casarse conmigo a la vuelta.

—¿Y por qué lo has aceptado? —pregunta Francesillo tontamente.

—Las dos familias están de acuerdo en que sea así y en consagrarme a Cristo si a mi novio le matan los rojos.

—¿Tú amas a Cristo?

—No. Me da miedo. Pero no creas que aquí vivimos desesperadas, yo y otras como yo. El convento es más alegre de lo que te imaginas. Y aquí dentro no hay guerra.

—Fuera tampoco.

La novicia Camila se detiene otra vez, ahora junto al pozo, que las monjas han embellecido y barroquizado de rosales. Francesillo advierte que se han quedado solos en el patio/jardín/claustro, lo que sea aquello, que ya no es su casa. La novicia Camila corta una rosa con sus manos temblorosas de una fiebre oscura, y se la da al joven soldado.

—Gracias, Camila.

—Son tuyas. Te hemos quitado tu casa.

—Aquí no había rosales. Mis primos y yo jugábamos alrededor de este pozo. Lo siento, no puedo contarte que alguna primita se nos ahogó, porque no es cierto, aunque quedaría más bonita la historia. Cuando a uno de los chi-cos nos permitían sacar agua del pozo, o nos lo encargaban ya en serio, eso es que ya éramos unos hombres. Siempre estábamos esperando el momento.

—Ahora el sacristán o la hermana tornera sacan agua y el obispo la bendice. Luego le dan chocolate y está muy gordo de chocolate crucífero.

—A mí la madre Crescencia me ha prometido chocolate.

—Puedes venir a tomarlo cuando quieras. Pero ahora es mejor que te vayas.

—¿Aunque no sea domingo?

—Todos los días. Y todas las noches.

Francesillo se iba sonámbulo, con el gorro ladeado y la rosa en la mano. La oscura e irónica risa de la novicia sonó como despedida. Le parecía haber descubierto un palacio encantado, y sólo había descubierto su propia casa.

Mi GENERAL, señores generales y jefes que componéis la Junta: Podéis estar orgullosos de vuestra obra. Me entregáis en estos momentos una España. Os alzasteis en las distintas guarniciones desplegando la verdadera bandera de España, la bandera de España encarnada en las tradiciones y en la espiritualidad del pueblo, la bandera de España que entrañaba el eco de rebeldía de una raza que no quiere morir, que entrañaba igualmente la civilización occidental, atacada ahora, y en trance de desaparecer, por las hordas rojas de Moscú, y Franco ahuecaba la voz, que es el recurso oratorio de los que no tienen voz, acampanándola bajo la bóveda formidable de las Huelgas Reales, que eran aquel día como una catacumba negra y mortuoria, irreal y ominosa, en los funerales por el Ausente, momento en que los falangistas habían recuperado el protagonismo que no tenían realmente y la geometría de las multitudes, aprendida de Hitler, llenaba el templo de una belicosidad contenida y joven. Pasa el órgano, como un tornado celestial, por sobre las ingencias negras de aquella falsa milicia, hasta poner temblor en las velas, los oros y las luces del altar, como un mar que amenaza las candelas de un pequeño pueblo de pescadores, en la noche. Varios obispos rojos y blancos hacen su teatro grandioso en el ara, y todo es un juego de vino y tesoros, sangre y plata, tardanza y latines, entre el altar y el catafalco negro del Ausente. En primera fila de la multitud están, de uniforme falangista, que la sombra hace negro, esos que Franco llama los laínes: Ridruejo, Tovar, Serrano, Foxá, D'Ors, Fernández Cuesta, Sáinz Rodríguez, Rosales y Laín propiamente dicho, más todas las caras conocidas de los periódicos, lo que va siendo ya la mitología del Nuevo Estado.

Franco, después de sus palabras, arrodillado en un sitial de obispo que le han traído las Huelgas (ha entrado bajo palio y bajo palio saldrá), escucha todavía, como todo orador, el eco de su discurso en la caracola de la memoria inmediata, y también escucha otras cosas, este Ridruejo se ha traído de Munich toda la escenografía de los nazis, yo no tengo nada que ver con eso, y éstos lo saben, aquí, más que unos funerales por el Ausente, como ellos dicen, estamos celebrando su victoria sobre mí, y estamos dejando claro que el Alzamiento lo hicimos nosotros, los generales, y que estos niños de la calle Serrano de Madrid me están dejando en ridículo ante el mundo, me están perjudicando con tanto jugar a fascistas, el propio Ramón está exagerando el juego, un día tengo que hablar con él, no sé cómo acabará eso, pero ya lo tengo comentado con Carmen, yo soy monárquico y militar y español, yo no soy una caricatura de Hitler ni de Mussolini, y mi Nuevo Estado será un Estado católico y no pagano, como el alemán, ellos saben que les tolero porque gracias a su juego de señoritos audaces tengo aquí cerca, en Poza de la Sal, una buena reserva de italianos, que no me sirven para nada, por otra parte, los italianos sólo son buenos soldados en las óperas.

Al levantaros contra aquello no defendíais sólo un espíritu castellano nacional, sino que resolvíais un problema de civilización, demandado por un espíritu castellano, un espíritu español que iba faltando ahora en España, este Ridruejo cada día me escribe cosas más complicadas de decir y de entender, son intelectuales y no saben cómo hay que hablar a los pueblos y a los soldados, el Ausente, han jugado durante meses con el mito del Ausente, engañando a los suyos, sin querer decirles que el hijo de Primo estaba fusilado y enterrado en Alicante hace mucho tiempo, cuando yo gane esta guerra me lo querrán meter en El Escorial, en el Panteón de los Reyes o así, son unos locos, a los soldados hay que decirles siempre lo malo, qué es esa tontería del Ausente, les consolaban como si todos fueran la novia de José Antonio, que no lo sepa la pobrecita, literatura, nada más que literatura, estoy rodeado de literatos, pero son amigos de Hitler, o ellos lo creen, y Hitler manda algún avión de vez en cuando, han querido obligarme a estos funerales, a esta consagración de la Falange, quieren protagonizar un Alzamiento histórico que hemos hecho los generales de África, los africanistas, como dice Azaña, yo soy partidario de integrar y me parece que en mis palabras lo he dicho, que tuve que corregir mucho del discurso de Ridruejo, menos mal que mi primo me echó una mano, pero poco a poco les voy a ir poniendo en su sitio, y después de la guerra tengo que dejarles para hacer los recados, el pueblo español ama y respeta a su Ejército, que es su Historia, pero no entiende esta cosa extranjera que sólo han visto en las películas documentales, el pueblo español no los quiere, nunca pasarán de ser cuatro señoritos que han leído cuatro libros y tienen cuatro pistolas, pero de quitarles las cuatro pistolas ya me encargaré yo cuando hayamos ganado la guerra, y sonreía por dentro el gallego sutil e irónico, a mí me importa mucho más entenderme con los borbones, que no lo veo nada claro, que estar rezando misas por el hijo de Primo, de aquí lo único que saco es mi propia glorificación, ya me he encargado yo de eso, palio a la entrada y a la salida, y si no, no hay funerales ni Ausente ni más jugar a que somos alemanes, por eso he repetido tanto que somos castellanos (bueno, yo soy de El Ferrol, y vuelve a sonreírle el alma), supongo que lo habrán cogido, y el descenso del cielo en las voces unánimes y extensas del coro, y los movimientos entre militares y religiosos de la multitud, y la ceremonia del altar, toda oro y muerte, y los mares wagnerianos del órgano germanizan un poco o un mucho todo aquello, lo único que le hace ilusión a Franco, vestido de falangista con boina roja, como un rompecabezas humano de las derechas españolas, es salir bajo palio de las Huelgas Reales, y los obispos a levantar todos el brazo, ¿no quieren saludar como Hitler?, pues los obispos los primeros, que el clero sacó a votar a las monjas de clausura, y así sacaron a Gil Robles, que ese beato de mierda estaba asustado de su propia victoria, qué asco de hombres ha dado la República, a izquierda y derecha, y estos intelectuales hitlerianos comentando en sus tertulias que no canjeé a José Antonio porque no quise, que podía haberle salvado, hasta Ramón me lo ha insinuado, se lo tengo muy dicho, ése es un asunto que no quiero ni tocarlo, Ramón, ya sabes que ni tocarlo.

Me tengo que encargar de todos los poderes. Y yo digo que haré esto o moriré en el empeño, derramando la sangre lo mismo que esos bravos falangistas, que esos bravos requetés, que esos bravísimos soldados, que esos heroicos cadetes toledanos, qué cosas me escribe Ridruejo, menos mal que añadí lo que añadí, me parece que el superlativo está bien metido, en mi Nuevo Estado nadie es menos que nadie.

Salían del monasterio en protocolo riguroso y confuso al mismo tiempo, obispos que saludaban como fascistas, intelectuales que saludaban como militares, moros que se santiguaban sin saber, falangistas que parecían conducir al Caudillo como un rehén, hasta que él se adelantó bajo palio, tranquilo y serio, todo autoridad, pero sin ninguna agresividad, y había un cielo de campanas locas aturdiendo toda la ciudad, un techo de hierro que se fue disipando y que el Caudillo ya sólo oía, lejano, cuando en su cuarto arrojaba la boina roja sobre una silla (era el símbolo muerto de Carlos VII, y ésos no eran sus borbones), y se deshebillaba él solo (que me dejen a solas, por favor) con manos de señorita de provincias, como una monja con cartucheras y pistola, respiró aliviado, al fin.

Radio Castilla está aún dando música del funeral. Suavemente, Franco cierra Radio Castilla. Gira el botón como yugulando a un muerto que todavía canta.

RAMÓN SERRANO SÚÑER esperaba mucho del funeral por José Antonio. Serrano ha salido de las Huelgas, como todo el trust de cerebros falangista, con la decepción dura y el mutismo violento de haber sido manipulado una vez más por Franco. «Paco, entrando y saliendo bajo palio, le ha dado al acto un carácter clerical y militar, otra vez la cruz y la espada, que no tiene nada que ver con el espíritu de José Antonio ni con nuestra revolución nacionalfalangista.» Y Serrano, hermético en su despacho, echando cortinas y encendiendo el flexo, se ponía a escribir una carta a Hitler, otra, para ponerle al corriente de cómo el Generalísimo va traicionando el proyecto común de una Europa nazifascista, nueva. Serrano, menudo y afigarado, con cara de gato y conducta de tigre, se iniciara, sí, en la política a la sombra obispal y reaccionaria de Gil Robles. Después de cárceles y huidas, se encuentra ahora, al costado de Franco, su cuñado, lleno de poder y barroquizado por una leyenda prematura, negra, pero su inteligencia de ojos claros y su encantamiento hitleriano y subitáneo (en el que tanto entra Ridruejo), le dice que Franco no va a llevar adelante la revolución/contrarrevolución de los fascismos europeos, sino un reformismo moderantista y militar, si gana la guerra, que será algo así como una apoteosis de las clases pasivas (y Serrano entiende por «clases pasivas» mucho más que a los viejos: a toda la España inerte, beata y camastrona que un día defendiera en el Parlamento). Serrano siente su poder real y su complicidad con Hitler (complicidad en la que él pone mucho más que Hitler) como una posibilidad de hacerse con el Poder, relegar al cuñado a su oficio, como a un bombero, y abanderar el nacionalsocialismo español, en el que su aportación personal sería una suerte de latinidad católica. Serrano tiene osatura de líder y su cuñado le está confinando en secretario íntimo, cómplice sin convicción y pariente pobre. Terminada la carta a Hitler, Serrano la rompe, apaga el flexo y se hunde en el sillón y la oscuridad.

AGUSTÍN DE FOXÁ, gordo y dandi al mismo tiempo, cínico y patriota, contradictorio y brillante, lee cada noche, en la tertulia del café, un capítulo de la novela que está escribiendo, «Madrid de Corte a cheka». Con su triple facundia de gordo, de diplomático y de bebedor, esta noche ha invitado a la otra tertulia (a la otra España), la de «los maestrillos», a fundirse con su auditorio. Hay coñac Napoleón para todos. Los republicanos y los laínes se dan la mano con timidez recíproca (más tímidos los vencedores que los vencidos, naturalmente), y los espejos del café recogen algo así como un Cuadro de las Lanzas hecho por Gutiérrez Solana.

Daniel Lozoya piensa si él y su grupo están empezando a corromperse: han cambiado su coñac de garrafa por el Napoleón de los vencedores (provisionales) y van a escuchar la prosa brillante y decadente de un fascista, un estilo que, por otra parte, ya conocen. Así se lo dice, en voz baja, al de al lado:

—No te preocupes —le contesta el otro—. En cuanto ganemos la guerra, les invitamos nosotros a ellos. Siempre paga el que gana. Y el que lee, claro.

La tertulia se ha hecho enorme. Aquello es toda una velada literaria. Los otros habituales del café se van yendo a casa, salvo algún curioso que se queda solo con su copa, escuchando de lejos. La novela es una buena crónica de los amenes de Alfonso XIII y la llegada de la República, en lo que Foxá lleva escrito. Presenta una República de resentidos, pero también con los señoritos del tiro de pichón se le escapa alguna ironía wildeana, ya que la ironía es la avena loca de su estilo, lo mejor de su prosa.

Leído el capítulo de esta noche, hay un silencio incómodo en el auditorio. Los invitados, naturalmente, no quieren ser los primeros en opinar. En cuanto a los camaradas de Foxá, se lo están pensando. Es el propio Foxá quien, doblando las cuartillas y volviendo al coñac del optimismo (se diría que es él quien le comunica optimismo al coñac, y no al revés), resuelve el silencio con una despreocupada autocrítica:

—Sí, ya sé que al principio suena un poco a Valle Inclán.

Y entonces se amaga Torrente Ballester, el crítico profesional de su grupo, lleno de ironía galaica y mala leche de creador prematuramente frustrado:

—Es un «Ruedo Ibérico» de derechas.

—Somos de derechas, con perdón de estos señores —dice Foxá, y se vuelve a los maestrillos, sirviéndoles más coñac.

—Luego —se asegunda Torrente— la crónica puede sobre la novela. La trama parece endeble.

—Sí, para Valle Inclán ya sé que me sobra un brazo.

—El derecho —ha dicho Daniel Lozoya, con sorpresa de su propia voz.

El grupo falangista sonríe. Los amigos de Lozoya fuman concienzudamente o sufren una repentina sed de alcohol. La frase, corta y latigante, ha estirado el clima hasta ponerlo peligroso.

Pero Lozoya, con resabios vascos en su sangre, acude a la llamada roja del alcohol, y el Napoleón, tanto tiempo añorado, hace una llama azul y violenta en sus ojos pequeños, inteligentes e inesperados:

—Ya el título es tendencioso. Madrid, hoy, no es una cheka, sino una ciudad que está luchando heroicamente por...

Le corta Serrano Súñer:

—Han sido ustedes invitados a una lectura literaria, no a expresar sus opiniones políticas. Sus opiniones políticas tendrían que expresarlas ante algún tribunal.

La amenaza queda en el aire, oscureciendo la nube de humo de los cigarrillos y el puro de Foxá. Reyes, ético y hepático, hace como un ademán de levantarse y despedirse, ante la frase de Serrano. El propio Foxá le acalma blandamente, con su mano diplomática de poeta, para que se siente de nuevo.

—Señores —dice Foxá—, aquí el único agraviado soy yo, agraviado literariamente, y me estoy divirtiendo mucho.

(Ninguno se da cuenta, pero con el encuentro de «las dos Españas» ha vuelto el usted. El tuteo de los falsos camaradas queda para el protocolo falangista: es como un «usted» vuelto del revés, ya que los del tuteo invocan a cada momento el concepto de Jerarquía: están hechos un lío. Y el hombre a quien se va a matar merece por lo menos que se le trate de usted. Franco mismo se defiende con el «usted» del falso e invasivo tuteo fascista, está marcando siempre una diferencia y una distancia. Si los demás no lo advierten será porque no quieren.)

Lozoya arde en coñac y beligerancia marxista:

—Como ha dicho André Gide, con los buenos sentimientos sólo se hacen malas novelas. Y en esa novela de usted, Foxá, los buenos son demasiado buenos.

—Y, en consecuencia, los malos demasiado malos —ríe Foxá, tirando el puro a medias y encendiendo otro.

De nuevo Serrano Súñer, más, quizá, por mantener la figura que por otra cosa:

—Su cita es desafortunada, caballero. Ese homosexual marxista está en el corazón mismo de la Europa podrida que queremos exterminar.

—Con ayuda de Hitler, supongo —dice Lozoya, con su sonrisa de potestad celestial, blanda y buena.

—¿Tiene usted algo contra Hitler?

Se adelanta Reyes, quitándose la pipa de la boca: es una pipa que remite a la bohemia ateneísta de ese Madrid ahora debatido:

—Perdón, nos ha advertido usted que no hemos sido invitados a expresar opiniones políticas.

Y Lozoya:

—Ya que hablamos de estilo, el libro de Hitler, «Mi lucha», le diré que está muy mal escrito.

Y ríe su propia gracia.

Serrano, instalado ya en su dureza natural:

—¿Sabe usted alemán? ¿Lo ha leído en alemán?

—Tengo entendido que aquí el único que sabe alemán es el señor Tovar.

Foxá sirve coñac y reparte puros. Perfuma a embajada y colonia francesa cuando se mueve:

—Y mi libro olvidado, como pasa siempre en estas lecturas. Escribe uno una novela preciosa y se ponen a hablar de la de Hitler.

El camarero decano, que es un poco sordo, dirime las dos Españas: «Señores, vamos a cerrar.»

VÍCTOR ES ALTO, capitán y poeta. Juega a Garcilaso, a Amadís de Gaula, quiere que la guerra dure siempre, porque sólo entiende la vida como épica, pero no va nunca al frente. Anda diciendo sus sonetos guerreros por los cafés de la ciudad, aunque en el café de los laínes no se ha atrevido a recitar nunca, por respeto a la autoridad poética (y de la otra) de Dionisio Ridruejo. Víctor ha confundido el descubrimiento de la guerra con el de su propia juventud, ha confundido su optimismo meramente zoológico con el optimismo de la Victoria que se difunde por la ciudad, y ha confundido a Franco con el padre que todavía necesita, como el niño grande que sigue siendo. Víctor, más lleno de versos que de ideas, ha resumido su filosofía en la fidelidad al Caudillo, ha resumido su vida en esta guerra y es, en general, un hombre resumido, un capitán, un poeta y un héroe resumidos como para una lectura adolescente de la Historia.

Víctor es un héroe de manual y todo su heroísmo consiste en echar versos (suyos y ajenos, o sea mejores) a los soldados que parten para el frente. Francesillo ha encontrado en este amigo/espía no sabe si a un hipócrita o a un imbécil: en cualquier caso, a un caudillista (no tiene mucho trato con la Falange ni habla nunca de José Antonio, como la mayoría de los militares, por otra parte) que ha hecho del Caudillo un fin en sí mismo y no un medio para ganar una guerra y pasar a otra cosa. Con el tiempo, Francesillo aprendería que casi todos los militares nacionales eran así: sanguíneos, fanáticos y externos. Dentro no tenían ninguna idea, sino cuatro imágenes bailables: Franco, la bandera, la trinchera enemiga y una puta.

Víctor, como capitán de Intendencia, tenía mando sobre Francesillo (era, en realidad, quien le había llevado a aquellas oficinas militares). Francesillo es consciente de que su protector le espía. Siempre el que nos protege nos roba el alma. Siempre el que nos espía nos está protegiendo de otro espía. En esta dualidad se mueve la relación del capitán y el muchacho, que esta mañana recibe la visita de Víctor en su chiscón de sumar panes y peces, como él le escribe a su madre.

—Venga, deja ya las cuentas y vámonos a comer un buen cordero donde yo te diga.

Caminan por la ciudad especialmente populosa, hoy, de Regulares, como otros días de legionarios o italianos, según la resaca de la guerra. Pero el mediodía siempre es alegre y almorzador en la ciudad. Las malas noticias del frente, de algún frente, si las hay, sólo se conocerán por la tarde. En el mesón preferido de Víctor, por los barrios medievales, por lo que fueran las juderías de la ciudad, con un olor entre conventual y sefardí, se sientan a comer entre la alegría gastronómica de los militares, los moros, los funcionarios de Franco y algún intelectual falangista que se distancia un poco de todo eso. «Los falangistas nos han salido los dandies de Franco», piensa Francesillo. Víctor principia por un par de huevos fritos, pero ya le están friendo en las cocinas un buey entero. Francesillo se limita a unos callos a la madrileña (por tomar algo muy madrileño que le recuerda a su madre) y una frasca de vino tinto de la provincia, el que tenía sabor de verano en Castilla, sabor viejo de veranos en casa de los abuelos. Antes de que llegue el buey, Víctor entra en el tema, como Francesillo sospechara desde que su capitán le invitó a comer, aunque no es la primera vez que lo hace. Y el tema es el que Francesillo, asimismo, también teme y sospecha:

—Hoy no te voy a recitar ningún soneto, no temas. Llevo una mala temporada. No sé si es que no tengo tiempo o no tengo inspiración.

—Sabes que me gustan tus sonetos.

—Gracias —y por un momento comparten el vino y la devoción por la poesía.

—Te supongo, Francesillo, impaciente por matar comunistas, como es propio de un chico de tu edad, soldado y nacional.

Francesillo guarda silencio. Bebe vino y se deja observar por el otro.

—Ya te dije que si tú no puedes ir al frente, te los íbamos a traer aquí, para que los mates con más comodidad y sin peligro. Brindemos por tus primeras víctimas.

—Yo no brindo por esas cosas. Y sabes que no tengo ninguna impaciencia por matar comunistas. Ni comunistas ni nada.

—Es que empiezas esta noche.

Francesillo posa el vaso de vino en la mesa, porque le tiembla la mano, su fina mano de escribiente.

—Franco ha ordenado una limpieza en las cárceles de la ciudad y, por otra parte, han venido del frente camiones enteros de rojos, la mayoría peligrosos. Todos tenemos que echar una mano.

—¿Laín Entralgo también?

—Esos «falangistas intelectuales», como ellos mismos se llaman, no hacen más que recordar a José Antonio y criticar a Franco, crearle problemas al Caudillo.

—Pues a mí me parece que algunos escriben muy bien.

—Ya sé que te gustan más los sonetos de Ridruejo que los míos.

—Tú juegas a Garcilaso y no eres más que un capitán de Intendencia. Nunca morirás escalando una muralla enemiga.

—Te tolero tus frases porque sé que la orden de matar te ha trastornado un poco. Ya te irás acostumbrando.

—Yo no sirvo para matar, Víctor.

A Víctor le han traído la res, buey o lo que sea. Sobre el medio cadáver reconocible y casi sangrante, Víctor come y habla de matar:

—Hay que hacer sacas, no queda más remedio. Muchas sacas. Los rojos se están pudriendo en las cárceles. A casi todos les espera el paredón. ¿Para qué prolongar su dolor físico y su miedo? Casi hacemos una obra de caridad enviándolos al otro mundo. ¿Sabes, Francesillo —pregunta Víctor con la boca chorreante de sangre o vino—, que muchos tienen un último momento de gracia y arrepentimiento? Van al cielo directamente, yo estoy seguro.

Francesillo moja pan, muy despacio, en la salsa de los callos. No tiene hambre. Sólo busca el sabor de Madrid, el sabor de su vida con padre y madre. «Estos callos están siendo mi magdalena proustiana», piensa, sonriendo por dentro, olvidado un instante de su destino de verdugo. Bebe vino, mantiene el vaso en alto y mira a los ojos a Víctor. Le dice:

—De modo que no sólo te ocupas de la intendencia de los vivos, sino también de la intendencia de los muertos.

—No me hagas frases y escucha —se enardece Víctor, rojo de carne, rojo de vino y de guerra—. Son milicianos que han matado a mucha gente, a muchos patriotas, ayer mismo, y no sólo a soldados, que eso es la guerra, sino que hacen sacas en Madrid, en los pueblos, en los sitios por donde pasan. Violan a las monjas, fusilan al párroco, queman la iglesia, ahorcan al Cristo. La muerte les redime, nosotros les redimimos, porque les impedimos seguir profanando vírgenes, monjas, custodias. Seguir enterrando vivos a sacristanes y organistas.

Francesillo piensa que prefiere con mucho el cinismo de Foxá, que ha conocido en el café, a la elocuencia de un fanático. Francesillo concluye que prefiere siempre, en cualquier bando, la inteligencia. Víctor hace versos, pero no es inteligente. Muchos poetas mejores que Víctor tampoco lo son. Los versos no se hacen con la inteligencia. Su amado Rubén Darío era mucho más que inteligente, una cosa mejor: «corazón asombrado de la música astral», le escribió Machado. «Pero este Víctor tiene corazón de carnicero», le dice su sonrisa interior.

—Te voy a llevar un día a las cárceles, Francesillo, para que veas qué gente, qué horda. Son desahuciados de la vida, aunque algunos estén sanos. Son desahuciados de Dios. Hay que matarlos. Es nuestro derecho y nuestro deber.

«Desahuciados de Dios.» Francesillo piensa que Víctor es mejor poeta cuando le inspira el crimen. O sea que Víctor es un criminal, un lírico del fusilamiento que se come un buey entero.

—Esta noche a las nueve paso a buscarte, Francesillo.

Van en un coche requisado y negro. Son seis y el conductor. Un pelotón. Francesillo lleva el fusil vertical y apenas lo sujeta con su mano derecha, por la culata, tocando la madera. El contacto del metal se le hace alarmante. Se ha producido en él una identificación metal/muerte. Víctor le ha enseñado a manejar el arma. Eso no fue lo peor. Mientras jugaban con ella, era como aprender a usar una herramienta, luego, el fusil montado y frío, ya suyo, le asusta como una hermandad negra que de pronto ha contraído con el crimen. Comprende, mientras viajan, que el hierro es más pariente de la muerte que la madera.

Tras ellos viene un camión cerrado con los condenados. Francesillo va mirando las afueras de la ciudad, que vagamente reconoce en la noche diurna de julio, y luego ya todo es campo y luna clara, lejanísima de este otro planeta donde se mata. Cruzan campos bellamente arrasados por el estío y pueblos donde ha habido guerra, pueblos que serán ya para siempre ruinas sin grandeza, restos sin historia de la Historia, una silla en mitad de una carretera, una ventana derruida junto a su pareja en la fachada, que es una ventana intacta y primorosa, un perro muerto como todos los perros muertos, pero con algo trágico de perro asesinado.

Francesillo piensa que se están alejando demasiado, que estos hombres justicieros se comportan como forajidos. La Justicia no debe ser muy justa cuando hay que hacerla tan lejos. El conductor y sus compañeros se gastan bromas cansinas, repetidas sin duda de otras anteriores, como obreros de algo que distraen la monotonía y la rutina de su trabajo con el escaso ingenio que tienen, y que para ellos es suficiente.

—Aquí el nuevo no habla mucho.

—También a ti te pasó la primera vez.

—Esto es como la primera vez que vas con una puta.

—Prefiero la puta, oyes —dice el conductor, a cuyo

lado va Francesillo, y gira un poco el cuello para hablarles de perfil.

Francesillo advierte que evitan hablar de la cosa en sí. No son legionarios ni falangistas. No son fanáticos. Son soldados en cuya quinta ha caído una guerra. Gente del pueblo que va a fusilar a otra gente del pueblo. Igual podría haber sido al contrario. Así de tontamente sencilla es la realidad. Este pensamiento es desolador, pero no nuevo en Francesillo, y tampoco le alivia mucho de su primer encuentro con la muerte, con el crimen (aunque ya tuvo la experiencia de su padre, pero ahora va a ser al revés). Efectivamente, como dicen los soldados, la inseguridad del corazón y la cobardía de las piernas es semejante a lo de la primera puta. Entonces también había un puntazo de culpa inexplicable. Ahora no hace falta explicarlo. El camión huele a acero nocturno, hombre con sueño y tabaco malo. El camión huele a bocadillo de madrugada, zumo de luna y crimen.

—Me parece que estamos llegando, muchachos.

Resulta que el oficial que dirigía la operación venía en el camión de los presos, sentado con el conductor. Era el oficial del bigotillo rubio que sonreía solo, el que Francesillo había conocido en el convento. No sabe Francesillo si el oficial le ha reconocido o no. Seguramente, para los oficiales, los soldados son números. Para los coroneles, los oficiales son números. Para los generales, y así sucesivamente. En esa escala de anonimatos colectivos puede que consista la esencia y grandeza del Ejército. Están como en las afueras de un pueblo labriego, intacto, pero como vacío, más que dormido. Contra el muro blanco de una huerta, muy iluminado por los faros de los dos coches, sitúan hasta una docena de hombres, que han salido del camión como ganado, en silencio y sombra. Francesillo comprueba con espanto que no son milicianos sanguinarios, como le habían dicho, ni extranjeros o aventureros internacionales, de las Brigadas Rojas, sino un maestro ya viejo, quizá, que se ha puesto la corbata para morir, un cachicán gordo, otro hombre maduro con aspecto de vinculero, un joven albañil o mecánico, un adolescente que parece el más tranquilo, un guardia civil degradado (lo que ellos llamarán un traidor), etcétera. Como Francesillo había pensado en el camión, gente del pueblo matando a gente del pueblo. Españoles víctima de otros españoles. Sin duda, vecinos de algún pue-

blo de la provincia. «Este cabrón de Víctor me ha mentido.»
Francesillo piensa a gran velocidad, quizá piensa muchas
cosas en un segundo, como dicen que se sueña un largo
sueño en minutos. Y todo esto tiene algo de sueño, algo de
irreal. ¿Qué puede haber hecho esta gente?, se pregunta el
chico. Saltarse alguna misa, votar una vez a Azaña, porque
estuvo en el pueblo y le saludó amable, no apuntar el hijo a
la Falange, discutirle la harina al señorito dueño del molino.

—De prisa, que tenemos trabajo.

—Oficial, hace una noche muy hermosa.

—No hemos venido aquí a oler las margaritas.

—Las margaritas no huelen, mi teniente.

Fusilaban así, haciendo ingenio.

—¡Preparados, apunten, disparen, fuego!

Francesillo ve que el adolescente llora, que uno de los
labriegos se ha quitado la boina, no se sabe por qué respe-
tos. Por sobre la tapia les cuelga un sauce de luna. Han
caído blandamente, bruscamente, unánimes y sin concier-
to al mismo tiempo. Francesillo ha disparado una sola vez
y lo ha visto todo, contra la tapia blanca, como en la pan-
talla de un cine, preparados, apunten, disparen, fuego, viva
la República, preparados, apunten, asesinos, hijos de puta,
preparados, apunten, disparen, fuego, madre, madre, todo
es mecánico, un cine mudo al que no parecen pertenecer
los gritos de las víctimas, que quedan teatrales, de teatro
malo. El fusilamiento es horrible porque es como un cruce
no logrado de cine y teatro, piensa absurdamente Francesillo. Los soldados están rematando a algunos en el suelo.
Y yo haciendo teoría estética del fusilamiento como *perfor-
mance*. La inevitable irrealidad de lo inmediato le tiene
sonámbulo. El golpe del fusil en el hombro, el fuego y la
pólvora, la negra eficacia de la muerte son casi reconfor-
tantes para el muchacho. Huele a sangre, a pólvora y a
salud. Sí, huele saludable, como en un matadero, con toda
la carne fresca. Como en una carnicería. Y un julio nocturno y caluroso les envía una brisa caliente que se les para
en el cuerpo.

La operación se repite por tres veces. Son tres tandas
de hombres (Francesillo agradece que no haya ninguna
mujer, aunque sabe que también las matan). Hombres in-
tercambiables, la estadística pedánea de España. Estamos
asesinando a la estadística. Estamos fusilando la España
pedánea. ¿Cómo se puede ir erosionando así el tejido hu-

mano de un país, de nuestro propio país? ¿Y qué es lo que piensan crear éstos luego, después de tanta muerte? Los españoles se han vuelto locos (seguro que del otro lado hacen algo parecido), les ha entrado el odio de la propia raza y quizá esperan que de la muerte va a surgir otra raza mejor. Nos odiamos de español a español como el blanco odia al negro y el negro al blanco. Nos olemos mal, como nos huelen mal los negros o los chinos. Y el éxito de Hitler ha sido volver ese odio de la propia raza contra una raza vicaria, los judíos. Francesillo, como en una borrachera (ha tenido alguna, como rito de adolescencia), se dice a sí mismo, borracho de muerte y de muertos, que está razonando muy bien, que contiene los nervios, el espanto, el miedo, que se está portando como un hombre. Francesillo es ahora como el borracho que se repite a sí mismo los reyes godos, la tabla de multiplicar o todos los apellidos de la familia, para persuadirse de que no está borracho. Venga, a los coches, rápido, por hoy hemos terminado. Francesillo va otra vez al lado del conductor y aprieta su fusil con fuerza entre los puños, sin darse cuenta, como para que el arma no pierda el calor. Está en plena borrachera de lucidez y espanto, bloqueado a la realidad. Un optimismo de motores y un elegante baile de faros en la noche. El giro de las luces ilumina por última vez un montón de ropa sucia, ensangrentada, amontonada o dispersa, junto a la tapia blanca.

CONSEJO DE MINISTROS en el Palacio Arzobispal donde Franco ha instalado su Estado campamental, no sin cierta nostalgia guerrera de las Cortes errantes de la Edad Media. Pero Franco no elige para su actividad pública las extensiones espectaculares y arzobispales, sino las saletas escondidas, abrigadas, como sitios más conspiratorios y confidenciales, propios de bordado íntimo y tapete casi familiar. El viejo sueño español de unir la Cruz y la Espada lo ha realizado Franco con estética de sargento: instalándose directamente en el sitial de la Iglesia, con lo que queda claro que él es la Religión y la Patria. Y de paso vive con la dignidad que va requiriendo ya el mito.

En sus Consejos de ministros, más paisanos que militares, o algunos militares de paisano, y ningún falangista, salvo el hitleriano Serrano Súñer, ministro de casi todo, un personaje huido, afigarado y poderoso. Pedro Sáinz Rodríguez, en un claro de la tertulia (que eso son los Consejos), saca el recado que le han dado los falangistas, Dalmau, el anarquista catalán Dalmau, habría que hablar con todas las fuerzas del Nuevo Estado antes de hacer pública la decisión de. Etc.

—No tengo tiempo ahora, Sáinz, para ese ocioso asunto.

—Afuera, para después del Consejo, esperan Laín y...

—Esperando están bien.

Y Franco sentía la tentación de decirle lo que le dijo a un soldado en la Legión, que había llegado tarde por el funeral de su madre: «Pues aquí, ni más mujeres ni más misas.» Pues aquí, ni más anarquistas ni más laínes. Franco, que salió ya de la escuela militar con una urgente vocación de ganar estatura bélica, de hacer carrera, vive la nostalgia de África, que le ha tostado el alma para siempre con sus soles legionarios y su sabor a soledad y muerte.

África es la aureola del pequeño héroe.

Franco no atiende demasiado a lo que dicen los ministros, ya que no cree en este trámite burocrático, un tanto liberal y hasta demócrata. Utiliza más bien los Consejos para observar a sus hombres, para enterarse de lo que no dicen, más que de lo que dicen, y para dar al mundo una apariencia casi republicana (por eso aconseja a los ministros militares que acudan de paisano). Él se presenta siempre de militar, como el hombre que está haciendo una guerra, y no *asistiendo* a ella, como Azaña, y mientras le hablan de los asuntos de la intendencia, que desprecia, se dedica a veces a pensar en sus cosas. Mola, dicen que Mola es el hombre de esta guerra. Lo ha dicho hasta ese loco de Hitler: «La gran esperanza de España es Mola, el auténtico dirigente. Franco llegó al Poder como Poncio Pilatos entró en el Credo.» Bien, pues ya sabe que no hay que perder de vista a Hitler y Mola. Mola anda soñando con una dictadura militar que acabaría haciendo un socialismo desde arriba. Algo muy parecido a Rusia, al fin y al cabo. En cuanto a Hitler, no hay duda de que está preparando la invasión de toda Europa, y a mí no va a arrastrarme a esa aventura suicida. Por eso me molesta que estos falangistas de mierda, nostálgicos del hijo de Primo, aquel muchacho, quieran identificar mi Estado con el hitleriano, y a mí con ese diletante que no pasó de cabo en la guerra del catorce. Si algún día hablo con él, voy a explicarle algunos rudimentos de estrategia y táctica. Y Ramón es el más culpable, claro. Ramón, que empezó de carca con Gil Robles, desde que está aquí se ha hecho hitleriano, más que franquista. A Hitler también le gusta Muñoz Grandes. A Hitler le gusta cualquiera que no sea yo. Bien sabe lo que se hace. Hitler cuenta con España para cuando se lance a su sueño loco de conquistar el mundo. Y sabe que yo no entro en eso. Así que como Pilatos en el Credo. Pues se va a tragar todo el Credo.

—Que dicen de Valladolid, Excelencia, que Girón y las gentes del glorioso Onésimo se sienten postergadas por el Ejército.

—Que colaboren, que lo que tienen que hacer es colaborar.

Y el de Comercio:

—Que va faltando azúcar en las provincias del Norte...

—Un terrón en lugar de dos. Que le pongan un terrón al café.

Y así, con soluciones entre irónicas y domésticas, iba despachando los Consejos.

—Por hoy hemos terminado, señores, si no hay más asuntos que tratar.

La guerra. Su única preocupación y dedicación es la guerra. Sólo despacha a gusto y largamente con los generales, aparte sus escapadas a uno u otro frente. Avanza en línea recta hacia un único objetivo: ganar la guerra. Sabe que no se pueden hacer dos cosas a la vez y hacerlas bien. En la guerra ha adunado toda la energía de su cuerpo breve y blando, potenciado por una insistencia moral sin descanso, y toda la labilidad traidora de su alma judía y galaica.

El general Cabanellas, viejo y de barba bíblica, está sentado en la saleta. Los laínes, que han llegado en comisión, charlan con él mientras esperan a Franco. Cabanellas es antiguo y espectacular, paternal y un poco sobrante. Anda por la ciudad abandonando la larga barba al viento de todas las esquinas. Va de boina y capote muy largo. Cabanellas fue masón antes de la guerra, en Madrid. Iba a las mismas «tenidas» masónicas que Franco, en la misma logia, y lo cuenta por los cafés de la ciudad:

—No me recibe, por eso no me recibe.

Franco le llama masonazo, le tiene horas esperando en la saleta, donde hay Cristos románicos y un Greco, y al final no le recibe. Ahora llega un ujier y le dice que vuelva otro día. Franco no quiere salir a charlar con los laínes antes de que se haya ido Cabanellas. Franco es un motor de dos direcciones. Una hacia adelante, que sólo lleva a ganar la guerra, y otra hacia atrás, que sólo lleva a borrar el pasado masónico, la jura de la bandera republicana, y a vengar viejos rencores. Franco es un rencoroso tranquilo.

Los laínes han venido todos: el propio Laín, Torrente, Sánchez-Mazas (ya huido de Madrid con su novela bajo el brazo), Luis Rosales, Ridruejo, Areílza, alto y de ojos claros, Eugenio Montes, regresado de Roma, perfilero e irónico, Foxá, condecorado de algo, Vivanco, triste y frailero, Sáinz Rodríguez, que se les ha unido a la salida del Consejo, perdido en su gordura, su erudición y su miopía, tres envolturas que le aíslan un poco del mundo, más el bigotillo cómico como copiado del Jannings de «El Ángel Azul». Y algunos más. Franco les recibe de pie y los mantiene en pie. Les da la mano uno por uno, para evitar que levanten el brazo. Les llama por el apellido y de usted, como a todo el mundo. Al Palacio Arzobispal no ha llegado el fascismo. En esta reunión parece que va a pasar todo, pero no pasa nada. Habla Laín, alto, marañoniano y cejijunto, eterno abogado de causas perdidas. Y vienen vestidos de falangistas, para molestar más, para marcar diferencias o para darse cohesión de grupo. (En cualquier caso, un error, se dice Franco.)

—Excelencia, lamentamos insistir en el caso Dalmau, pero lo hacemos con los ojos puestos en Cataluña y en el mundo. La muerte de Dalmau no haría sino unir más a los anarquistas catalanes y de toda España. Y Barcelona está muy difícil, como Su Excelencia sabe mejor que yo. En cuanto al mundo...

—El mundo son Portugal y Hitler. Portugal está conmigo y Hitler hubiese fusilado hace mucho a un tipo como el que les ocupa a ustedes, tan hitlerianos. Por otra parte, de todo esto ya hemos hablado muchas veces con Ridruejo. El caso Dalmau no me preocupa más ni menos que otros.

Les vuelve a dar la mano y se retira a su despacho por

una puerta lateral. Salen crispados, frustrados, desorientados.

—El cordero de Casa Luisón se nos está pasando —dice Foxá—. Dalmau, en la cárcel, me parece que también se nos está pasando.

BORRACHO DE COÑAC malo y vino tinto, borracho de muerte y loco de caligrafías, Francesillo, en la pensión, en su cuarto, trata de escribir una carta a su madre contándole cómo ha matado por primera vez, preguntándose (lleva muchas horas preguntándoselo) a quién de aquellos hombres ha matado él: ¿al vinculero maduro, al albañil anarquista y sonriente, al viejo maestro de escuela, a todos, a ninguno? Necesita una imagen para fijar su culpa. Necesita corporalizar su culpa en un hombre, aunque a lo mejor acertó a varios, o a ninguno. Necesitamos conocer a nuestras víctimas como necesitaríamos conocer la cara encapuchada de nuestro verdugo. La muerte tiene que ser de hombre a hombre. Este crimen colectivo, esta muerte anónima se le hace espantable al muchacho. En torno de una cara se puede mimar una culpa, como un amor. Las cartas no le salen a Francesillo. Ya ha tirado varias al cesto. Por los mesones de la ciudad ha bebido vino y ahora en su cuarto bebe un coñac malo y nacional. La pensión está sola, quieta, en la tarde de verano. Sólo, allá en la cocina, canta Imperio Argentina en la radio de Emilia, la lela.

Francesillo va hasta la cocina, se sienta allí, como otras veces, pero no mira las piernas de Emilia, que está lavando en el fregadero. Francesillo se ha traído la botella de coñac y bebe y llora. Cuando Emilia viene asustada, maternizada de ternura, se sienta en las rodillas del muchacho, en una maternidad inversa, le coge la cabeza, se la besa y le pregunta cosas.

—He matado, Emilia, he matado. Me llevaron anoche a fusilar gente.

Emilia baja la copla de la radio, pero no la quita. La casa está solitaria. Todos han salido, incluso doña Patro. Sólo el cura organista duerme su siesta, que suele interrumpir a las nueve para cenar y volver a dormir. Es la siesta de los justos. El viajante catalán andará viajando cosas que nadie quiere, porque son de la otra zona, de zona roja, y además le perjudica el acento. Doña Patro habrá ido a ponerse a alguna cola, para conseguir patatas o huevos. Emilia, la lela, y Francesillo lloran juntos en un grupo confuso de coñac y lágrimas (ella también bebe y le da a beber de la misma copa), en un desastre escultórico de palabras perdidas y besos. Maruja y su novio menestral y falangista andarán por los parques metiéndose mano.

—Usted no ha nacido para fusilar, Francesillo, no hay más que mirarle las manos, usted no tenía que estar en esta guerra, don Francesillo, a eso no hay derecho, beba otro poco y no me llore, se calme, señorito, que me ahoga ver llorar a un hombre.

Y la Emilia, la lela, aprieta contra sus pechos de virgen necia la cara húmeda y deshecha de Francesillo. En la alcoba de la Emilia, estrecha y como de criada, con olor a bestia joven y desahucios, la Emilia, la lela, se echa sobre el muchacho. Ambos están medio desnudos y la Emilia se ha traído la radio y el coñac. La Emilia, la lela, viola a Francesillo con la violencia y ternura de una osezna o una virgen loca. Por la radio cantan en Sevilla hay una casa y en la casa una ventana y en la ventana una niña que en el río se miraba. Los dos jóvenes se dan besos de coñac, se aman con ardientes lágrimas de coñac y salados besos de lágrima. La carne desnuda de la Emilia tiene un resplandor blanco y nuevo en la penumbra de la alcoba (la Emilia, la lela, es un poco la criada/cenicienta de su madre y su hermana). Por la radio cantan ahora, a media voz, él vino en un barco de nombre extranjero, lo encontré en un puerto al atardecer, no llore, mi niño, no llore, cuando el blanco faro sobre los luceros su beso de plata dejaba caer.

—Víctor, tú me has engañado. Esos de anoche no eran milicianos sangrientos, como me dijiste, ni extranjeros de las Brigadas Internacionales.

—Si se les fusila es por algo, Francesillo.

—Eres un miserable, un mentiroso de mierda, un canalla. Eran gente del pueblo de al lado. Estáis matando media España, vosotros que habláis de salvar España.

Francesillo, después de buscar a Víctor por todas las tabernas de la ciudad, le ha encontrado en El Caballo de

Troya, caída la tarde, y Víctor, que también está bebido, como suele a esa hora, le lleva a un reservado.

—Has bebido, Francesillo, eso no me parece mal. Ahora vamos a hablar de hombre a hombre.

Se sienta a su lado en un banco corrido, de madera, y le pone su mano de hacer versos en la entrepierna:

—Con estos huevos tan hermosos hay que ser más hombre, Francesillo.

No ha sido un reproche cariñoso. Ha sido una caricia. El muchacho se pone en pie.

—¡Maricón! Encima maricón.

Víctor también se ha puesto en pie:

—Si sigues gritando te doy dos hostias. Si sigues insultándome te meto un paquete y después te mando al frente, a que te maten por cobarde y comunista.

—El Garcilaso de mierda. El poeta de Intendencia.

Víctor se ha traído la botella al reservado. Francesillo ha pasado del susto a un frío desprecio. Víctor le hace sentarse y se sienta enfrente. Le sirve coñac al chico y él bebe directamente de la botella:

—Bebe y vamos a hablar como hombres.

Francesillo tiene los codos en la mesa y tortura entre sus manos de suicida y de poeta un papel con la escritura arrugada. Víctor se lo arranca en un relámpago.

—¡Dame eso, maricón, no tienes derecho a leerlo, dame ese papel o te mato!

Y ha cogido la botella por el cuello, en un gesto tópico e involuntariamente teatral de ir a dar el botellazo del crimen. Víctor echa una ojeada al papel, estirándolo un poco: «Querida madre...» Vuelve a arrugar la carta, ahora sabe que es una carta, y se la devuelve al soldado de puño a puño, mirándole con el reojo inesperado de la sospecha. De modo que cartas a mamá, que estará en Madrid. ¿Y cómo pasan esas cartas? El espía va creciendo dentro del amigo.

—Soy capitán y tengo derecho a leer y saber todo lo que hacen y escriben mis soldados. ¿No te leo yo mis versos? Me ha parecido que lo tuyo también eran versos. Quizá esa cosa surrealista que hacéis ahora los chicos, y que no se entienden.

Francesillo, repentinamente adulto, bebe despacio, sentado a la mesa. Mira a Víctor en sus ojos pequeños, cargados de sangre y coñac:

—Víctor, eres un completo miserable. Espero que no todos los capitanes de Franco sean como tú, porque entonces tenéis perdida la guerra.

—Siempre he sabido que eras un rojo, Francesillo. Hijo de rojos.

—Mándame fusilar con los maestros de pueblo y los hortelanos analfabetos que matamos todas las noches.

—Te he dicho que íbamos a hablar como hombres. De hombre a hombre. Yo soy amigo tuyo y quiero ayudarte.

—Tú eres maricón y espía. Y tampoco vas al frente. Tu patriotismo lo sueltas en versos malos.

Víctor bebe despacio de la botella. Está realmente calmado, como si la exteriorización momentánea de su homosexualidad le hubiese dejado el alma en paz.

—Tengo una idea, Marcel, porque tú te llamas Marcel. Desde esta noche vienes con mi pelotón. Y la escopeta te la voy a preparar yo personalmente. Cargada sólo con pólvora. Tú mismo vas a verlo, claro. Una cosa entre tú y yo. Es lo último que hago por ti. Ya puedes disparar tranquilo, que no matas a nadie. Pólvora en salvas.

Francesillo está hundido en sí mismo, con las manos en los bolsillos del pantalón militar. En uno de ellos toca la carta a su madre, el papel arrugado que antes o después va a costarle la vida, se dice. «El que Víctor sea homosexual no me ayuda nada. A la larga lo pondrá peor.» Pero se siente en poder del capitán poeta. Bebe suavemente de su copa. La taberna/mesón ha quedado en silencio porque en la radio ha sonado un clarín. Es la hora del parte.

EL CUATRO DE OCTUBRE de 1936, Franco toma posesión de la Jefatura del Estado, hay una Virgen embarazada de broma con paja, por los milicianos, hay niños haciendo casitas con los escombros de las casas bombardeadas, hay soldados jugando al parchís bajo los aviones de Hitler, el 18 de abril de 1937, Franco anuncia la unificación y fusión de los distintos partidos, al cumplirse el primer año del Movimiento salvador, hay milicianos leyendo libros gordos y milicianos que beben de bota, hay trincheras de sacos terreros en la Ciudad Universitaria, por donde un día se verá entrar a Franco, hay mujeres sentadas en mitad de la calle, cuando el bombardeo, haciendo su labor de punto, luchamos por librar a nuestro pueblo de las influencias del marxismo y del comunismo internacionales, hay enfermos jugando a las cartas sobre sus llagas, en los hospitales de sangre, antes Casino Recreativo, hay correajes colgados de las arañas fastuosas, hay una farmacia/perfumería que sigue la venta entre dos pilas de sacos terreros, queremos salvar por esta lucha los valores morales, espirituales y religiosos, Franco al Leipziger Illustrierte Zeitung, hay manicomios bombardeados y una tertulia de sillas vacías que han quedado en pie, el Ejército, secundado por el pueblo y las milicias, se alzó contra un Gobierno anticonstitucional, lo mismo que España salvó la civilización mundial en la batalla de Lepanto, Franco a Collier's, hay teatros donde echan zarzuela y los soldados se divierten, hay mujeres que bailan solas por la calle y hasta se suben un poco la falda, los jefes del Ejército no intervinieron hasta tener la convicción de que solamente su acción podía salvar al país, Franco a La Revue Belge, Laín Entralgo, solo por la mañana, en el café, escribe un editorial para La Revista Negra de la Falange, todos los Gobiernos del Frente Popular, todos los Gobiernos de izquierdas que han gobernado España, no han estimado y han desconocido el principio de autoridad, Franco a Le Figaro, Torrente Ballester, en otra mesa del café, prepara una cosita literaria para La Revista Negra de la Falange, nuestra victoria significa la salvación de España, Franco al New York Times, Sánchez-Mazas, en su habitación del Hotel Nacional, repasa el original de su novela Rosa Kruger, queremos paz y amistad con todos los pueblos, Franco a United Press, Agustín de Foxá, en su hotel, en pijama de seda, escribe un poema bíblico donde Job, o alguien así, va «derramando gusanos por las viñas», estamos defendiendo la existencia e independencia de España, Franco a La Nación de Buenos Aires, Dionisio Ridruejo, en su catre de soldado, prepara una arenga para el frente y se desayuna con whisky, luchando contra el comunismo creemos prestar un servicio a Europa, Franco al Journal de Genève, Eugenio Montes, en el Hotel Nacional, sentado en el vestíbulo, vestido como de domingo, escribe una crónica para todos los periódicos de la zona nacional, no había libertad, cambiada por el libertinaje de los partidos, Franco al Corriere della Sera, Luis Rosales, en su casa, en pijama de estudiante, se desayuna con ginebra y escribe un soneto abrileño y garcilasista, Malraux ha venido a España a preparar la toma de Oviedo por los republicanos, Malraux va y viene mucho entre París y Madrid, Malraux juega a Malraux, como siempre, tenemos el dinero, el Cantábrico es nuestro, el Mediterráneo y Málaga, la victoria es segura, los republicanos jamás tomaron Oviedo, en la Modelo de Madrid están presos Melquíades Álvarez y Albiñana, Martínez de Velasco, Ruiz de Alda y Fernando Primo de Rivera, a Ruiz de Alda le roban el reloj antes de fusilarle, Prieto, en su ministerio, recibe en pijama y zapatillas, las emisoras nacionales ejercitan su ingenio radiofónico, Largo *Canallero*, Martínez *Birria*, Ossorio y *Bigardo*, que a Calvo Sotelo lo han matado los comunistas, que a Calvo Sotelo lo ha matado un socialista borracho llamado Cuenca, que a Calvo Sotelo lo han matado los *agrarios* de Gil Robles, por su proyecto de reforma agraria, los hermanos Miralles, los Gamazo, los Iván Quirós y los Santa Amalia defendieron las llanadas de Burgos, Azaña recibe a Rosemberg en el salón Gasparini, entre la floración de los Tiépolos, en la derecha se lee la Biblia y los Evangelios, el verde y el marrón son los colores de la muerte, otros dicen que el negro y el amarillo, la verdad es que aquí hay muerte de todos los colores, Giménez Caballero, el Groucho Marx del fascismo español, llega al café, interrumpiendo el trabajo de los otros, con el chisme del día, que ha dicho Bergamín que la mayoría de las iglesias las ha quemado Dios, es un blasfemo sin gracia, pero la frase es fuerte y todos se quedan dándole vueltas, a Giménez Caballero se le nota que le hubiera gustado escribirla él, Giménez Caballero juega con las frases como Bergamín, y Bergamín como Unamuno, pero la degradación es progresiva, cada vez lo van haciendo peor, volaba sobre Madrid el primer avión de Franco, los del POUM son trotskistas y preocupan a Rosemberg, Rosemberg se lo dice a Azaña en el salón Gasparini, es preciso vigilar al POUM, Alemania ha reconocido a Franco, a pesar de que «está en la Historia como Pilatos en el Credo», Rafael Alberti y los escritores antifascistas trabajan en el palacio de Heredia Spínola, en la calle del Marqués del Duero, Mola está en Pamplona dominando todo el Norte, a veces se llega hasta Lecumberri, como es muy listo se va entendiendo con el Requeté, pero lo suyo es una dictadura militar, ya se ha dicho, para hacer socialismo desde arriba, a Franco, también se ha dicho, eso le parece como lo de Rusia, hay que hacer algo con Mola, que en Madrid han fusilado a Muñoz Seca, Giménez Caballero tiene una frase o un muerto para cada mañana o cada noche, siempre llega al café contando cosas de Madrid, antes de que las cuente la radio, que a lo mejor no las cuenta, Giménez Caballero es la chismosa de esta guerra, en Toledo, la calle de la Catedral se llama de Carlos Marx, en zona nacional, todas las avenidas se llaman del Generalísimo, en la Posada de la Sangre, espaciosa y tranquila, don Miguel de Cervantes, judío aplaciente e irónico, escribe La ilustre fregona, en este Burgos salmantino, en esta Salamanca burgalesa, hay un germen de Estado, los ministerios se dividen, en los grandes salones de Capitanía, por medio de divanes rojos, en Madrid, la mano de almagre anónimo escribe por las tapias: «Por la libertad de Prestes», aquí en la ciudad otra mano de almagre negro escribe «Por la libertad de Dalmau», en los frentes se lee Avance, un periódico para soldados, un periódico cuartelero, sin el buen gusto y la exigencia de los periódicos falangistas, los falangistas de las trincheras leen su Prensa y los soldados este pienso informativo, este forraje propagandístico, Yagüe es alto, tiene la cabeza pequeña y parece un militar de comedia de los Quintero, Yagüe es un general falangista (Varela es monárquico, pese a lo humilde de su origen) que se viene de vez en cuando desde Sevilla, casi siempre a protestar de algo, Yagüe se siente fuerte y con autoridad porque gracias a su actuación en Sevilla pudieron los generales y las tropas de África pasar a la península, más el éxito de sus charlas radiofónicas, que a Franco no acaban de gustarle, están tan llenas de chistes para los soldados nacionales como de información involuntaria para el enemigo, quizá, lo que menos le gusta a Franco, de Yagüe, es su falangismo, claro, Franco escucha a Yagüe, cuando viene a verle, no le contesta a nada y finalmente le pregunta cómo andan las cosas por Andalucía, pregunta ociosa en el hombre que tiene en la cabeza toda la zona nacional (y la otra). Fotos es un semanario nacionalsindicalista que lleva a las trincheras todas las semanas la foto de alguna guapaza, Mujeres de España, chicas de melena negra y raya al medio, ojos españoles y cachondos, boca grande, a la moda (ya se pasaron las boquitas de corazón) y recatado busto abundante, los falangistas le ponen en la cabecera a toda su Prensa lo de «nacionalsindicalista», por molestar a Franco e ir dejando las cosas claras, suena a nacionalsocialismo y Hitler, a Franco, aparte de no gustarle, le parece un error.

Franco con la armadura del Cid Campeador, Franco Campeador, entre frailes, regulares, aviadores, marinos, artilleros, requetés y muertos, Franco entrando bajo palio en las catedrales y los monasterios, entre canónigos, beneficiados y clerizontes, Franco comulgando con gabardina, los milicianos fusilan frailes jovencitos, misacantanos, algunas tardes, Francesillo y la Emilia, la lela, se echan la siesta juntos, en la habitación alta y estrecha de la hermana/Cenicienta, cuando la casa está sola, la doña Patro en la cola del aceite, de los huevos o del pan, todo el mundo en las colas de la comida, qué manía de comer, estamos haciendo una guerra santa y el personal no para de comer, ya es que hacen colas para todo, se comen hasta el chocolate de cacahuete y el pan negro, la Maruja y su novio, el Félix, que es ebanista por lo fino, estarán en el cine, viendo una de sesión continua, a lo mejor una de Imperio Argentina, que es bajita, pero salerosa, Francesillo y la Emilia fornifollan con la devoción y la deportividad de los muy jóvenes, con la unción y la cochinada de los muy jóvenes, Francesillo está muy nervioso y muy preocupado con eso de matar gente todas las noches, aunque sea con pólvora en salvas, porque igual ve caer a la gente, a los «atónitos palurdos sin canciones», de Machado, a la Emilia no le dice nada, o le dice poco, porque la Emilia es lela y no entiende, a la Emilia le parece que en tiempo de guerra se fusila a la gente, es lo normal, lo obligado, si no, la guerra no tendría gracia, para eso están las guerras, para fusilar, la Emilia, la lela, folla entregada y amorosa, verrionda y mística, babeante y hecha toda ella un gran coño, se está enamorando del muchacho, doña Pilar Franco, «un día tocarán a vuelo las campanas y mi hermano será santificado», Reque Meruvia y Sáenz de Tejada sacan a Franco muy propio con uniforme del Cid Campeador, entre tercios y cristos, «mire si mi hermano sufre que cada vez que firma una sentencia de muerte se pasa quince días sin comer», doña Pilar, a su vez, sufre por el sufrimiento de su hermano, si multiplicas las penas por la abstinencia resulta que Franco no come nunca, Franco ofrece depositar su espada en Toledo si gana la guerra, en la catedral, o sea, el cardenal Gomá vuela por el Imperio

Hacia Dios, Franco, mientras dure la guerra, hace todos los años ejercicios espirituales, dirigidos por Gomá o por otro, ya en la revolución asturiana de 1934 se vio que Franco era el único que sabía poner orden en este país, Franco cruza la ciudad con borlas y una gran cruz por delante, en alto, va rodeado de militares y obispos, los obispos parecen militares disfrazados y los generales también parecen, un poco, obispos disfrazados, si te fijas, ahora pasan bajo el balcón de la casa, de la pensión, Francesillo y la Emilia se están tomando un descanso, beben vino, oyen la radio, ayayayayay no te mires en el río, suenan músicas entre religiosas y militares, todo el día suenan músicas entre religiosas y militares en la ciudad, el ceremonial sube su pompa hasta la habitación oscura, la Emilia, la lela, que se excita mucho con el vino, vuelve a caer desnuda sobre el alma culpable de Francesillo, un chico que fusila por las noches, el Caudillo tiene un capote con gran cuello de piel que es un poco como el manto de los reyes, hay un Te Deum, siempre que ganan o pierden una batalla hay un Te Deum y la ciudad, en la grandeza del Te Deum, asciende muda a los cielos, es un planeta rezante y levitante con crespones negros y banderas españolas, como una apoteosis de estancos, la ciudad sube al cielo en cada Te Deum, y a la gente le gusta mucho el Te Deum, porque a la gente le gusta ver cruces de oro y fusiles alemanes gratis, que la vida está un poco aburrida con esto de la guerra, que no acaba nunca, a lo mejor no ha hecho más que empezar, «Para salvar la cristiandad estoy dispuesto a fusilar a media España», Franco, 1936, Francesillo ayuda lo que puede a fusilar a esa media España, aunque sea con pólvora en salvas, a la hora del café y la siesta, Lorenzo Martínez Fusset se presenta con la lista de los condenados a muerte, o a la hora del chocolate y la merienda, según, de todos modos, Franco prefiere revisar esos expedientes despacio y él solo, a Franco le gusta hacer justicia, en zona roja dice que los obispos viven en las ramas de los árboles y los milicianos golpean a su señora con una Virgen de iglesia, hasta matarla, para casarse con otra, han hecho el amor por tercera vez, la Emilia, la lela, ya está bien fornifollada y ahora bebe vino del morro de la botella, sentada en la cama como una mora y metiéndose un dedo en el ombligo, a veces se lleva el dedo a la nariz y huele, Francesillo, sentado al borde de la cama, envuelto en una bata de la chica, porque siempre tiene frío después de joder, bebe despacio de un vaso el mismo vino negro de la tierra, por qué estás preocupado, Francesillo, ya lo sabes, Emilia, ¿y por qué no me explicas cómo es eso de fusilar a la gente?, aquí en el barrio han fusilado a muchos y no pasa nada, aquí en el barrio son muy de fusilar, pero la gente sigue bajando a la cola todos los días, como si nada, yo misma esta mañana he bajado a por huevos, ya ves, a la gente le gustan las colas, porque te enteras de cosas, mi madre seguro que está ahora en alguna cola, mi madre tiene mucho ojo para las colas, siempre se va a las mejores, coge el bolso bueno, de cuando se casó, aunque ya está un poco viejo, y se va a la cola, en las colas se hacen muy buenas amistades, es mucha costumbre hacer amistad con una marquesa, por ejemplo, en la cola de la leche en polvo alemana, o sea que mi madre se está haciendo una señora con esto de la guerra y encima nos trae de comer a todos, de qué te crees que comes tú, con la mierda de pensión que pagas, de lo que trae mi madre, que además es un poco mechera y siempre roba algo, claro que para lo que tú comes da igual, que te estás quedando como el espíritu de la golosina, ya sé que no me explicas lo de los fusilamientos porque soy lela y no voy a entenderlo, a mí me parece que tú no eres muy de Franco, rojo no, rojo no digo que seas, pero muy de Franco no eres, es igual, a mí me gustas lo mismo, estoy enamorada de ti, sí, y qué pasa, me pone loca follar contigo, la radio mete en el cuarto la música religiosa del Te Deum, el cielo y la tierra, la ciudad toda entran en el cuarto, que también levita en la astronomía negra, universal y solemne del Te Deum, es un luto inmenso que cubre el mundo, como si Franco ya hubiese matado la media España que dijo, es un Burgos salmantino de unción y plateresco, es una Salamanca burgalesa de plata gótica, el Te Deum es una catedral de música, una catedral que asciende y asciende en el cielo que su propia ascensión va creando, una catedral levitante, de un barroco jesuita y militar, y en medio el César Visionario, Francisco Franco, Caudillo de España, con el uniforme del Cid Campeador, la España castellana y cenital, la España cereal, solar y concéntrica de sí misma, candente de españolidad, en asunción definitiva y coral sobre los campos góticos.

LA LUCECITA del Arzobispado, en la ventana de Franco, es un aldebarán fijo y seguro que guía la noche y rasa la ciudad. La ciudad duerme en un rumor de cuartel y convento, festoneada por el zumbido lejanísimo de algún camión y sorprendida apenas, en su sueño, por cuatro disparos que son, efectivamente, como los disparos que se hacen en sueños, y que vienen resonando hacia la realidad a través de pueblos de sal, la ermita de la noche y el eco de los campos. El Caudillo también oye los disparos, en su camareta, como fondo del bordado de su pluma sobre las cuartillas, pero esos disparos o estrellas de fuego que se han abierto en algún punto de la noche lejanísima, sólo le confirman que España está en paz, la España que va ganando cada día.

Los vecinos de la ciudad, ya familiarizados con la lucecita, saben que el Caudillo está trabajando por ellos y por la Victoria. Entre otros misterios, el Caudillo no duerme. En la camareta hay un silencio balanceado de reloj de pared y un monólogo radiofónico que Franco escucha o no escucha. Siempre trabaja con la radio puesta, siempre escucha Unión Radio de Madrid, las emisoras rojas, porque de las nacionales no cabe esperar que le den ninguna noticia y, por otra parte, le irritan un poco con sus ingenuas y patrióticas mentiras. «La conjura masónica.» Franco está escribiendo algo que quizá algún día se titule, más o menos, «Masonería». Y es que Franco, que mata sus demonios exteriores de día, a tiros, mata sus demonios interiores de noche, con la pluma. Quizá está purgando su corazón para cuando sea Caudillo de todos los españoles. Escribe sin prisa y sin pausa, seguido y con letra tendida, en los papeles que ponen arriba Caudillo de España, Generalísimo de todos los Ejércitos, porque el timbre presta autenticidad histórica a lo que dice y porque de esta forma escribe también bajo palio, como entra en las iglesias. Ha echado las cuentas de cuántos masones había en España el 18 de julio, recurriendo a sus papeles más secretos, de cuando iba a las «tenidas» y logias madrileñas con Cabanellas, a quien ahora no recibe.

«La España Imperial, la que engendró naciones y dio leyes al mundo...» Su prosa militar y con poca concordancia se balancea en el tópico, pero luego vienen los datos, las precisiones, las acusaciones, ahora que a él no pueden acusarle de nada. También tiene pensado un documento de represión de la masonería. El masón es el judío de

Franco. Lo que Hitler está empezando a hacer en Alemania con los judíos (Franco presiente que Hitler llegará mucho más lejos), quiere hacerlo él en España con los masones. Un pueblo, todo pueblo, necesita un enemigo enfrente para ser grande. Al pueblo hay que darle un enemigo concreto, visible, fusilable, y no abstracciones. Sólo el que se inventa un buen enemigo se lleva detrás al pueblo. Un enemigo en el que concentrar todos los males y desgracias de la gente, que siempre es desgraciada. La gente pide un culpable, y a la gente hay que desviarla para que acierte equivocándose, no sea que dé con el verdadero.

Roma fue grande no por sus aliados, sino por sus enemigos. España fue grande cuando era enemiga del entero mundo. Sólo el gran enemigo nos engrandece. La república, la izquierda, todo eso son conceptos, y la gente no lucha y muere por conceptos. La masonería, los masones, el masón, he ahí el monstruo amarillo y al alcance de la mano que hay que poner delante de los españoles. Un enemigo así justifica todas las muertes, le justifica a uno. Franco, en batín y zapatillas, parece un joven opositor a notarías que trabaja de noche y a quien se le van pasando los años sin conseguir la plaza. El general López Ochoa, que se distinguió en la represión de Asturias, era masón y laureado. Parece que las hordas le han asesinado en Madrid. Franco le recuerda precisamente de la sublevación de Asturias. Miaja, que está defendiendo duramente Madrid (Franco no deja de admirar nunca el valor militar), es masón y comunista, hay que dejar constancia. Y el general Mangada. La masonería estuvo muy infiltrada en el Ejército de la República y Franco está documentando esto mejor que nadie. De día, ya se ha dicho, limpia España con los fusiles, y de noche con la pluma.

Incluso hay masones infiltrados en el Movimiento. Franco los va descubriendo pacientemente. Mauricio Karl ha escrito un libro que Franco tiene delante: «Asesinos de España: marxismo, anarquismo, masonería.» Mauricio Karl puede distinguir a sus enemigos por la nariz.

Franco se queda con la pluma en suspenso porque una voz conocida habla por la radio. Azaña, Prieto, Negrín, cualquiera de ellos. Azaña es intelectual y despectivo. Prieto es elemental y peligroso. Negrín es comunista y confuso. A Manuel Azaña le interesa más la salvación del Museo del Prado que la salvación de la República. Con un hombre así no se gana una guerra. Azaña, masón masonazo. Toda la inteligencia de clase media que quería llegar a algo, antes del Alzamiento, estaba en la masonería. Fueron el fermento de la República. Franco, que ya no necesita la masonería para medrar, la está utilizando como chivo emisario del pueblo español. «Del enemigo todo es aprovechable», se dice. «Mejor que borrar a un enemigo es utilizarlo y yo voy a utilizar a los masones mientras me hagan falta, aunque ya no haya, porque los habré matado yo mismo.»

En cuanto gane la guerra (no duda de que va a ganarla), Franco piensa disolver a los masones y confiscar sus bienes, pero luego les irá persiguiendo y delatando como infiltrados. Se sabe unido a la masonería —pecado de su juventud ambiciosa— de por vida, como el católico se sabe enredado con el diablo hasta la muerte. Sólo la muerte deshace tales nudos. Franco tiene delante su diploma masónico, con el lema de la revolución francesa y una orla. Es de la misma fecha que el de Casares Quiroga. La República está llena de grados treinta y tres, pero en total nunca ha habido más de diez mil masones en España, reducidos quizá a mil en el 36, y Franco piensa multiplicar estas cifras, prolongarlas en el tiempo y en el espacio. Sabe que necesita del masón como Isabel la Católica del judío. «La BBC y Gibraltar están llenos de masones», acaba de escribir Franco, y le gusta esta precisión inesperada. A su lado tiene un vaso de agua con un azucarillo tostado. Un asistente sigiloso entra dos o tres veces en la noche a reponer tan leve vianda. Incluso José Antonio infiltró en la masonería a Gerardo Salvador Merino, para tener un espía. «Lo primero hay que quitar de Poblet la tumba de Felipe Wharton, fundador de la masonería española, muerto en 1713.»

Lo que ocurre es que Franco tiene el enemigo en casa. Sabe que entre los generales que se sublevaron con él el 18 de julio había bastantes masones. El más significado, Aranda, aquel gordo grande, intelectual, simpático, miope y encima anglófilo. Pero a Aranda ya le va hundiendo silenciosamente en una penumbra que no es la vida ni la muerte, que no es la luz ni la sombra. Entre los demás ha establecido Franco un sistema de espionajes mutuos, tanto por «depurar» como por utilizar la inculpación si un día le hace falta. Sabe que por el hecho de levantarse contra la República han perdido todos su condición de masones, pero siempre podrá utilizar este cargo contra el que se le ponga terne o sencillamente le estorbe. Y sabe que nadie osará utilizar igual argumento contra él. Franco se hizo masón en África. Va a combatirles/utilizarlos siempre que le haga falta, y para ello está escribiendo este libro, del que no ha hablado ni siquiera a Ramón, ni a su hermano Nicolás, ni a Carmen, su mujer. Quizá un día lo publique con pseudónimo, que puede ser más eficaz. Franco bebe un chupito de agua dulce mientras medita este punto. Ahora habla desde Madrid Martínez Barrio, otro masonazo. Franco escucha la media voz de la radio mirando el ojo rojo del aparato, como si fuera el ojo satánico de la masonería, y degustando el azúcar en su boca. Franco sospecha masonería incluso de Campúa, el fotógrafo de la guerra.

Se diría que Franco les conoce por la nariz, como el otro. Al duque de Alba habrá que respetarlo y utilizarlo, si lo recuperamos, pero ése es un grado 33. Y mi hermano Ramón también me dio algún disgusto con la logia Plus Ultra. Algunos dicen que quise ser masón y fui rechazado, como en la Marina. Eso casi me conviene que se divulgue. La masonería estaba contra la pena de muerte y ahora estamos viendo que sin pena de muerte no hay orden ni justicia ni paz. Lo ha dicho, me parece, algún fascista italiano: «La pena de muerte es la única salud del mundo.» O algo así. Estaban contra el fascismo (yo también) y hoy el fascismo manda en Europa. Otra razón para eliminarlos por anacrónicos. El reloj de péndulo da los tres cuartos de alguna hora de deshora, en la madrugada, solemnizando los últimos pensamientos del Caudillo, que ahora se pasea por la camareta, satisfecho de su trabajo de esta noche. Sabe que Ridruejo y esos locos van alguna vez, antes de acostarse borrachos, a mirar la luz de su ventana, y que Foxá hace bromas de mal gusto. Se lo ha contado Ramón, pero prefiere ignorarlo. Radio Unión de Madrid ha acabado con los políticos y está dando cuplés con letra antifascista, donde al que más insultan es a él, a Franco. Cuánta ordinariez en Madrid, ciudad que nunca le ha gustado. Cambia a Radio Castilla y coge el himno nacional. Se queda casi firmes, en bata y zapatillas, escuchando. Cuando un dictador asume el himno nacional, porque se lo tocan siempre, la Patria ya es él.

RUEDA DE DAMAS y rosolíes, romería exenta y gentil de la muerte, los cadetes, las casaderas, los engominados señoritos de la ciudad, adolescentes con disfraz natural de bigote y perilla, pamelas, todo el señoritismo divagante de la ciudad en la fiesta de los fusilamientos, que ahora el Ejército los hace entre dos luces, en el crepúsculo literario y fucsia, en la Pradera, y la gente bien de la capital no se lo pierde y lo celebra como en un minué o redova, con perfume de niña virgen, rehén de su colonia francesa, y sabor a sangre y anisete:

—Ya era hora de que volviese la vida a la ciudad.

—Un poco de alegría por no perder las buenas costumbres.

—Con esta lata de la guerra es que la gente se ve menos.

—Y eso que la vamos ganando.

—La qué, ¿la guerra?

—No le cabrá a usted ni la menor.

—Como que vengo del frente y he visto al enemigo.

—Sería con los gemelos de campaña, y muy a distancia.

Los falangistas fusilan por la noche, hacen sacas y quintacolumnismo, allá ellos, todo es poco por limpiar España, pero el Ejército es el Ejército y en la guerra como en la guerra, que un general se lo dijo a Franco:

—Esos niñatos falangistas, señoritos con pistola, aficionados, que vayan por los pueblos, si quieren, a la caza del alcalde y el maestro. Nosotros somos un Ejército en guerra y no tenemos por qué ocultar nuestra justicia. Se fusila a ojos vistas, a la luz del día, que lo nuestro es legítimo y en ello siempre hay lección.

Hablaba bien el general y Franco se dio a razones. Le convenía, por otra parte, que el trabajo sucio de las sacas nocturnas, por la España, lo hicieran aquellos señoritos con la pistola recién comprada. Allá ellos si cometían algún desmán.

—El Ejército, efectivamente, tiene el derecho y el deber de hacer justicia a la luz del día y ante los ciudadanos, ante los españoles, para que quede constancia y se difunda el ejemplo.

Franco repite casi lo del otro. No sólo le han ganado las razones, sino hasta el estilo. Y desde ese día se fusila en la Pradera, contra lo que fuera un barracón de feria en los antaños, nefandos carnavales de lujuria, lluvia y sevicia, abolidos por el Caudillo, y en el pelotón de fusilamiento está alguna vez Francesillo.

La gente bien, le gratin gratiné, como se llamaban a sí mismos, acudió en seguida e hizo fiesta de la muerte, como tantas veces en la Historia, que la muerte siempre ha tenido mucha popularidad entre las clases altas. Buñolerías y puestos de anís.

—Al fin y al cabo estamos celebrando otra victoria de Franco.

—Muy exacto, marquesa.

A la Pradera se llega pasando el tren, las vías, el paso a nivel, subiendo un montecillo, qué risa el cabriolé atascado en el cruce de vías, el caballo loco y las damas en un vahído, que viene el tren, que viene, o los viejos Ford T, o el Princess de papá, y al fin todos arriba, polvo, sudor y lágrimas de risa, guardapolvos, gafas de la Grande Guerre y guantes de mecánico, enormes, sobre los guantes blancos de cabritilla.

Francesillo trabaja en el pelotón de Víctor, va tranquilo con su fusil de pólvora en salvas y balas de fogueo, los militares se han fijado unos objetivos más dignos que los falangistas y éstos sí, estos reos son milicianos con la ferocidad de la pobreza en el rostro, soldados cogidos en acción peligrosa, ninguna mujer, facciosos que gritan viva la República y se pasan una bota de vino, ya en la tira humana de fusilables.

Pero la cosa se prolonga, se demora, se dilata, quizá intencionadamente, por dar más fiesta al elegante público, que, como no conoce a ninguna víctima, no tiene pena, sólo alguna damita se asoma por sobre los hombros entorchados para mirar de lejos, con aprensión y curiosidad, la cara fea, valiente y triste de la horda:

—La verdad es que son impresentables.

—Se nota que nos odian.

—Nos odian de siglos.

Entre el gentío, unas monjas, la novicia Camila, Emilia, la lela, que quiere ver a su valiente novio fusilero, Maruja y su ebanista, hasta se han traído a la doña Patro, que ya se saluda con las marquesas, de las colas, Daniel Lozoya, el rojo del café, ha venido sin duda por fijar en sus ojos azules el tapiz de frivolidad que se ha hecho esta gente con la sangre, por siglos. Francesillo se desprecia a sí mismo pensando que algunos y algunas le desprecian. «Esto es peor que fusilar de noche, sin testigos.» El pelotón está en grupo, fumándose un pito, que lo consiente el mando por darles moral antes de la faena. Casi parecen novilleretes, capas que cambian impresiones, ya con los morlacos enfrente.

Francesillo evita mirarse directamente con los reos. Eso sí que no podría soportarlo. Pero los reos están lejos, reunidos ya ante el barracón, unos confesándose con un cura, de rodillas, otros fumando o tirando de bota, alguno en cuclillas, acuclillado por el miedo.

—Qué bien te sienta el fusil, Francesillo.

Esta voz de fuego y niña, este olor a la flor de la acacia, es la novicia Camila. Francesillo se vuelve y la encuentra tan hermosa, tan adolescente, tan urgente:

—¿Pero a las monjas os permiten ver estas cosas?

—No has vuelto por el convento, Francesillo. Bueno, quiero decir que no has vuelto por tu casa.

—Por eso, porque es mi casa. Nadie de mi familia me espera ya allí.

—Sabes que te espero yo.

—Tú.

—Déjame tocar un poco el fusil. Me da miedo y me atrae.

Y la novicia Camila alarga una mano como si tocase un miembro masculino y erecto. Por un momento, las manos de ambos se enredan en torno al negro cañón de la escopeta, del fusil, de lo que rayos sea aquello. Francesillo piensa que le va a temblar el pulso a la hora de disparar. «Pienso ya como un profesional del crimen, esto es grave.»

—Que te espero por allí, Francesillo. Tengo todavía muchas cosas que enseñarte en tu propia casa.

Y la novicia Camila se va dejándole perfumadas de convento y flor las manos de la pólvora. Ya desfilan en formación hacia la fila de los reos. Aquella gente elegante les hace calle y hasta les aplaude un poco, como si fueran a dar una gran batalla. Qué bochorno de aplausos. Víctor, más capitán que nunca, da las órdenes pertinentes y gallardas, hasta la de fuego. Caen los fusilados blandamente o crispadamente, caen a tierra como cayendo del cielo. Hay un miliciano niño y despojado, con vida, que sale corriendo, sangrante:

—¡Dispara, Francesillo, dispara, es tuyo! —ordena Víctor.

Francesillo dispara su fusil de fogueo y el niño miliciano cae muerto, dejando en el aire una flor de sangre. Francesillo deja caer el fusil y se echa en el suelo, contra toda
disciplina, con los ojos cerrados. «Este maricón de Víctor
ha vuelto a engañarme. Otra vez balas de verdad. Ante
tanta gente, no quiere descuidar ningún detalle. Ante tanta
gente. Gente con la que he jugado de niño, en los veranos
de esta ciudad, y que ahora vienen a aplaudirme porque
soy un verdugo.» Un perfume de flores de acacia y el muchacho abre los ojos. Sobre su rostro, el de la novicia
Camila, que le sonríe con la mirada y le besa fugacísima-
mente en la boca. «Soy un asesino.» Y un soplo que no es
un soplo le infarta la aorta, que no es la aorta. La aorta
del alma.

El periódico más antiguo de la ciudad, que siempre
tiró un poco a liberal, publica un artículo sobre el asunto
de la Pradera: «Una cosa es hacer justicia y otra hacer una
romería, con falta de respeto a la función dura y necesaria
de nuestro Ejército.» Al día siguiente cesan las fiestas y se
vuelve a fusilar en cocheras. «Para una vez que me dejo
llevar por la elocuencia de alguien, me equivoco», medita
ese día Franco.

DETRÁS DE LA CATEDRAL, en un enlaberintado barrio de tenerías y lenocinios, tiene su pequeña imprenta Ernesto Giménez Caballero. Es una calle arbolada y escondida, afilada y
gremial. El local es reducido, pero tiene algo luminoso y
grato de trabajo matinal y artesano. El ruido monótono de
la minerva, una cosa que suena a laboriosidad de siglos,
como una noria, pone su armonía y su filosofía en la pequeña vida de la imprenta. Giménez Caballero está al fondo, separado del taller por una gran mesa que está allí
como un estorbo, pero que él tiene llena de papeles, libros
y tinteros de oro: «El Caudillo también tiene la mesa muy
desordenada, y nunca pierde un papel», suele decir cuando algún amigo le reprocha el desorden de su trabajo, que
por otra parte es el de su prosa. En la imprenta se tiran
octavillas, periodiquitos, pequeños libros de poesía, panfle-
tos y libelos para el frente, esquelas, recordatorios y un
poco de todo. Giménez Caballero, autodefinido como fun-

dador del fascismo español (José Antonio no llamaba fascismo a lo suyo), y definido por los demás como el Groucho Marx del Nuevo Estado, se hace un poco la ilusión de que ésta es otra vez la pequeña imprenta de vanguardia que tenía en Madrid, años veinte, cuando editaba revistas juveniles y experimentales, surrealismo, creacionismo, todo eso, más las cosas de Ramón Gómez de la Serna, a quien Giménez Caballero sigue imitando en una cierta excentricidad (que en el discípulo no tiene gracia) y en lo torrencial de la prosa.

Del maestro ha tomado la cantidad, ya que no la calidad. Se lo dice a los amigos que van a verle a la imprenta o a hacerle encargos (los poetas falangistas, porque éste es un tiempo en que todos los poetas son falangistas y todos los falangistas son poetas):

—Ramón tenía que estar aquí, con nosotros, Ramón es tan franquista como yo; es Luisita, la judía Luisita, la que le mantiene en Buenos Aires, alejado de todo lo que ama y viviendo mal.

Esta mañana, Giménez Caballero ha ido a ver a Franco (tenía solicitada audiencia y el Caudillo le ha citado muy temprano, quizá para despachar cuanto antes al excesivamente asiduo y poder dedicarse a lo suyo). Giménez Caballero, vestido imprudentemente de falangista (como todos, pues todos se obstinan en disfrazar el Régimen naciente de lo que no es ni Franco quiere que sea), le ha pedido al Caudillo un cargo, un ministerio, algo.

Dionisio Ridruejo le hace ya menos discursos a Franco. Dionisio Ridruejo ha sido sustituido en parte por Giménez Caballero, cuya verbosidad rampante y todavía ultraísta corrige luego la pluma judicial y pulcra de Serrano Súñer, hasta que el propio Franco pone el toque final de su puño y letra, puño de monja y letra de alto funcionario del Catastro:

—Excelencia, mi fidelidad está probada y mi anhelo es servir más directamente, con más responsabilidad, a la Cruzada.

El Caudillo se distraía esta mañana con un agosto de clarines y obispos en rezo que entraba por el ventanal. El Caudillo era carnosito y culoncillo. El Caudillo estaba un poco arrepentido de haber metido a aquel loco en su secretaría particular:

—Giménez, usted es un gran escritor y como mejor

sirve a España es con su pluma. Vaya usted a escribir, vaya.

Quizá siguiendo el mandato de Franco, Giménez (como le llama el Jefe) está ahora trabajando en un libro que calcula la obra de su vida:

—Es la obra de mi vida. Quizá lo titule «Genio de España» o algo así. No sé —les dice a los amigos que arriman por la imprentilla.

Giménez, para trabajar en la imprenta, se pone un mono sobre el uniforme de Falange, un mono blanco (hay que diferenciarse del mono azul de Alberti en Madrid), y lleva gafas romboidales que son el último vestigio (malogrado) de aquel dandismo excéntrico de entreguerras, una aproximación desafortunada al monóculo sin cristal de Gómez de la Serna.

Por la prosa desbaratada y numerosa del escritor pasan más imágenes que ideas, la madrileña Puerta de Alcalá colgada de esqueletos, una lista de dos millones de rojos fusilables que le ha confeccionado a Franco, nuevos himnos que, aparte el Cara al sol, hace cantar a los presos después de arengarles, la definición del Movimiento como régimen justo, católico y humano, las sacas nocturnas que los rojos hacen en Madrid, loas a la quinta columna, metáforas donde José Antonio es Amadís de Gaula, obispos dando de comulgar a los presos pelones antes del fusilamiento, depuración y muerte de periodistas (aquí entra la rivalidad literaria), elogios a Serrano Súñer, que siempre se los devuelve y hasta cree que es un gran escritor (aunque no de discursos para Franco), el Caudillo de verde y fajín, visto por Parraga, encarcelados «limpios de alma y de corazón» gracias a su palabra iluminada, la palabra muerte escrita en todos los tonos, el proyecto de casar a Pilar Primo de Rivera con Hitler (mientras la hermana del Ausente conspira en su casa con un grupo de falangistas rebeldes), una España entre Marcial Lalanda (el torero de los surrealistas españoles) y Velázquez, el sindicalismo nacional/policial (que Foxá llama nacional/seminarismo, por la abundancia de clero), Franco, Caudillo de Dios y de la Patria (con lo que pone a Dios a las órdenes de Franco), la grandeza romana del saludo falangista, el canto a los dos luceros verdes que condecoran a un delegado nacional, y que son los que él quiere, la redención de penas por el trabajo como concepto cristiano, idea del cura Pérez del Pulgar, la forja de un Caudillo, la conjura masónica, la

visión de Millán Astray como un D'Annunzio en estado
salvaje, hasta que suena la alegre y menuda campanilla de
la puerta, como una mariposa volando sobre los abejorros
negros de la tipografía, porque alguien viene de visita, Francesillo se presenta:

—Sí, me ha hablado de ti el capitán Víctor, que es todo
un Garcilaso. Precisamente ahora le estamos tirando aquí
un libro de sonetos. Dice que eres un chico listo, que te
tira la literatura, mejor que estar todo el día a vueltas con
el pan y los chorizos en Intendencia, hasta me ha leído
Víctor algunas cosas tuyas, serías un buen corrector de
estilo, me parece, al que tenía se lo llevaron un día los de
la quinta columna, bueno, ya sabes, era un hombre mayor,
un viejo republicano, yo qué sé, yo no le pregunto a la
gente cómo piensa, soy un surrealista y un liberal, o sea
que no es que yo le denunciase, pero estos condenados
chicos se enteran de todo, hice lo que pude por convencer-
les, pero se lo llevaron, ya sabes cómo son, claro que su
historial tendría el hombre, no sé, yo no me meto en esas
cosas, pero tú me vienes muy bien porque yo creo ante
todo en la juventud, tener juventud ya es tener talento,
¿cómo me has dicho que te llamas?

Francesillo había llegado con cierta ilusión a su nuevo
destino «literario». (Víctor seguía en su papel de protec-
tor/espía.) Va a cambiar la cuenta de las alubias y el pimentón por la literatura. Giménez Caballero nunca le había
fascinado como escritor. Pero ahora se encuentra con que
viene a sustituir a un rojo, a un fusilado, a un viejo republicano o comunista o socialista, o sencillamente a un hombre que no iba a misa todos los domingos, sino uno sí y
otro no. «Por la mañana la silla de un asesinado y por la
noche a fusilar gente, aunque sea de mentira. Víctor me
está protegiendo de una manera muy rara, ese maricón.»
Pero Francesillo no puede exponerle este escrúpulo al fundador del fascismo español, de modo que acepta y calla:

—Veo que eres un chico serio, Francesillo, y eso me
gusta. También me gusta tu nombre, que sin duda viene de
Francesillo de Zúñiga, ¿conoces a los clásicos?, ésa es tu
silla y aquí tienes unas galeradas, ya puedes empezar.

Y la mañana zumba azul y tipográfica, inmensa, a la
sombra gótica y mellada de la catedral, sobre el pequeño
escribiente florentino (de pronto se ha visto a sí mismo
como un personaje de Amicis).

Querida madre:

Por fin me han puesto a fusilar, pero no te asustes. Creo que nunca le he acertado a nadie. De todos modos, no lo soportaba y Víctor me ha dado balas de fogueo (no lo sabe nadie) para dejarme tranquilo. De todos modos, es espantoso tener delante a media docena de pobres gentes que no han hecho nada, indefensos y asustados. No matan milicianos ni soldados que hayan apresado, como me dijo Víctor, sino gentes del campo, de los pueblos de la provincia, el maestro, el alcalde socialista, pequeños campesinos, y hasta mujeres, que yo no sé qué pueden haber hecho. Esto es espantoso, indignante e intolerable.

Se están cargando media España y yo creo que ni ellos saben para qué. Pues lo de los falangistas creo que aún es peor. Cogen el coche de papá y se van por los pueblos, de noche y en pandilla, y matan gente al azar. Yo creo que con cada fusilado se prolonga un año esta guerra, que ya me temo no termine nunca. Pero no quiero seguir escribiendo por este camino.

Te diré que Víctor me ha pasado de Intendencia a una pequeña imprenta que tiene Giménez Caballero. Estoy de corrector de pruebas y esto por lo menos es una cosa literaria, aunque ya te imaginas qué literatura. Pero aquí en la imprenta veo a los escritores y los poetas (parece que todos los falangistas son poetas, pero poetas que matan). Ayer, en el pelotón de fusilamiento ocurrió una cosa horrible que no tengo fuerzas hoy para contarte. En todo caso, Víctor es un maricón que cada día me da más miedo. Nada, me esta saliendo una carta negra. Lo dejo. Te quiere y te recuerda en esta horrible separación,

FRANCESILLO

¡MUJERES ESPAÑOLAS! Las que habéis nacido en España y por causa de esta cruel guerra estáis, unas viviendo a nuestro lado, y otras en la que llamamos zona roja. Las que están a nuestro lado viven tranquilas y respetadas; rezan, cosen, cuidan de los heridos, muchas de ellas en los hospitales de las líneas avanzadas; otras trabajan en los talleres y en los campos, ocupando los puestos de los hombres que están en la guerra. En la zona roja nos dicen que muchas estáis enloquecidas, enfurecidas, desgarradas, y que algunas llegaron, en su paroxismo, a ser ellas mismas las que mataban, y que otras, cogidas de las manos, formando corro, bailaban y cantaban alrededor de los cadáveres. ¿Por qué sucede eso ahí? ¿Y por qué sucede esto aquí? Porque aquí estamos en España, y porque ahí estáis bajo la tiranía de Rusia...

Millán Astray ha llegado a la ciudad y lo primero echa una arenga por Radio Castilla a las mujeres de toda España, «rojas y azules», como él dice, pero sobre todo quiere que le oigan en Madrid. Millán Astray se ha atribuido a sí mismo una misteriosa seducción sobre las mujeres (hasta sobre las rojas) y la está utilizando en la guerra como en el amor. Luego se pasea por la ciudad. Zafarrancho de legionarios (que en seguida preguntan por las casas de putas), una belicosidad errante e inesperada por las calles. La Legión huele a crimen y desierto, a pólvora y camello muerto. Millán Astray se pasea por las calles con una escolta de varios legionarios jóvenes, curtidos y de una ferocidad como tersa y reciente, de cachorros de loba.

La gente se acerca a pedirle autógrafos. Es, efectivamente, un D'Annunzio demediado y en estado salvaje, con un brazo de menos y un ojo de más. Es un uniforme desgarrado y glorioso colgando de un esqueleto erguido, insuficiente e incansable. Es la muerte viva con jactancia de la borla del gorro y un temblor de cruces y medallas colgando del pecho jeroglífico de tatuajes y cicatrices. Cuando alguna admiradora es joven y guapa, Millán saca del capotón (que lleva anudado al cuello y colgando a la espalda) un manojo de fotos personales, con sus mejores y más fieros perfiles, y da a elegir a la interesada. Luego le dedica de través la foto elegida, con una letra enérgica y eclesiástica, no muy legionaria.

En la tertulia del café ya se le espera, pues hay noticia de que ha llegado a la ciudad:

—¿Os ha gustado mi alocución a las mujeres de España? No creo que las pobres milicianas puedan resistirse a eso. Seguro que, en estos momentos, muchas lloran en sus oscuros hogares de Madrid.

El café se ha puesto en pie y le ovaciona. Millán saluda

como un caudillo cartaginés y se sienta con los falangistas. No espera a que le pregunten:

—Vengo a llevarme a Franco al frente.

Ramón Serrano Súñer baja un poco la cabeza para evitar las miradas de los otros, las interrogaciones. Está claro que Franco hace su guerra y su vida, que Franco les ignora, que el Caudillo ha llamado a este loco para visitar con él algún frente, y ni siquiera Serrano lo sabe. Los escoltas del legionario ya le han traído varias botellas de coñac. Millán las va abriendo y sirve a los laínes. Alguna botella la abre con los dientes. Coñac para todos. Coñac y humillación.

—¿Qué frente? —pregunta Ridruejo.

—Alfambra, en Teruel. El Caudillo me ha llamado porque quiere estar allí. Y que esté yo con él. ¿Sabíais que Sancho Dávila a los de Teruel les llama tiroleses? Es cojonudo.

El africanista sabe que les está humillando, pero juega a la adulación y el compadreo del coñac. El hombre que grita viva la muerte y abajo la inteligencia, está ahora ante el trust de cerebros de Franco. Exagera su legionarismo, su desgarro (bebe directamente de la botella), quizá como desafío de su timidez al senado falangista. Laín le observa con un interés mayor del que en realidad le suscita. Ramón Serrano aparta suavemente su copa de coñac, en un rechazo tácito a toda la operación que se ha montado sin contar con él. Torrente Ballester y Luis Rosales beben como señoritos, no como legionarios. Vivanco se retrepa y no bebe porque su monjía se lo impide. Foxá llama al camarero y consigue un coñac mejor que el que están tomando. Allí se ve que es Ridruejo el que va a hacer las preguntas urgentes y críticas:

—Nosotros vemos al Caudillo todos los días y no sabíamos nada. ¿Hasta cuándo se va a ignorar el papel de la Falange en esta guerra?

—Vosotros sois intelectuales —dice Millán masticando un puro viejo que ha mojado en coñac—, vosotros estáis aquí pensando todo lo que hay que pensar. El Caudillo y yo somos militares y hacemos guerras. Cada quien en lo suyo.

—Miles de muchachos falangistas mueren todos los días en los frentes. Y mueren por José Antonio tanto como por Franco. Esos muchachos son nuestros poderes.

—No te pongas histórico, hijo, que hasta la intelectualidad vale en una guerra. Yo ya no soy el que gritó muera
la inteligencia. Soy más viejo que Franco y más veterano.
Él y yo nos vamos mañana temprano al frente, quizá a
morir por vosotros, los intelectuales. Ya veis si respeto yo
la inteligencia.

Y escupe sobre la mesa su cabo de puro masticado.

LA BATALLA de Alfambra, en campos de Teruel, es una victoria completa. Responde su ejecución al plan general de la
campaña. Su desarrollo estratégico y táctico (Franco es un
táctico, no es un estratega, había dicho Areílza) es una
maniobra envolvente que deja al enemigo sometido a pere-
cer o rendirse en campo abierto. Las divisiones republica-
nas quedan desguazadas. La zona roja, gallardamente atrin-
cherada y defendida entre la desesperación y la bandera,
entre la alegría de la sangre y el grito, queda en poder de
Franco. Los muertos republicanos son una negra cosecha
sobre la tierra macho de Teruel. Los heridos tienen algo
de dioses usados que vienen de otra batalla más hermosa.
Los prisioneros adquieren en seguida, como todos los prisioneros de todas las guerras, una actitud y un olor de
ganado. Algunos se pasan a las filas nacionales con mucho
espectáculo de bandera blanca y arribaspaña, echando las
armas por delante de ellos. Entre unos y otros, suman
varios millares. Millán Astray y sus hombres recogen todo
el material bélico del enemigo como chatarreros de última
hora. La aviación alemana de Franco era un cielo de águi-
las unánimes, una tormenta de hierro que se llevó en vuelo
los aviones republicanos. Franco mismo ha reconocido el
terreno con sus prismáticos de campaña, a través de los
cuales ve lo que otros no ven, y lo dice o se lo calla. Los
aviones enemigos eran raudos, pero Hitler ha enviado desde muy lejos el rayo de la guerra. Bajo este tornado de
acero y sombra, la caballería era una lámina como romántica y rizada, que ni siquiera llegaba a hacerse real entre
sus hogueras de sangre, ni en la muerte armoniosa de los
caballos.

La artillería de Martínez Campos era una raza entera
de hombres con gestos de fuego y ademán de muerte. En

la hora H más uno todos se tornan unánimes hacia el enemigo, pero el fuego va pasando entre ellos, como un buscapiés, y caen más de la mitad, con toda la variedad, nunca natural, siempre como ensayada, con que muere un soldado en el campo de batalla. De todos los oficiales, sólo uno llega vivo a la trinchera enemiga. Trece Bandera de Mola de la Legión guerreando ese apellido corto y glorioso como una grímpola.

Franco había estudiado mucho sobre el mapa la batalla de Alfambra. Aquí, el cuartel general de Franco es como una tertulia militar y breve. El primer parte lo decía: «Comenzada la batalla a la hora prevista.» Y se hace un silencio raro, denso de Historia. El Generalísimo oye misa de campaña con los jefes de su Estado Mayor, dos ayudantes y dos invitados. El latín del cura es apacible, sobre el despertar de la guerra, como el latín de una boda. Luego, Franco habla por teléfono con Jordana. Sigue la batalla por el plano, en el que dibuja signos con un conocimiento misterioso del terreno. «Por aquí corre un camino que construyeron los rojos y no figura en este plano.» Y dibujaba él el camino. A la noche llega el general de esta victoria, Dávila:

—Todo ha ido como tú habías previsto, Paco.

Cena de celebración en el cuartel general. Una pompa militar que no llega a ser lujo y una sobriedad campamental que perfuma de tranquilidad y reposo el tiempo agreste de la fiesta. Y Víctor Ruiz Albéniz, «El Tebib Arrumi», cronista de Franco, lamerón y redicho:

—Séame permitido, mi general, si Su Excelencia me autoriza a decirlo: de qué manera tan diferente se celebraría entre los rojos, si fuera posible, que no lo es, esta misma victoria nuestra, si fuera de ellos.

El Generalísimo le mira un momento con ojos ausentes y sigue callado. Franco no acepta otros halagos que los que él mismo exige. Una vez más, el periodista servil se ha excedido. Piensa Franco que las elocuencias del Tebib Arrumi están bien para sus crónicas, como alfalfa informativa y patriótica para los lectores. Pero él no va a entrar nunca, personalmente, en ese tipo de diálogo. Toma fruta de postre y se retira pronto.

Toda aquella semana, en la ciudad, se discutió si Franco había estado o no en la batalla de Alfambra. En la tertulia de los «falangistas liberales», como los llamara Aranguren, hay indignación y duda:

—¿Alguien ha visto al Caudillo en estos días?

—A mí me aplazó la audiencia.

—Giménez Caballero dice que Franco ha estado en su imprenta.

—Si lo dice Giménez Caballero, es que no ha estado.

—En cualquier caso, no se nos puede someter a fantasmagorías.

—Lo que no se puede es tenernos desinformados.

—Estamos aquí como sillas isabelinas.

—Franco es un soldado y con quien se entiende bien es con ese loco de Millán. Será todo una fantasía de Millán.

—Entre los dos tienen matados más moros que el Apóstol Santiago —dice Foxá.

Serrano Súñer decide irse pronto, con su pequeña escolta.

—Tiene un amor.

—Y casada —se comenta por el café.

—Una marquesa.

—Casados los dos.

—Adulterio doble.

—Y luego todo el día bajo palio.

—Serrano no va bajo palio, mujer.

Serrano Súñer es un abogado de Acción Católica y de Gil Robles que se ha recastado fascista ante el deslumbramiento de Hitler, aunque ya fuera amigo de José Antonio en Madrid, desde los primeros tiempos. Él concertó la primera y única entrevista entre Franco y José Antonio, en la calle Ayala, cuando el Frente Popular. Serrano creía en la unión de ambos líderes, o sencillamente la deseaba. José Antonio no tanto. Efectivamente, Franco estuvo evasivo, hablador, tecnicista, militar, mediocre, y no entró para nada en materia, ni dio lugar a ello. José Antonio comentaría luego:

—Con gente así no vamos a ninguna parte.

Pero el sueño de Serrano, con José Antonio muerto y Hitler creciente, es que la Falange dé fundamento, lírica y épica, doctrina, «jerarquía», «misión» (palabras estas que José Antonio tomara de Eugenio d'Ors, mucho más influyente en él que Ortega) a la guerra que están haciendo. No

80

quiere entender que para Franco el Ejército no es un medio ni un servicio público, sino un fin en sí mismo, una mística que identifica con la Patria, y por tanto no necesita otras fundamentaciones ideológicas, o todas le parecen sospechosas, «intelectuales». «Ortega y Marañón son personas ilustres porque ellos se lo llaman a sí mismos», le soltó un día a Serrano. En cualquier caso, Franco cuenta con él más para la política exterior que para la guerra.

«Y para controlar a través de mí a la Falange, al Partido», sospecha Serrano.

Mientras los intelectuales de Franco viven la humillación y la desgana de un Caudillo que no cuenta con ellos, en la ciudad crece la leyenda y la magia de que Franco ha estado en Teruel como el Apóstol en Las Navas de Tolosa, milagrosamente, victoriosamente y sin abandonar su despacho del Arzobispado. Pueblo que está haciendo una guerra a ciegas, vive ya el ensalmo de su propia ignorancia. A partir de la batalla de Alfambra empezaría la legendarización de Franco, que hasta entonces sólo había sido canonización militar y cívica. Es cuando Giménez Caballero sostiene que el Caudillo estuvo en su imprenta, «sin apenas escolta», en uno de los tres días en que se libró la famosa batalla. (Francesillo sabe que no, o él no le vio.) El Estado campamental de la ciudad empieza a ser Corte de los Milagros, como dijo una noche en la tertulia el inextinguible Foxá.

—Ahora sí que puedo terminar mi «Ruedo Ibérico». La Historia viene a coincidir con mi libro, como le pasara a Valle-Inclán.

Pero esta nueva cualidad milagrosa de Franco no gusta nada al trust de cerebros del café. Laín trata de meter racionalidad en su Revista Negra. Torrente se refugia en su teatro que nadie quiere estrenar. Sánchez Mazas, Areílza y Eugenio Montes se pasan la noche hablando de literatura.

—Es intolerable y nociva esta divinización de Franco —dice Ridruejo.

—Antes has divinizado tú a José Antonio —corta Foxá.

Y el camarero decano y sordo: «Señores, vamos a cerrar.»

La novicia Camila y el soldado Francesillo caminan de la mano por los corredores de la casa/convento.

—Ven, mira.

Y la novicia Camila lleva a Francesillo donde más podía dolerle, a la gran biblioteca del abuelo Cayo, con perfume de siglo y diccionario. D'Alembert, Voltaire, Jovellanos, Pi i Margall, Krause, Schopenhauer, Nietzsche, Renan, todo eso. Francesillo reconoce los libros de lejos. Siente un soplo en la aorta como el día en que fusiló al miliciano niño y herido que huía, sólo que todo lo contrario. Ahora se siente él el miliciano, el niño fusilado por la espalda. Es el perfume más secreto de su infancia, cuando se filtraba en la biblioteca prohibida, como sitio fresco y lectivo en los tórridos veranos de Castilla.

Algunas zonas de la biblioteca, algunos bloques de libros tienen delante, incluso, una sutil alambrada, como si fuesen las fieras peligrosas del zoo, los prohibidos.

—¿Y las monjas conservan estos libros?

—Ni saben lo que son. Pero les gusta la espaciosidad del sitio y van a tirarlo todo para hacer una capilla.

—¿Y los libros?

—Los libros andan subastándolos a ver si Franco les da una subvención y se los lleva todos para los colegios.

—No son libros que a Franco vayan a gustarle mucho.

—Yo eso no sé.

Se han aproximado a un alto acantilado de incunables y la novicia Camila le besa en la boca y se aprieta contra él.

«Se ve que esta biblioteca es el sitio de mis pecados. De niño venía aquí a leer a los prohibidos. Ahora me va a violar aquí una monja.» Un cuerpo infantil y muy femenino se aprieta contra el correaje y las cartucheras de Francesillo. «Soy un soldado con una erección.»

—Ven a mi celda.

En la celda de la niña, monacato de cal, hacen el amor de los adolescentes, un amor de azúcar en llamas, de dulce fuego, de movimientos sin éxito y éxtasis sublimes y sucios. Son como dos niños emporcados de chocolate sexual. Al fin reposan, medio vestidos, medio desnudos, sobre la cama estrecha y mortificante de la novicia, cama que ella torna tan grata, con esa felicidad lisa y rasa que sólo viene después del sexo, y que es la única felicidad de que se tiene noticia.

—Dicen que me aparezco, Francesillo.

Él mira por la celosía idilios de monja y cadete, en el jardín, o de novicia y falangista, en la ojiva.

—Cuéntame esa historia.

—Sí, que me aparezco en la celda de otras novicias, algunas noches. Y hasta en la celda de algunas madres, que me besan.

Francesillo calla y piensa, entre doloroso y curiosillo, en las vagas nociones de lesbianismo de que oyera hablar a sus padres, hace siglos.

—¿Y qué tal te reciben las santas madres crucíferas?

—Yo no me entero de nada. Parece que levito, como santa Teresa. Pero por la mañana me siento feliz por fuera, feliz por dentro.

Francesillo piensa en Emilia, la lela, y en las palabras de mamá, que nunca entendió: «Jamás te acuestes con tontas, hijo mío; si le tocas el culo a una tonta, tendrás culo para toda la vida.» Le da pena y asco la pobre Emilia, la lela, y se siente como enamorado o requemado por el sexo total y lúcido de la novicia Camila, la niña que se aparece a las monjas y las posee de amor y juventud. «Así debió ser todo el misticismo», se dice el chico, pensando en santa Teresa.

—De modo que eres una santa Teresa que anda levitando por el convento. ¿Soy yo tu querubín?

—No te me burles, soldadito. Digo que santa Teresa se le aparece a Franco, y por eso gana la guerra, que la está ganando, y aparece, como el Apóstol, en batallas a las que nunca fue.

—Siempre he pensado que los conventos eran la cúpula del irracionalismo.

—Qué palabras, Francesillo; hablas como si fueras de Madrid. Como los políticos de Madrid, quiero decir.

—Es que soy de Madrid. ¿Qué historia es esa de Franco y la santa?

—Anda por toda la ciudad. Pregunta, pregunta. Aquí en el convento parece que estamos retiradas del siglo, pero nos enteramos antes que nadie de lo que pasa.

—Claro, vienen los cadetes y los falangistas a contaros fantasías heroicas.

—Lo de Franco parece que es de verdad, Francesillo. Franco está ganando la guerra porque tiene poderes. En

Alfambra y Teruel ganó las batallas sin estar, pero estando. Y ahora, por las noches, se le aparece santa Teresa y le dice lo que tiene que hacer.

—Al mismo tiempo que tú te acuestas con las superioras.

—Si lo vas a ver así, rojito...

Y le da un beso plano en la boca.

—Cuando el irracionalismo se apodera de una ciudad, esa ciudad está perdida. Ahora tengo más esperanzas que nunca de que los míos ganen la guerra.

—Los tuyos. O sea que eres rojo rojo.

—Llámalo como quieras. No puedo creer en monjas con las que me acuesto.

—Vete a la mierda. Por aquí no vuelves.

Y la novicia Camila se pone en pie, se sube las bragas y se deja caer la faldumenta, el hábito, que la cubre. Francesillo comprende que está enamorado de la niña monja. Por velar sus sentimientos (un poco como hace Franco, a todos nos tiene hechizados), habla de otra cosa.

—Me preocupa el destino que vayan a dar a los libros del abuelo Cayo.

—Si quieres, puedo robar alguno, los que más te interesen...

Ante la oferta ingenua de la novicia, Francesillo se pone en pie y la besa con ternura.

—Eres niña, eres buena, eres tonta.

—Vete a la mierda.

Y se reconcilian a besos y mordiscos, como dos leopardos jóvenes. Francesillo quiere echar una última mirada a la biblioteca. La novicia Camila le ha dado una idea. Robar por lo menos un libro. Y se lleva la «Enciclopedia filosófica», de Voltaire, un libro rojo y casi cuadrado, en papel biblia.

Ya en el portalón de la despedida, cerca y lejos de la hermana tornera, que es vieja y pájara como una urraca de cien años, la novicia Camila, sin saberlo, le dice a Francesillo lo más inquietante:

—Otro día que vengas tengo que enseñarte las bodegas.

—En las bodegas teníamos vino y jugábamos los chicos al escondite, hasta que nos daba miedo de nosotros mismos. Vinos de todas las cosechas que coleccionaba el abuelo Cayo, que le daba por los vinos tanto o más que por los libros.

—Ahora hay prisioneros.

—¿Prisioneros? ¿Como los que fusilamos hace poco en la Pradera?

Qué luminosa angina por el pecho. Otra vez el soplo que no es soplo en la aorta que no es la aorta, quién sabe. Se pregunta Francesillo si los que él ha «fusilado» procederán de su propia casa, de las viejas bodegas, cuyo vino seguro que se han bebido Víctor y todos los Víctores victoriosos de la Victoria. Hasta que se le ocurre la pregunta crucial.

—No estará aquí Dalmau.

—¿Quién es Dalmau? No sé. En todos los conventos tienen prisioneros, y en los sótanos de las casas de putas y de las tabernas, porque ya no caben en las cárceles ni en los cuarteles. Sé más que tú del mundo, Francesillo. ¿Dalmau es uno que habla como zaragozano o catalán, que arenga a los presos y vienen a negociarle gentes de importancia, como don Ramón Serrano Súñer?

—Pues claro que está aquí Dalmau —dice Francesillo—. Mañana por la noche vengo a verle. Tengo que hablar con él.

Besa a la niña y se va. La hermana tornera duerme en un pie y un ojo, como milenaria urraca.

«MI DOLOR ante la muerte de Mola es el dolor de toda España, pero todos han de saber que seguiremos idénticamente como hasta ahora.» Franco lo ha dicho con su voz más neutra, en el funeral, y, por otra parte, ese desastroso adverbio, «idénticamente», viene a significar que no ha pasado nada con la muerte de Mola, que no se ha perdido nada, que él, Franco, se basta solo. Así, cuando menos, se interpretarían sus palabras en el café, tanto en la tertulia de los maestrillos como en la de los laínes.

Mola era alto, intelectual y distraído. El avión de Mola ha caído en Alcocer, cerca de Briviesca, provincia de Burgos. Mola era un liberal que se fue haciendo autoritario a medida que España lo exigía, o así se lo pareció a él. Mola era un Franco desplegado: más estatura, más inteligencia, más cultura, más imaginación, más adhesiones: llegó a tener un verdadero partido militar. Y el comentario irónico y decisivo de Hitler, que a Franco le ha llenado de una rabia fría: «Mola, qué gran pérdida para España. Mola era el Jefe. Franco está en la Historia como Pilatos en el Credo.»

Mola había escrito unas memorias que le publicó un editor anarquista (a quien, durante la guerra, Mola salvaría la vida). El «Diario de una bandera», de Franco, es un panfleto legionario como los de Millán Astray (de un Millán Astray sin sangre, sólo con odio), frente a las Memorias de Mola.

—Con Mola del otro lado, la República tenía ganada la guerra —dice Daniel Lozoya en la tertulia.

—Ésa es la cuestión —puntualiza alguien—. Por qué no estaba Mola del otro lado.

Quizás Mola, como Franco, como antes don Miguel Primo de Rivera, había querido ser el cirujano de hierro preconizado por Costa y Ganivet. Costa y Ganivet, dos intelectuales mediocres y prefascistas, habían legitimado, sin saberlo, a todos los futuros dictadores. La guerra la empecé yo por abajo, con veintidós aviones y un barco, se dice Franco. Pero la conspiración la había iniciado antes Mola, que inició la guerra moral, antes que la otra, por todo el Norte. La embarcación griega es más guerrera que comercial. La embarcación fenicia es más comercial que guerrera. La sublevación empezó por el sur gracias a Queipo de Llano, que metió media docena de moros en una camioneta y les puso a dar vueltas por Sevilla. Cada poco les cambiaba de camioneta. Como los moros todos son iguales, pronto Sevilla se sintió tomada por aquellos miles de moros armados. Y entonces llega Franco. La sublevación militar empezó por el norte gracias a Mola, que tenía ganado ideológicamente todo el norte, con generales y divisiones. Mi dolor ante la muerte de Mola es el dolor de toda España, pero todos han de saber que seguiremos idénticamente como hasta ahora. Franco y Mola se habían puesto de acuerdo por teléfono en la estrategia. De ideas, Franco y Mola no habían hablado nunca. Lo de Mola iba siendo el sueño de una dictadura militar y un socialismo desde arriba. Pero eso ya lo hace Stalin, se dice Franco. La embarcación griega es más guerrera que comercial, el camino de todo Imperio es el mar, Roma empieza a decaer cuando se distancia del mar. La embarcación fenicia es más mercantil que guerrera. El avión de Mola ha caído en Alcocer, cerca de Briviesca:

—El avión de Mola ha caído en Alcocer —se dicen las gentes del café, los buenos parroquianos de todos los días y los señoritos del vermú, los que iban a ver las ejecuciones a la Pradera y a galantear casadas.

—Sí, cerca de Briviesca.

—Mi señora es de Briviesca.

Como si este dato añadiese algo a la tragedia, le aportase alguna originalidad o esclareciese el misterio, porque la muerte de Mola es un misterio, de momento.

—Dicen que estalló en el aire.

—Sabotaje, a mí eso me suena a sabotaje.

Y nadie dice si sabotaje rojo —¿y cómo va a ser posible un sabotaje rojo, en Burgos?— o qué, pero todo el mundo está pensando en el mismo nombre, pronunciándolo mentalmente ante el espejo, ya los árabes conocieron la embarcación guerrera, así hicieron lo que hicieron, todos los españoles, los buenos españoles, los heroicos españoles, somos almogávares, piensa Franco, y se imagina al almogávar como una síntesis de judío, gallego y árabe, una cosa que se ha formado en su cabeza, fuimos grandes cuando dominábamos la mar, Madrid lleva tres siglos de espaldas al mar, para Madrid, siempre lo he dicho, el mar tiene las dimensiones del Manzanares, Mola gastaba gafitas redondas, como las de Trotski, y era el único general que sabía vestirse de paisano, hasta quedaba elegante:

—Yo le vi una vez de paisano y hasta quedaba elegante. No parecía un general.

—¿Es que es malo parecer un general?

—Según qué general, hija, según qué general.

Y el roneo sigue en el café. Ridruejo, como siempre, es el que arenga en la tertulia:

—Lo de Mola es inexplicable y lo inexplicable siempre tiene una explicación negra.

—Lo inexplicable es sólo lo que no nos han querido explicar —resume Foxá, jugando a un perogrullismo de fina ideación.

Mola quería separar la Iglesia del Estado, en bien de ambas instituciones. Franco tiende a unir, a adunar, a reunir, a hacer un haz, Franco es fascista, etimológicamente, sin saberlo, los buenos españoles, los grandes españoles somos almogávares, Churruca fue nuestro último gran marino, con Churruca se acaba el Imperio y el sentido imperial de la marina. Franco ha nacido en la Galicia marinera y lleva en sí una nostalgia más épica que lírica de lo que es el mar, la mar, Franco llevaba siempre a su familia a pasear por las rías, en el mar veía su carrera, su porvenir, pero nunca le admitieron para marino, él les va a enseñar lo que es un marino, un almirante, también queda un poco bajo para almirante, Franco es un héroe de clase media, como Churruca, Franco sueña un Imperio pequeñoburgués, Franco, militar escarpado y legionario cruento, tatuado interiormente de sus propios fetiches y autodisciplinas, es un sentimental de lo español, y su sentimentalismo, su corazón patriótico, de crueldad tranquila, cabe en una sola palabra, corta y muy usada: cursi.

—Tenemos un César pequeñoburgués —dice Ridruejo a la tertulia—. Le falta la grandeza de Hitler y Mussolini, que quizá sea la grandeza del mal, pero el mal es resplandeciente y purifica.

Agustín de Foxá lo ve desde sus alcurnias calladas y vigentes:

—Tenemos en Franco un gran hombre, pero un gran hombre provinciano.

—¿Vosotros creéis que el hombre era Mola? —pregunta Laín, siempre tentativo.

—A Mola le faltaba el mito.

—Más a su favor —dice Foxá, que no admite otra mitología que la borbónica y, por biografismo y sentimentalismo, la joseantoniana.

—Lo que digo, un gran hombre provinciano.

—Todos nuestros grandes hombres han sido siempre provincianos —remata Foxá desde su cosmopolitismo—. De don Pelayo al general Primo.

Mi dolor ante la muerte de Mola es el dolor, etc. Mola no estaba con la República por el problema religioso. Mola era católico. El avión ha caído en Alcocer, cerca de Briviesca. Franco embarca en naves árabes y guerreras su corazón cursi de cirujano de hierro, pero es más guerrero de tierra que de mar, aunque esto nunca lo admita, todos nacemos con la vocación cambiada, Mola mismo había nacido para republicano, otra vocación cambiada, a Mola había que verle de paisano, ¿usted le vio alguna vez de paisano?, qué tipazo, hija, qué generalazo, lo dice hasta Hitler, una pérdida irreparable.

Don Eugenio d'Ors se había pasado desde Francia a la zona nacional y veló armas en Pamplona, toda una noche, con otros compañeros, aunque él no era de la raza de los quijotescos ni los cervantinos. Don Eugenio, el gran irónico y el gran ecléctico (de intención), cuando se adhería a algo, siempre lo hacía con exceso. Nadie le había pedido tanto. Por la ciudad ha aparecido con un uniforme entre falangista y mistraliano, que poco tiene que ver con la nueva ortodoxia. Algo así como el uniforme que se inventó Byron para ir a luchar —y a morir— en Grecia. Un auspiciador del café se lo dice:

—Maestro, parece que le gustan a usted mucho los uniformes.

—Me gustan los uniformes siempre que sean multiformes.

Azaña había escrito: «Eugenio d'Ors cuida mucho la manera de mirar.» Y la manera de hablar. En el café, en sus diálogos por la ciudad (siempre jugando a ateniense), en las conferencias al público y las autoridades, la voz de penumbra y temblor, de catedral e ironía. De su entrevista con el César Visionario se sabe poco. En el café, a la noche, se lo pregunta Foxá, y D'Ors promisea:

—Bueno, Napoleón, en Weimar, estuvo más atento con Goethe.

—Maestro, usted no es Goethe.

—Tampoco él es Napoleón.

La influencia de D'Ors en la retórica de José Antonio es más importante que la de Ortega, y esto no lo ha señalado nadie por la sola razón de que a D'Ors no lo han leído. D'Ors tuvo pocos discípulos, pero fanáticos. Palabras como «jerarquía», «servicio», «misión» y otras, la Falange las toma directamente del pensador catalán a través del cura vasco y dorsiano Fermín Yzurdiaga. «Jerarquía» se llama la Revista Negra de la Falange. «Jerarquía» era la mentira intelectual y la influencia fascista. «Vértice» era la expresión del subconsciente pequeñoburgués y reprimido de la derecha, una imitación de los magazines de los países democráticos, con variedad, alegría, fotos de chicas, literatura y una amplia y cosmopolita mirada sobre el mundo (todo lo amplia y cosmopolita que podía ser aquella gente cautiva o servil que hacía «Vértice»). Laín Entralgo, siempre aquejado de gravedades y trascendencias que sólo a él importan, siempre con la ideación escasa y cejijunta, agrava en negro filipense el negro mussoliniano de su revista, heredada del cura ya dicho, o sea «Jerarquía». A «Jerarquía», tan dorsiana, le falta el alma alígera de D'Ors, que Laín no conoce por joven: la ironía. En esta publicación le sacan a Torrente Ballester su obra teatral «Viaje del joven Tobías». Una noche, Torrente, con su voz de ropero invernizo, corta y pobre, les lee la comedia en el café, en presencia del maestro, de Xenius, de Octavio de Romeu, como homenaje a su llegada (muchos más no le hicieran). Todos se han dormido, hasta el camarero decano y sordo, excepto el maestro D'Ors, que le hace al intonso comediógrafo un comentario enigmático en su ironismo:

—Tobías y el ángel de Tobías. Bueno, pero los ángeles eran más viriles, joven.

Y se van todos a dormir. Acompañan al maestro hasta el hotel de clase media donde se ha hospedado (él, claro, esperaba mucho más), y, dada la hora, todo está cerrado (estamos en guerra). Es ingrata la noche y es dudosa la espera. Todos se vuelven serviciales:

—¡A ver, un camarada!

—¡Soldado, aquí!

—¡Sereno...!

Y don Eugenio, asomando su ironía civil bajo todo aquel atalaje militar que sin duda no se cree:

—Para estos casos tengo yo una llave...

Saca la llave del hotel de su confuso y profuso uniforme, abre, cierra y se va escaleras arriba, no sin un irónico saludo a los discípulos, todavía con la gran llave en la mano.

D'Ors había sido socialista y sindicalista en su juventud catalana. Era algo que él soñaba para Cataluña. Pero con su expulsión de Cataluña se torna aristocratizante, vaticanizante, enigmatizante. Forja la teoría de la Cúpula, que unas veces es la del Vaticano y otras la de la Monarquía, según le convenga. Después de todo, él había cantado la raza, qué más da una que otra, en «La Bien Plantada». Él ha esbozado la teoría de la Cúpula y una angeología que se corresponde bien con los falangistas adolescentes y estilizados que pinta Sáenz de Tejada. Él se ha hecho un argot propio (como todo gran escritor) con las palabras antes citadas y otras. El joven Primo de Rivera, que vivía de urgentes préstamos intelectuales, tomó de D'Ors unas cuantas palabras reacuñadas por el maestro y un esquema de su doctrina apañado para mítines: las tan repetidas palabras, que parecen ordenar un mundo (Hölderlin dijo que todo es elegir y ordenar) y la vaguedad cupular, ya que no piramidal, de las primeras teorías dorsianas. Los falangistas liberales han entrado a saco en el delicado y complicado arsenal de D'Ors, pues que tienen urgencia por legitimar el Nuevo Estado de Franco, por legitimarse a sí mismos. Pero Ridruejo, el más ácido y crítico de la tertulia, lo dice una noche en el café, después de haberse ido, acompañado por otros, el maestro catalán:

—Este hombre empezó deslumbrándome. Hoy sólo le tengo cariño.

Piadosa avilantez de quien había instrumentalizado su doctrina (que no era para usada en política ni justificaba muertos) y ahora la encontraba *pasé*. Y es que Ridruejo, hoy, está en la fascinación hitleriana. Ridruejo es un hombre que vive y morirá de fascinaciones. Ortega ya no es citable porque está en el exilio, y Franco lo ha dicho bien claro, «Ortega y Marañón son ilustres porque ellos se lo llaman a sí mismos». Pues venga de D'Ors. Y maestro D'Ors, a quien le faltó pronto su Catalunya con y griega, maestro D'Ors, que llega a Madrid y se lo encuentra ocupado por Ortega (tiene que acabar escribiendo en «El Debate» de Ángel Herrera, aquel europeísta de la otra Europa, la fascista), maestro D'Ors llega a creer que la Historia ha venido a coincidir, como un perro fastuoso y humilde, con su pensamiento. Que la Historia le come en la mano. Así les pasó a Hegel, Stendhal y Goethe con Napoleón.

¿Cómo no perdonárselo al maestro de una de las lenguas más recoletas y hermosas de Europa, el catalán? Pero lo cierto es que D'Ors llega al burgo salmantino, a las «Salamancas de luz» burgalesa cantadas por el franquista Gerardo Diego («Huevo de águila, a Franco nombro»), y sólo le queda el homenaje condescendiente de los falangistas de café y el divagar por las calles, como un Sócrates de derechas, con sus harapos de oro, «uniforme multiforme», hablando a las gentes como el griego en las plazuelas de Atenas.

Franco no le entiende y por tanto le rehúye.

Sólo que todos sus conceptos han sido traducidos con avilantez, ah de los laínes, ridruejos y otras demasías, y así Jerarquía, ahora, significa Dictadura, servicio significa servidumbre, misión significa aniquilación de media España. Cuando el escritor brinda su argot al político, éste lo dilapida, derrocha, corrompe y acanalla. Ha pasado siempre y a D'Ors le está pasando en la ciudad.

Mas, príncipe de sí mismo, él se pasea por las calles con su melena anticipadamente blanca, su mirada sombría e irónica (aquella mirada que impresionó a Azaña), su palabra nemorosa y su vagabundeo presocrático. Barroco de la pasión de escribir, encimado a sus clasicismos, llega cada mañana a la imprentilla de Giménez Caballero y le entrega la glosa del día, para el periódico que tira el loco. Francesillo, contradictorio entre la pasión política y la pasión literaria, corrige pruebas y galeradas del maestro con deleite por la prosa, el espíritu y la ironía. «Esto tengo que escribirlo en una de mis cartas a mamá.»

D'Ors, efectivamente, de acuerdo con la genealogía ursina de su apellido (él se ha puesto la D y el apóstrofo), tiene algo de gran oso infinitamente estilizado. Un oso que hubiese bailado el minué con las princesas intelectuales del XVIII. A Francesillo, desde su rincón de corrector, bajo una claraboya de polvo y luz, le admira la constancia y la paciencia, la puntualidad de este hombre que, recadero de sí mismo, se llega todos los días a la pequeña imprenta, traseras de la catedral, a entregar su breve y original prosa para el periodiquito loco que hace Giménez Caballero.

—Oigo misa temprana en esta hermosa catedral y luego me acerco a verle a usted, Giménez.

—¿Y la glosa cuándo la escribe, maestro? —le pregunta el mal escritor al buen escritor, alabancioso sin por qué, pero aplicándole el «usted», que sólo Franco y D'Ors han sabido mantener, como cota de malla que les defiende de la camaradería falsa y barata del *tú* falangista. La letra del maestro es heráldica y Giménez Caballero, que de tipografía sí que sabe, da las glosas dorsianas en una impresión entre renacentista y vanguardista, que es el punto que él tomara de Gómez de la Serna y las revistas de Bergamín y otras. «Pemán. Sabíamos del sol de sus ojos. También sabíamos que la palabra de este príncipe entre nuestros oradores sagrados —laico él justamente, mundano él y hasta hombre de espectáculo y escena— llegaba a todos, tanto los que gozábamos con las invenciones figurativas de su presencia como los que sólo pudieron conocer su angélica pluma de sentimiento.» Pemán, efectivamente, acaba de llegar a la ciudad, uniformado y con capote. Pemán había hecho la oratoria de estilo e ideas en el Parlamento de la República, entre el navajeo verbal de toda política, y naturalmente fracasó. No sabía Pemán que a los Parlamentos nunca han ido los hombres a entenderse, sino a asesinarse, o bien no quiso jugar a eso, y resumiría de esta forma su escepticismo parlamentario: «No es cierto que hablando se entienda la gente; hablando se luce la gente.»

Pemán recorre ahora la ciudad, vive su popularidad y alterna con el grupo de los laínes. Ya le ha hecho a Franco la visita de rigor:

—Habría que reavivar el teatro en la zona nacional, Excelencia. Esta ciudad, concretamente, capital hoy de la gran España, necesita un teatro. Con catedral y sin teatro, una ciudad queda abierta, no está completa. ¿Y nuestros grandes clásicos...?

—«Marina», Pemán, haga usted que reabran el teatro y repongan «Marina», que es una ópera muy bonita y muy española. Carmen y yo estaremos allí para el estreno —se enmaridaba indulgente la voz del Caudillo.

José Luis de Arrese, un falangista perfilero y con bigotillo, que anda muy joven por la ciudad, se ve que a las husmas de cosa importante, merece un raro jeroglífico del maestro, que a veces, suprema ironía, escribe sólo para sí mismo: «Minos, si diagonal, cruzó tu cifrar el oro, ¡Feliz culpa!, el cruce primó tu majestad.» Y así toda una página de un gongorismo impracticable. Serrano Súñer, que odia a Arrese, pues auspicia en él, como fino político, a uno que hará carrera fiel/infiel dentro de la Falange, le llama siempre Arrese Magra, que es su segundo apellido, una manera neutral de descalificar a una persona sólo con dar su filiación (ya lo hacían los clásicos). Serrano lo dice a la noche en el café:

—¿Habéis leído lo que D'Ors le dedica hoy a Arrese Magra?

—Cuando don Eugenio se pone gongorino, es que se está riendo del personaje.

—Y de sí mismo.

—Y de Góngora —remata Foxá, como dando raquetazo en el aire a una pelota perdida.

Hay glosas que a Francesillo, leídas directamente en la letra menuda y picuda del maestro, le deslumbran por su brevedad de metáfora o daga: «Eugenio Montes. Eugenio Montes tiene la calidad de alfil blanco en un ajedrez intacto de marfil.» Pero Eugenio Montes, con el cuello de la cazadora subido encima del uniforme, es un poco el golfo de José Antonio, amigo de González-Ruano y otros señoritos perdis de la derecha. «José Antonio. Nunca he encontrado en hombre mozo tan puntual atención hacia las dificultades teóricas en que la posición de un apostolado coloca.» Seguía página y media de clara prosa enamorada. Esto reconcilia a los laínes con el maestro, especialmente a Serrano, pero dicen que no le gusta nada a Franco:

—Don Eugenio, no sé si lo suyo de hoy habrá interesado mucho en el arzobispado.

Don Eugenio, en el café, bebe ese licor amarillo y dulce de las viejas, como hecho en casa. Se perplejiza ante las dudas de la tertulia. En poco tiempo ha disgustado a los dos hombres más importantes del Nuevo Estado. A Serrano con lo de Arrese y a Franco con lo de José Antonio. Su distracción de intelectual o su ingenuidad de hombre que cree o quiere tener fe en algo, se desbaratan a poco de llegar, contra la alta plata berroqueña que es la ciudad. Y el maestro parece perdido en lo que creyó que iba a ser su Weimar, y vuelve mudo al licor de vieja. «Pilar Primo de Rivera. Pilar es conmovedora. Lo es perpetua, incesantemente; cada día, en cualquier ocasión.» Y otra página y media. Pero Pilar conspira todas las tardes en su piso, contra Franco, por la memoria de su hermano, y ella misma va a decírselo al Caudillo. Tardaría mucho en volver a atarse lo desatado aquel día:

—Don Eugenio ha vuelto a excederse.

—Alguien tendría que ponerle al día.

—Mejor dejarlo. Nada le va a pasar tampoco.

Y Foxá:

—Eso es lo que él lamenta: que no le va a pasar nada. Don Eugenio esperaba clamores a su entrada en la ciudad. Claro que los espera siempre.

«Julián Pemartín. Su imagen viva es la de un ciprés: un árbol largo, en cuya enhiesta, vertical tristeza, anidan canorosamente todos los pájaros de la cultura.» Aquí se ve mejor que nada el plagio falangista al maestro. Esta glosa, inversamente, se diría escrita por los redactores de «Jerarquía». Foxá, entre puro y copa, hace todas las noches la glosa de la glosa:

—Don Eugenio acabará escribiendo como José Antonio.

En su afán por exhaustivizar la galería de héroes, el maestro llega a disgustar a todos: «Jesús Suevos es un verdadero científico de la cultura.»

—Xenius necesita cobrar la glosa diaria y acabará escribiendo del sacristán de la catedral.

—Siempre tendría más interés lo del sacristán que esto de hoy.

Areílza, en cambio, es felicitado a la noche (va poco por el café, quizá hoy ha ido precisamente a eso) por la glosa dorsiana: «Una de las superioridades de mi querido Areílza está en, aprovechando, a fuer de agudo, el escarmiento de sus propias víctimas, saber lo que puede y no puede...» Ridruejo no lo dice, pero espera su glosa, que al fin sale: «Este lírico de la desnudez se encara con la eternidad. En Ridruejo, la eternidad es captada en cada instante: la luna y la niebla lo permiten.» Pero el regocijo y el enigma de la ciudad es la glosa de Franco, que devuelve al maestro toda la veneración por su ironía jeroglífica, su gongorismo de un barroco que se pretende neoclásico y su eterno juego con la luz y la sombra, la verdad y la mentira:

—¿Se atreverá con la glosa del Caudillo?

Y se atrevió: «¿Llegarán a olvidarse episodios, sentimientos, nombres mantenidos en dramática rivalidad durante años y que, al estallar, se pudieran creer clavados para siempre en el alma colectiva como en la individual?»

—Se lo dice todo y no le dice nada.

—Yo creo, más bien, que no le dice nada como si se lo estuviera diciendo todo.

—Está pidiendo nada menos que la reconciliación.

—Pero de qué manera.

—Esto le puede costar una llamada del Caudillo.

Y Foxá, clausurando la noche con su penúltimo Napoleón:

—El Caudillo le llamará, pero para que se lo explique, porque no entiende nada.

D'Ors, en uno de sus golpes de audacia, se ha ganado en un día la ciudad que quería perderle.

La lucecita del arzobispado es el aldebarán doméstico que rige y apacienta el sueño y los sueños de la ciudad y la noche. La lucecita del arzobispado, despacho de Franco, es el aldebarán venturoso y doméstico del sueño intranquilo de Francesillo, del sueño estabulario y sin sueños de la Emilia, la lela, del sueño victorioso de los laínes y el sueño inquieto y negro, cinematográfico, de los maestrillos republicanos. La lucecita del arzobispado, despacho de Franco insomne, centinela de Occidente, rige los sueños de los prisioneros, los torturados, los que duermen sobre el lago feliz y mortuorio de su propia sangre, los muertos calientes que acaban de caer fusilados orilla del paredón, gritando viva la República o mecagüendiós, según, el sueño viciosillo y desvelado de la novicia Camila, el sueño confuso, macho y hembra, de Víctor, los sueños febriles y quemados de whisky de Dionisio Ridruejo, el sueño enredado de los intelectuales, la vigilia del soldado en su garita, del preso en su celda, de Giménez Caballero en un camastro de su imprenta, el sueño inmenso y marítimo de la catedral, que es un sueño populoso de canónigos y Cristos fusilados. La lucecita del arzobispado, despacho de Franco, aldebarán de la vida y la muerte en la ciudad.

El Caudillo tiene extendido un gran mapa sobre la mesa. La marcha de la guerra ha sido así, se dice. La radio roja, con su ojo de Polifemo multitudinario, le susurra confidencias. El reloj de péndulo es como el corazón cansado e incansable del tiempo.

Se pueden considerar como bases de operaciones las ciudades de Pamplona y Sevilla, y como base secundaria La Coruña. Desde el primer momento actuaron dos ejércitos: el del Norte, al mando de Mola, y el del Sur, al mando de Franco (Franco gusta de referirse a sí mismo en tercera persona, como los papas y los grandes intelectuales). Mola, en rapidísimo avance, ocupa la línea de montañas que domina Madrid. Somosierra y Guadarrama. Desde ese momento, Mola amenazaba la capital. Franco ha mantenido bien ese frente, después de Mola (los moros ya se hacen té moruno en la Ciudad Universitaria). Queipo libera gran parte de Andalucía. Franco avanza con su columna colonial, desde Sevilla, sobre Madrid, en marcha fulminante, combatiendo sin cesar, avanzando 525 kilómetros de Sevilla a Madrid y ganando las gloriosas batallas de Mérida, Badajoz, Talavera, Toledo, y las de ocupación de los barrios exteriores de Madrid.

Madrid, ese Madrid que resiste y se le resiste, es hoy lo que va del Manzanares al Retiro, de Este a Oeste, unos cuantos kilómetros importantes en densidad, más que en número: ahí está la inteligencia, la logística del general Rojo, a quien Franco admira sin poderlo remediar, y que vive en Ríos Rosas y se toma carajillos en el *Pon/Café*, debajo de su casa, las Brigadas Internacionales, que han venido decididamente a morir, Hemingway (ese que dicen que es leído en el mundo entero), Chicote y toda la menestralía madrileña y Cuatro Caminos, ciudad sagrada del marxismo. El ejército del Norte ha liberado el campo atrincherado de Oyarzum, en Irún, y ocupado San Sebastián, donde Fermín Yzurdiaga, el curato carlista y dorsiano, fundaría la Revista Negra de la Falange (nosotros conquistamos ciudades y ellos hacen literatura). En San Sebastián está Mihura haciendo *La Ametralladora*, para risa de los soldados nacionales, pero Franco ha visto un ejemplar, que se lo trajo Serrano, y no le ve la gracia. La pequeña columna secundaria que operó desde La Coruña liberó el norte de Asturias hasta Oviedo, ese Oviedo que iba a ocupar Malraux, el fantasmón francés, y de dónde habrá salido ese aventurero que hace la guerra para luego escribir libros, con tipos como Malraux no van a ganar la guerra, se dice Franco.

Lo duro son Madrid, Cataluña y Valencia. Pero voy a abrir una línea hasta el Mediterráneo, voy a partir la zona republicana en dos. De 92 batallones de Infantería, sólo quedan 51. Y en Ingenieros, de 14 unidades sólo me quedan dos. De Caballería, siete de diez. Pero en Artillería tenemos 18 con nosotros y 14 con los rojos. En aviación, de 152 aviones nos quedan 22, contra 130 de los rojos. De la Marina, de unidades de combate, han quedado en poder de los rojos un acorazado, tres cruceros, 13 destructores y 12 submarinos. Esta noche sólo tengo un acorazado y un crucero (y la gente de esta ciudad durmiendo tan feliz, incluidos los laínes). Pero dos cruceros más, en construcción, se incorporarán en seguida. El enemigo tenía, al comenzar las hostilidades (qué palabra, hostilidades, la que Franco utiliza para las masacres), 29 unidades de combate de Marina, y nosotros dos. Cómo envidio esta noche a Hitler, que tiene doscientas divisiones en Europa y puede empezar la guerra cuando quiera.

Ellos tenían en su poder, como el Gobierno que eran, casi todos los depósitos de armamento y municiones, fábricas y talleres de material de guerra. Y nosotros con la División Colonial de Marruecos, con la mejor gente del Ejército, que la he formado yo. En lucha aérea, hemos abatido hasta hoy 130 aviones rojos, y sólo hemos perdido diez. Asimismo, hemos cogido al enemigo abundante material de guerra: diez baterías de artillería, o sea 40 cañones; nosotros sólo hemos perdido ocho. Les hemos cogido varios millares de fusiles y millones de cartuchos, tanques rusos y más cosas. Les hemos echado a pique un destructor, tres submarinos y un cañonero, y les hemos tocado seriamente un acorazado, un crucero y un destructor. Nosotros no hemos tenido ninguna pérdida. Hemos apresado diez mercantes rojos, cuatro de ellos con material de guerra. Hemos reconquistado Guinea, Ibiza y Mallorca. De las 50 provincias españolas, tengo en mi poder 32, incluyendo Baleares, Canarias y el Protectorado. Ellos tienen 17 provincias, Santander y Menorca. Yo tengo el resto.

El Caudillo, que estaba de pie sobre el mapa, se sienta, prueba un chupito del agua con azucarillo tostado, que le ha entrado sigilosamente el ayudante, y reflexiona: es lo que siempre me dice Ramón, el Movimiento no será tan nacional como tú dices en los discursos cuando el pueblo y parte del Ejército se nos están resistiendo tanto, una cosa es lo que se dice en los discursos, Ramón, y otra ganar la guerra, te aseguro que yo estoy ganando la guerra, tú de esto no sabes, Ramón, tú eres de Letras.

Ya ha pasado la tertulia golfa de los ridruejos bajo la lucecita del Caudillo, ahí le tenéis, ganándonos la guerra, somos unos literatos de mierda, es lo que somos, ya la radio roja da cuplés con letra antifranquista, ya el reloj, acunando el tiempo con su péndulo, da una hora de deshora, ya el azucarillo se ha disuelto en el agua, como España en la sangre, Paco, Franquito, como quieran llamarte, Ramón insinúa, aunque no me lo dice, faltaría más, y lo mismo Ridruejo, ese chico me traerá problemas, que mi biografía es una sucesión de deslealtades, deslealtad a la República, cuya bandera juré, deslealtad a los borbones, deslealtad a la masonería, deslealtad a José Antonio, deslealtad a la Iglesia, que la tengo en un puño, deslealtad a Dios, pero tengo respuesta para todo eso, cuando Azaña cerró la Academia de Zaragoza, yo, el director, les hice un discurso a los cadetes donde ya estaba diseñado el Glorioso Alzamiento, si Azaña no quiso entenderlo fue por desprecio, que tonto no es, el que avisa no es traidor, yo avisé antes que nadie en Zaragoza, y no veo que eso se diga en nada de lo que sobre mí se escribe, en España y el mundo, pero una vez que gane la guerra recorreré el camino a la inversa, empezará la ruta de mis lealtades, la Patria, el Ejército, la justicia social desde arriba, como debe ser, que ya lo decía Mola, pero Mola iba demasiado lejos, y, para cuando yo haya reconstruido y salvado España, los borbones, que soy monárquico, un borbón militar, a ser posible, lo que ha perdido a España es que el último borbón no era militar, o no lo parecía.

Los borbones son para Franco como los dioses para los griegos: una mitología indefinidamente aplazable, gratamente desplazable. El reloj da su hora firmes, como un soldado, y Franco se va a la cama sin apagar la luz, que esa luz también gobierna España.

PEDRO LAÍN ENTRALGO es alto, marañoniano y cejijunto. Va sabiendo ya, a sus pocos años, por naturales despertares, que él no va a ser nunca Marañón. En realidad no sabe lo que va a ser. Es un hombre que duda como otros afirman o niegan siempre. Su prosa está llena de interrogaciones, lo cual, aparte de ser feo tipográficamente, vuelve temblorosa la escritura y el alma de Laín. Es dubitativo por dentro y, sin embargo, muy representativo por fuera. Representativo sólo de sí mismo, quizá. Laín escribe en «Arriba España» y en «Jerarquía». Entre el violento carlista Ángel María Pascual y el violento falangista Rafael García Serrano, pamplonica, fanático y con buena prosa, Laín es sencillamente «el católico Laín», lo cual queda significativo o tautológico en un grupo tan católico. Es lo único que de verdad son y quizá se han puesto del lado de Franco porque Franco es el que dice estar trabajando, matando y haciendo una guerra para Dios. Hay en el origen de este catolicismo una verdad pequeñoburguesa, una representación interior de la madre y las hermanas («vendrán los rojos y violarán a nuestras hermanas», ha dicho Giménez Caballero, con preocupación un tanto incestuosa), de la misa de los domingos y las noches de exámenes, con toda la familia haciéndole café al niño, para que no se duerma y estudie. Lo que Franco llama «célula fundamental», o sea la familia, en realidad es en todos ellos una nostalgia venial de clase media, hecha de navidades sucesivas, adunadas, primera novia y misas del gallo. Laín hasta ha llegado a decirlo, creyendo él que hablaba de otra cosa: «El problema de la Universidad es el problema de las clases medias españolas.» Juan Aparicio y Giménez Caballero se pretenden más dannunzianos y hasta mussolinianos («La Gaceta Regional»), pero Laín no es más que un católico de mamá y con el tiempo va sustituyendo eso por la beatería del 98 (piensa escribir un libro sobre el tema), que para él son algo así como los reyes godos de nuestra literatura. Los considera siempre en bloque y él se está haciendo a sí mismo con el alma ardiente de Unamuno, la bonhomía de Machado, la pulcritud de Azorín, el costumbrismo de Baroja, etc. (Valle-Inclán siempre se le escapa un poco).

Laín va a resultar, finalmente, una antología moral del 98, el hombre/antología.

Más el toque de liberalismo marañoniano, que es una cosa que en plena guerra no tiene ningún sentido para ningún bando. Pero le falta a Laín la pasión del *yo* de cualquiera de ellos (quizá lo que le falta es un *yo*), y la calidad escarpada y monumental de todo el grupo. Laín lleva «Jerarquía» y Serrano Súñer lleva «Vértice», dos modelos hitlerianos. Tanto en la ciudad como en San Sebastián, los nacionales tienen mucho papel para hacer sus abrumaciones literarias. Franco les concede papel, mucho papel, pero luego no los lee. Sánchez Mazas es más reticente y con más alma de alcayata lúcida, Ridruejo es más poeta en la vida que en la poesía, Rosales soporta sobre su cabeza de león con los ojos azules, león con ojos de gacela, la pregunta muda que todo le hace y nadie le hace: «Bueno, bien, no pudiste salvar a Federico, pero tenías que haberte ido del partido que asesinó a tu amigo, ¿por qué no lo hiciste?» Foxá es *mondain* y borbónico, Cunqueiro es ausente y fantaseante, Mariano Rodríguez de Rivas ha confundido el Romanticismo con la tuberculosis y la homosexualidad, o se ha hecho un Romanticismo de uso personal con estos escasos elementos y cuatro cosas de Bécquer. Pero Laín, Pedro Laín, es sencillamente un proyecto de sabio que suena a todo sin sonar a nada.

Los del grupo «Destino», Agustí, Masoliver y otros jóvenes de fuerte catalanía, le están poniendo a la ciudad, en plena Castilla, un florón renacentista que hace que a veces se vea pasar a Roger de Lauria o a Roger de Flor, en la alta noche, por las catedrales de la luna. Pemán ha desplegado su ética y su estética en el «Poema de la Bestia y el Ángel». Pemán parece que quiere pocas cosas, pero sabe lo que quiere. El que no sabe nunca lo que quiere es Laín, abrumado de bondadosidad inútil y continua autorredención de sí mismo. Pepe Caballero y Luis Escobar hacen ahora lorquismo de derechas. Hay días en que la ciudad no amanece tal ciudad, sino un Nuremberg nublado de camisas pardas, una Roma salmantina brutalizada de botas de cartón y camisas negras, que es lo que Laín ha llamado en «Vértice» «la estética de las muchedumbres». El pequeñoburgués que sólo aspiraba a una vida católica y sentimental, honesta de ciencia (la ciencia como honestidad, que es como él la entiende), se ha dejado ganar por la estética germanorromana de las muchedumbres y libera en sus editoriales, tardos y como rezados, al héroe fascista que nunca será. Ni fascista ni nada.

Así, la Jura en Las Huelgas del Consejo Nacional de la Falange, solemne afirmación de nada y de la Nada en negro y piedra, cosas que hacen para persuadirse a sí mismos de una verdad extranjera, refinada y bárbara que aquí nadie siente, y el que menos Franco, que sólo lo consiente. Se lee a Ximénez de Sandoval, Concha Espina, Camba, Borrás, Miquelarena y Fernández Flórez. A Laín no lo lee nadie y él lo sabe y le duele y se duele, aunque jamás lo dirá, pero va a ser siempre el escritor sin lectores y el maestro sin discípulos. La cosa magistral es la guata en que se ha envuelto para andar por la vida, tiende al magisterio como otros al matonismo o la frivolidad, y hay en él una serenidad de semblante que se ha fabricado con tristeza y vacío. Es magistral y solemne porque sabe que, de otro modo, no es nada.

Nadie. Nadie se está falseando tanto en este clima de pasión como el desapasionado Laín, liberal a destiempo —¿qué es eso en una guerra?— y falangista postizo, el más postizo y recortable de todos. El común fondo pequeñoburgués de este grupo (salvo alcurnias de Foxá y Sánchez Mazas) no ha hecho sino lo que la mayoría de los nacionales: sublimar su mediocridad de café con leche y madre madrugadora y santa mediante la grandeza de una guerra y la espectacularidad del fascismo. El éxito de los fascismos en Europa, en este momento, es que brindan una épica colectiva a los nadies, una personalidad heroica a los anónimos marengos. El fascismo no es sino la reconversión épica de la mediocridad general de las clases medias, los funcionarios y los abogadillos, con protagonismo individual (o así lo parece) para cada uno, siempre dentro de la explicada «estética de las multitudes». Y todo este grupo de intelectuales ha caído en eso con más delito que el burócrata provinciano y el funcionario del Catastro, pues que ellos tenían luces y libros para salvar el engaño y muñirse la redención personal, la exaltación del Yo por sus propios medios.

La Falange les ha consagrado en bloque y por eso son falangistas. Pero esta consagración colectiva les está frustrando individualmente como intelectuales. De ahí que escriban poco y perezoso. Se quedan en el artículo del trirreme, como Sánchez Mazas, pero apenas hacen obra en libro. Lo que se ha producido en ellos es un señoritismo literario: con la gran intelectualidad española repartida entre el exilio, la cárcel y el cementerio, no tienen maestros ni competidores, no necesitan superarse, pues que todo les ha sido dado de una vez y pronto. Por eso los totalitarismos son malos para el escritor: le anulan o le exaltan en falso. Pero Laín, precisamente por su tardanza de ideación, se está salvando de eso mediante la voluntad y el trabajo. Es el que iguala con la vida el pensamiento, sólo que su vida es pobre y su pensamiento mostrenco.

El gran falangista liberal (ese contradiós conceptuoso), el del magisterio de café austero y editorial mal despedregado, quiere darle al Movimiento unos fondeaderos de honestidad institucionista y patriotismo literario que no van con lo que está en juego. Es tarea para la que le falta la alacridad intelectual de D'Ors y el Espíritu Santo de la ironía. Pero Laín, rehén de su gravedad balanceante, acaba de forzar un nuevo editorial para «Jerarquía», con muchos arrepentimientos de la prosa y la pluma, siempre menesteroso de estilo (palabra que ellos usan mucho). Está satisfecho, siente que aquello tiene peso (el de su cansancio) y se va al café.

La novicia Camila, como una Beatriz inversa, lleva a Francesillo de la mano hacia los sótanos y bodegas de la casa/convento. Apenas reconoce Francesillo, en una galería lóbrega de prisiones y prisioneros, lo que fueran las bodegas profundas y pacíficas del abuelo Cayo, la catedral sumergida del vino, como una selva con sus paquidermos de pensativo vino, bajo la casa. Soldados y carceleros van y vienen por los corredores. Hay una ingencia de rostros cruzados por la luz amarilla del miedo, de cuerpos abandonados a esa postura que sólo se encuentra cuando el cuerpo se reconoce esposo de la muerte. A esa luz amarilla y ceniza ve Francesillo, el soplo/el soplo en mil aortas, siempre de la mano de Camila, las acumulaciones de espanto y odio que Franco ha conseguido aquí, una mujer que se despioja, abandonada de su sexo y su edad, que han huido de la muerte como huyen siempre del moribundo. Un hombre que come su sopa sentado en el suelo, con el plato en el vientre de otro, que está tendido y desnudo, quizá muerto, yerto, inmóvil. Un niño que juega con el esqueleto de una pistola y va asesinando a todos los adultos, haciendo el pam pam que hacen los niños en el recreo, pero llevado ahora de la inercia negra de la muerte verdadera y corporalizada, que los niños mimetizan con igual naturalidad que los ritos de la vida. Sólo que este niño tiene la cabeza vendada y una pierna desnuda y poliomielítica, que le da como más verdadera delincuencia a su conducta, que le hace vil, enfermo y hasta peligroso.

La novicia Camila le ha presentado a Francesillo un cabo de prisiones que les secunda a distancia, discretamente. Al pasar por delante de un portón cerrado, lo que fuera lagar del abuelo Cayo, Francesillo escucha un misterio de voces broncas, gemidos, latigazos del aire y como un girar de silenciosas y chirriantes poleas. Se diría que allí se fabrica la muerte.

—Aquí se tortura, ¿no?

La novicia Camila le pone una mirada de discreción como recordándole la cercanía del cabo.

—La muerte jamás ha estado tan desprestigiada como lo está hoy en España, Camila.

La novicia baja los ojos y no dice nada, entornando la conversación que el muchacho hace tan peligrosa.

—Desde que Millán Astray gritó «viva la muerte», la muerte ya no vale nada, ni la vida.

Esta humanidad adunada, este aduar de miseria y miedo, de dolencia y rebeldía, esta familia inmensa y desolada, familia de desconocidos cuyos vínculos ha ido bordando despacio la muerte, gran cosedora, llenan las bodegas de un olor a primavera y cementerio, a primavera podrida y dulce cementerio de vivos. Es quizá el olor de la muerte heroica. Y por sobre todo ello Francesillo cree percibir, como el ángel del vino, un perfume remoto de cosechas rojas y de oro, la sepultada catedral y los alcoholes del abuelo. Hay ojos como cuchillos de cocina que le miran sin mirada. «Esto es al revés de los discursos de Franco, tengo que escribirlo en una carta a mamá.»

Francesillo, siempre de la mano de Camila, que es como llevar un lirio cortado en el camino, ve a un hombre gordo y bajo, de media edad, casi calvo y muy miope, con bigote de almacenista de coloniales, los restos de pelo en melena, leyendo un libro, solitario tras la reja: Dalmau.

Dalmau es un hombre de Cipriano Mera, el gran anarcosindicalista. Francesillo ha visto a Cipriano Mera, no sin simpatía irrazonada, en las fotos de los periódicos. El rostro triangular y el jersey de gran cuello, como una gola proletaria de punto. Francesillo sabe por Víctor que Dalmau es un hombre de Cipriano Mera, un anarco catalán, y que Franco quiere darle garrote vil, mientras los laínes, ridruejos y serranos le dicen que lo piense. (Víctor, al fin, ha sido enviado al frente, el muy mariconazo, a pegar tiros, ojalá le maten y no vuelva, con lo que el muchacho se ha librado de un penoso asedio.)

Se acerca a la verja del preso:

—¿Dalmau?

—Qué quieres, soldado.

Y Dalmau no se movía del sitio.

—Conocer a un hombre.

Dalmau dobla el pico de la página, posa el libro y se acerca, gordo y escéptico. Francesillo se ha soltado de la mano/lirio de la novicia. Ella le da conversación al cabo, por distraerle.

—¿Quién eres, soldado?

—Un madrileño que está aquí por azares de la guerra, un republicano que te admira.

—Aquello es una república burguesa y perderá la guerra.

—Es posible. Entonces solamente nos quedará el anarquismo.

104

Las dioptrías de Dalmau, que habla con perfumado acento catalán, se dulcifican.

—Eres muy joven y estás a tiempo de entender.

—Me parece que ya voy entendiendo algo.

—A mí me asesinan un día de éstos. No sé si Cipriano vive o muere. ¿Cómo te llamas?

—Marcel. Soy hijo de francés.

—Ahora lo entiendo mejor.

—Hay gente que se está moviendo para que Franco te perdone la vida.

—Me da igual, Marcel. También se puede seguir siendo anarquista de muerto.

En las noches de gemido y fornicación que son las noches de esta cárcel, la novicia Camila se aparece, como la Virgen, en las celdas de hombres solos, y todos la disfrutan y aman. Es un cuerpo como una hostia descendiendo milagrosamente a aquel Josafat de muertos con ganas de fornicar.

—A ver si aprendéis que soy una santa y que me envía la Virgen. Vais a morir y quiero que muráis en gracia de Dios.

—¿O sea que follar contigo es como comulgar?

La poseen varios a la vez (los cinco de una celda) o uno por uno. La novicia Camila se aparece a los presos de la ciudad como la Virgen de Fátima a los pastorcillos, sólo que con mayor entrega.

¿Cómo es posible que ni los soldados ni los carceleros se enteren de esto, lo permitan, lo ignoren? Milagro, milagro.

A veces la desnudan con desharrapamiento que a ella no acaba de gustarle, y entonces su cuerpo aparece, adolescente y seco, como un Cristo femenino y niño.

—Estás un poco flaca, monja, pero lo haces que es gloria bendita.

—Canela.

Otras veces, y la novicia Camila lo prefiere, se limitan a levantar su hábito (debajo va desnuda como los cristos y las hostias) y a fornicar en ella con ese apasionamiento un poco hindú de los subalimentados, que el hambre no excita el hambre, sino la lujuria, paradojas del cuerpo.

Por las cárceles de la plaza de San Marcial, bajo el

aldebarán franquista, bodegas de vino y sangre, pasa algunas noches, mientras Roger de Lauria le dice cosas poéticas y épicas a la luna catalana de la ciudad castellanísima, el ángel del Señor, la virgen María Camila que hace felices, locos y recitadores a los que van a ser fusilados al día siguiente.

LAS FAMILIAS Franco y Serrano Súñer pasan la tarde del domingo en la finca de unos amigos, afueras de la ciudad, cerca del río. La pista de tenis, donde juegan los niños, es un solar polvoriento al que sólo da distinción de deportividad la red que cruza de lado a lado. Las mujeres se han reunido en torno a doña Carmen, en una corte mínima y doméstica que tiene prestigios repentinos de plata al sol, nobles cuberterías y cucharilla de plata para el helado de los niños, una vainilla italiana que fabrica un heladero napolitano venido con los ejércitos.

Era una tarde de julio con el tiempo parado y el cielo sin respiración. Sólo del río, poco visto, llegaban las huestes aleves de una brisa que rizaba la hora. Franco y Serrano hacen un aparte definitivo, los dos con vaso de agua, sentados en un velador de hierro, a la sombra de los grandes ciruelos estériles, que la luz hace de herrumbre gloriosa:

—Creo que he decidido ya sobre el caso Dalmau, Ramón. Es el momento.

Serrano entiende este «es el momento». Sabe que Franco está preocupado por el rumor tardío que ha levantado en la ciudad, y en toda la zona nacional, la muerte misteriosa de Mola. «Es el momento.» Es el momento de hacer algo que interrumpa ese desvío de las cosas. Es el momento, muy en la línea de Franco, de desafiar a los rojos y al mundo (y a la propia ciudad, lo primero) con un acto de afirmación. Y, para el africanista Franco, uno sólo se afirma matando a otro.

—¿Garrote vil?

—Garrote y Prensa, mucha Prensa.

Este afán de publicidad confirma a Serrano en los propósitos de Franco. Franco vela estos propósitos, porque es un artista de la veladura, pero sabe que Ramón está entendiendo todo el proceso perfectamente. Era ésta una conversación en la que se decía todo y no se decía nada, porque no hacía falta.

—A mí, por el contrario, no me parece el momento.

—A ti y a los falangistas nunca os parecerá el momento, porque os habéis tomado en serio vuestro papel de liberales. Creo que estáis traicionando a José Antonio, que andaba a tiros por las calles de Madrid. Y a Hitler, tu amigo, que un caso así no se lo pensaría tanto.

—Paco, dejemos en paz a José Antonio y a Hitler, si te parece. Matar a Dalmau puede ser más grave para nosotros que para el propio Dalmau. No te voy a repetir ahora cómo está la situación en Cataluña. Tú conoces aquel frente mejor que yo. El recrudecimiento del anarquismo que traería la muerte de Dalmau va a hacernos perder Cataluña para siempre, aunque la ganes por las armas.

—No es eso lo que os preocupa a ti, a Ridruejo y a los demás. Os preocupan todavía las democracias caducas y las logias, las cancillerías y el papa. La Falange aún no ha decidido si seguir al papa o a Hitler. Pero yo no puedo participar en esas dudas. Azaña duda y pierde.

Franco habla como de visita. Franco habla con una voz neutra, en huida, una voz de cumplido que no tiene ninguna relación con lo que está diciendo. Este desajuste entre voz y mensaje le impedirá siempre fraguar en un todo carismático. Serrano habla crispado, tenso, impaciente. Serrano tiene que reprimir mucho sus naturales urgencias, siempre agresivas, cuando habla con su cuñado.

—Bueno, Paco, hablemos entonces claramente. La muerte de Mola nos ha perjudicado a todos, y no me refiero ahora a la pérdida personal. Tú sabes de qué hablo. Y eso no debe agravarse con una sentencia de muerte contra un hombre que no ha cometido otro delito que el de tener ideas. Dalmau no ha matado a nadie, Dalmau no mata.

De esta manera, en conversación barroca, se permite Serrano decirle al Caudillo cuál es el fondo de la cuestión, la cosa atroz en que ambos están pensando. El Caudillo tarda en contestar, pero no parece que medite en nada. Es como la pausa vacía en una vaga conversación de estío:

—Como estáis más atentos a lo que dice el enemigo

que a lo que pasa aquí, habéis llegado a creer que Mola va a convertirse en un mito como el que hemos hecho de José Antonio, y eso no responde a la realidad de nuestro pueblo, al que me precio de conocer. En realidad, ninguno de los dos es mito para nuestro pueblo.

Cuando Franco le incluye en un plural peyorativo, el plural de los falangistas, Serrano siente deseos de romper para siempre con su cuñado. Serrano se pasa la mano por el pelo, muy peinado y tempranamente gris, se pasa la mano por el bigote, impecable, se pasa la mano innecesariamente hasta por el nudo de la corbata (van de corbata con cuarenta grados de temperatura, los cuarenta grados de julio):

—¿Y para cuándo has pensado?

—Para en seguida.

—¿Te importa que lo difunda ya?

—Mejor que lo sepan por ti.

—Van a inquietarse, a hacer algo. Querrán verte otra vez.

Franco hace un vago gesto de cansancio, un apenas mohín de asquito ante un trámite leve, pero no deseado. Serrano, con lo que tiene de torerillo señorito y perfilero, decide entrar en un tercio más peligroso:

—Se comenta, Paco, se comenta todo, se comenta más de lo que crees. Por ejemplo, lo que llaman ya «el truco Yanguas».

Franco sabe bien lo que es el truco Yanguas. Yanguas Messía, el gran jurista del Nuevo Estado, redactó la exaltación de Franco nombrándole «Jefe del Gobierno del Estado». Le dejaba, en fin, en Jefe de Gobierno, en previsión monárquica, que eso es Yanguas, de cubrir la Jefatura del Estado con un borbón.

—Aquello, Ramón, era un truco de abogadillo que ni siquiera me molesté en rectificar. En cuanto al pueblo, nadie ha apreciado la diferencia, naturalmente. ¿Quién les informa ahora para que comenten?

—Quiero decir, Paco, que no debemos abandonar en ningún momento la juridicidad y...

—Yo no la he abandonado. En la ley constituyente de lo castrense está la obligación del Ejército, el deber de levantarse cuando la Patria esté en peligro, y la Patria estaba en peligro, por más que a ese triste Gobierno lo hayan votado las hordas.

—Decidido, entonces.

—Decidido.

Serrano comprende con cierto espanto que Franco no ha dudado nunca en ejecutar a Dalmau, y mediante garrote vil, que es como la aristocracia del crimen. A Franco no le han puesto en duda él y los suyos, con sus visitas y comisiones. Franco, sencillamente, estaba esperando el momento de ejecutar a Dalmau con provecho. La doctrina personal de Franco es que del enemigo se aprovecha todo. Franco no dilapida a una víctima importante. Capitaliza su muerte, si puede. «Jamás acabaré de conocer a este hombre», se dice Serrano. «A veces me olvido de hasta dónde puede llegar.» Por eso ha dicho Franco que es el momento.

—De modo que es el momento, Paco.

—Sí, es el momento.

Pero ninguno de los dos explica por qué es el momento. Lo saben demasiado. Franco, cuando se siente débil, siquiera sea ligeramente, no da explicaciones al adversario, sino que le sorprende por la espalda. Serrano está deseando que llegue la noche para contarlo en la tertulia y hacer algún plan, aunque tiene poca esperanza. Y así, en vago diálogo de estío, se ha decidido la muerte de un intelectual sin otro delito que pensar por libre. Vuelven junto al grupo general, sonrientes, como dos cuñados que se han contado cómo van sus respectivas tiendas de frutas o abanicos. La tertulia campestre se adensa considerablemente con estas dos presencias familiares, pero tan singulares. Hasta los niños se vuelven más formales. Hay una polvorienta partida de tenis infantil y el Caudillo sigue la pelota con placidez de buen padre: «Carmencita cada día lo hace mejor.»

Querida madre:

La muerte está hoy en España más desprestigiada de lo que haya estado jamás en el mundo. Cuántas cosas que contarte y qué terribles todas, para contadas. Las bodegas de nuestra casa las han convertido en cárcel. He estado allí y es como estar en otro sitio. He visto por primera vez cómo viven los presos de Franco, nuestros republicanos, mujeres, hombres y niños. Estos llamados católicos mantienen a los presos (mañana fusilados) en un estado de infrahumanidad. He captado síntomas de que aquí, por supuesto, se tortura. Todo espantoso.

Por otra parte, las monjas quieren vender la biblioteca del abuelo para hacer allí una capilla. Siendo lo que son los libros del abuelo Cayo (tú lo sabes mejor que yo), me parece que va a haber un escándalo si empiezan a circular. Las monjas, por ignorancia, ni saben lo que guardan. No sé lo que va a pasar con nuestra maravillosa biblioteca, pero tengo que decirte lo peor: que Giménez Caballero habla en su periódico de empezar las quemas de libros, a la manera de los nazis en Alemania, y me temo que puede tocarnos. Yo, aunque trabajo con él, no le he dicho nada, porque no me atrevo y porque supongo que sería inútil. Ya te contaré.

Por la ciudad andan dos rumores peligrosos, o tres: que Franco mandó matar a Mola, que a Franco se le aparece santa Teresa (invención asimismo de G. Caballero) y que Franco ha decidido ya matar a Dalmau, con el que hablé un poco (lo tienen en nuestra bodega, me pareció todo un hombre). Mientras tanto, aquí todo el mundo está pendiente de la zona republicana y nadie sabe de verdad cómo va la guerra. Espero que bien para ti, un beso,

FRANCESILLO

EN LA TERTULIA se comenta el periódico del día:

—La última idea del loco de Ernesto —dice Ridruejo— es organizar quemas de libros en la ciudad, a la manera de Hitler.

—Yo sigo leyendo el ABC. Ahora el de Sevilla, porque el de Madrid me parece que viene un poco republicano, aunque también lo recibo por valija diplomática —sonríe Foxá.

—Y esto otro de que a Franco se le aparece santa Teresa —musita Laín—. El Caudillo no nos recibe a nosotros cuando tenemos algo serio que decirle, y le permite a ese desequilibrado inventar un disparate tras otro.

Agustín de Foxá, conde de Foxá, sirve coñac a todos,

acerca su silla al velador y los otros hacen lo mismo. La tertulia se cierra sobre sí misma, como una flor, para la confidencia:

—Lo de Mola va creciendo, aquí en la ciudad, en toda la zona nacional y en la republicana, donde las radios machacan todo el día. Franco tiene que hacer operaciones de distracción para borrar eso.

—Lo de los libros me parece más idea de Ernesto que de Franco —se asegunda Ridruejo.

Eugenio Montes guarda silencio, muy personero y un tanto afigarado. El otro Eugenio, D'Ors, es más asiduo de la tertulia de mediodía. Por las noches siempre cena con alguna marquesa de la ciudad.

—En cualquier caso, no podemos dejar al Caudillo en poder de las imaginaciones de ese insensato, que encima tiene un periódico —se arranca Laín.

Y Torrente Ballester, profesoral y estudioso de textos a través de su miopía erudita y su caución gallega:

—Veamos otra vez la noticia y cómo está redactada: «Al César Visionario se le aparece santa Teresa y le inspira en esta Gloriosa Cruzada. El Caudillo lo ha callado hasta ahora por discreción y natural modestia. He aquí algunas palabras de la santa: "Yo fui Fundadora, yo fundé el Carmelo. Tú eres Fundador. Tú eres el llamado a fundar/refundir la Patria."» Lo de César Visionario, que se inventara Federico de Urrutia, le sirve a Ernesto para introducirnos en un clima de irrealidad. El exceso de mayúsculas delata que las palabras no se las ha dictado la Virgen a Giménez Caballero. No creo que la Virgen use tantas versales. Y la aliteración fundar/refundir, muy de Ernesto, me hace pensar que el texto es efectivamente suyo; es una aliteración muy de las vanguardias madrileñas y parisinas de hace quince o veinte años. No creo que la Virgen hable como Apollinaire —concluye Torrente, confuso de cigarro y erudición, deslizando su sobria ironía celta.

Todos sonríen del irónico análisis de textos que ha hecho este comediógrafo sin porvenir que va para profesor de bachillerato o así.

—Nunca hemos dudado de que las noticias se las inventa Ernesto, éstas y otras —repite Laín—, pero lo alarmante es que el Caudillo no le llame al orden, que el Caudillo se las tolere.

Y Foxá:

—No sólo se las tolera, quizá, sino que se las sugiere. Ya os he dicho que lo de Mola viene muy fuerte y Franco necesita un loco y una dosis de irracionalismo para entretener a este pueblo.

—Todo esto es dar la razón a los rojos —se escandaliza mansamente Laín—, que ya nos tienen por unos irracionalistas sin remedio.

Y Foxá, otra vez relajado entre el napoleón y el puro:

—Mientras los rojos hablan de santa Teresa, se olvidan de Mola.

El cínico, como de costumbre, dice más verdad que los graves.

—Hay que hablar con Ernesto de todas estas locuras. O corta él o le corto yo —se militariza Ridruejo, investido repentinamente de todos sus cargos en Prensa y Propaganda.

—Con quien hay que hablar es con el Caudillo —se reitera Laín, confiado siempre en su cualidad de hombre de diálogo: el liberalismo es entender las razones del otro y contrastarlas o anularlas.

—Mañana mismo.

—Mañana mismo.

—Mañana mismo saldrá Giménez Caballero con que a Franco se le aparece el papa —resuelve Foxá.

Entra Serrano Súñer en el café. Su entrada siempre tensa un poco el agua tranquila de los espejos y las jarras. Viene con todas sus cruces y categorías en el uniforme, cosa rara a estas horas. Le hacen sitio de prestancia en el diván, su sitio, y la tertulia vuelve a ser una flor de hombres que se cierra nocturna en torno a él:

—El Caudillo ha decidido ejecutar en seguida a Dalmau.

Serrano habla entre la confidencia y la autoridad. Esto puede ser, sí, una confidencia, o un parte de fusilamiento (garrote vil, dicen). Hay un silencio de plomo candente y los más bebedores se refugian en su copa.

Laín parece que se pone en pie, aunque sigue sentado: «Mañana temprano me presento al Caudillo.» Ridruejo ha perdido toda autoridad, ante la del recién llegado: «Esto no es necesario para ganar una guerra: el Caudillo busca un exceso de victoria, y un exceso de victoria es malo.» Foxá le sirve napoleón a Serrano: «Las quemas de libros, las apariciones de santa Teresa, todo lo que trae el periódico de hoy. Es de lo que estábamos hablando, Ramón. Y ahora Dalmau. El Caudillo ha desatado una campaña contra el caso Mola.» Serrano asiente levísimamente con la cabeza y prueba apenas su coñac: «¿Pero realmente hay un caso Mola?, es lo que me pregunto.» Y todos comprenden que ha debido hablar largamente con Franco del tema Mola y el tema Dalmau, que ahora vienen a ser el mismo.

La lucecita del arzobispado. Franco, en su despacho, trabaja a oscuras, bajo la luz oval y reducida de la lámpara. La radio nacional —¿quién ha puesto la radio nacional?— da algo así como el Himno a la Alegría, una cosa entre religiosa y jubilosa. Franco está muy cansado y con sueño. Mira para la radio y lo que ve es un resplandor azulado, no el ojo carmesí del receptor, un resplandor que cae sobre el reclinatorio que hay en el despacho, bajo una reproducción de la Santa Teresa de Bernini. Franco se ha puesto en pie y ahora está de rodillas en el reclinatorio, mientras el resplandor crece como un cielo que se abre y la música sube como un ángel que despliega las alas. Santa Teresa de Ávila, Fundadora, está hecha de ese resplandor y esa música, y le habla a Franco con palabra nocturna, llamándole Francisco Franco. El dictador ha bajado la cabeza con humillación o abrumación. Cuando la levanta, la luz y la música son dos alas de ángel que se pliegan y desaparecen.

En Peñaranda hay una picota y otras muchas por la provincia. (Francesillo lo ha leído en algún escritor del 98.) Ésta es, de todas las provincias de Castilla la Vieja, la que más picotas tiene, aunque también hay en Ávila, Palencia, Valladolid y Segovia. Son famosas las de la Grajera, Cuéllar, Sepúlveda y Turégano. La provincia conserva catorce picotas, más alguna que ha desaparecido con el tiempo, como la de Huerta de Abajo. Estas picotas están en Las Huelgas, Aranda, Peñaranda, Quemada, Lerma, Cilleruelo, Santibáñez, Salas, Barbadillo, Cabezón, Castrillo, Hacinas, Hontoria, Jaramillo, San Millán, Santo Domingo de Silos y Rupelo. La picota es una piedra vertical y en punta, natural o de construcción, en cuyo pico se ponía antiguamente la cabeza de los ajusticiados y maleantes para perpetuación de su culpa y castigo, así como para lección de camineros y pueblo en general. Esta mañana han amanecido todas las picotas de la provincia, y también la de la capital, con una cabeza pinchada encima, haciendo rara figura. Es domingo y el sol de julio se inventa escudos sobre las viejas piedras. Las gentes endomingadas pasean el puente de Besson, sobre el río. Van a misa o vuelven de misa. Los que vuelven de misa se pasean más despacio y como tomando pacífica posesión del día soleado y vivo (anoche hubo tormenta) que ha sacado Dios. El cereal va dorando leguas por la Bureba. Algunos almendros, ya sin flor, ponen bodas tardías por Covarrubias. Todos los santos y diablos de la catedral se rascan en piedra, al sol de la fachada, su noble lepra de siglos. «Alto soto de torres», la ciudad. El barroco de Miraflores tiene hoy temperatura y luz de milagro. El sol entra en el claustro del monasterio como un monje blanco de Zurbarán, estático y madrugador. En las picotas hay cabezas de mujer furiosa, cabezas de santo laico, cabezas de labriego que a lo mejor se llamaba Abel. En las picotas de la provincia hay cabezas de adolescente que aún sangra, de patriarca agropecuario con la boina ladeada por la burla, de maestroescuela, de alcalde socialista al que a lo mejor llamaban Bótalo, u otro apodo secular e inexplicable, que heredara de su padre y de su abuelo. Todas las cabezas parecen mirar al horizonte con los ojos muy abiertos, como viendo venir un carro de fuego tirado por mulas de silla. Pero también hay alguna cabeza que se ladea y entorna, como la de Cristo en la cruz. Por todas las cabezas se ve que ha pasado una ráfaga de violencia y noche, un ala de sangre, un ángel negro de pólvora.

El sol dominical y ligero de lluvia pasada, que no mueve molino, pinta escudos en las cerámicas de alguna fachada. La sierra de Gata está verde, azul y amarilla bajo un sol que no parece el mismo, el sol pequeñoburgués y ciudadano. Bajo un sol más grande que el sol, un sol que amenaza con colmar el cielo. El Cuerpo de Hombre hace meandros muy inspirados, agua entre peñas. En algunas aldeas, los mozos y las mozas, los padres y las madres, se han puesto el traje regional, antiguo y de una alegría muerta, para ir a visitar la picota. Algunos organizarán la comida campestre en torno de la cabeza muerta:

—Ciérrale los ojos a ese tío rojo, que parece que nos está pidiendo paella, como un pobre de limosna.

—Si es que no se come a gusto con ese tío mirándonos.

Por la Peña de Francia, al verde le entran delirios amarillos y a lo amarillo delirios azules de cielo y montaña, en la mañana inmensamente feliz. Las torres de la ciudad se repiten en el río, inversas y como recién hechas, y los caballos desnudos se hunden en el agua hasta medio vientre, al costado caliente del puente romano. También es domingo para los caballos. La ciudad es una hoguera platteresca y celestial, la ciudad es como un paciente y grandioso trabajo de ese orífice que es el sol. La ciudad es «una inmensa miniatura» de fina crestería que ilustra el cielo. ¿Los falangistas, los moros, los regulares, los soldados, los propios vecinos contra sus vecinos, paisanos contra paisanos?

—Parece cosa de moros.

—Esa crueldad no es española.

—Yo he visto las fotos en el periódico y a algunos les conocía. Se lo tienen merecido.

—Los falangistas son chicos finos.

—Los soldados tienen una disciplina.

—En los pueblos pequeños y las aldeas hay mucho odio entre vecinos.

—Yo he visto las fotos y algunos se lo tienen merecido.

—¿Y cómo se han puesto de acuerdo los vecinos para actuar en toda la provincia todos la misma noche?

—A lo mejor el jefe local del Movimiento...

—Bajito. Ten cuidado con lo que dices. Bajito.

—Yo no digo nada. Parece cosa de moros, que son más sanguinarios.

—Esas picotas las pusieron, hace siglos, castellanos y cristianos viejos. Antepasados nuestros, y no moros.

—Hijo, Nazario, cómo hablas, pareces rojo. Más vale que te calles y te tomes el vermú.

—El Caudillo. A lo mejor es orden del Caudillo.

—Cómo va a ser el Caudillo. El Caudillo no se mete en esas cosas. Hijo, Nazario, rojazo, qué mañana tienes. Anda, tómate el vermú.

Francesillo, a raíz del incidente de la Pradera, dejó de fusilar por iniciativa de Víctor (que ahora está en el frente, ya se ha dicho). Pero Francesillo, a días, piensa que esto de la imprenta es peor. Él, como corrector de galeradas, ayuda a hacer este periódico donde un día se habla de quemar la biblioteca de su abuelo, o poco menos, y otro día de matar a Dalmau, de las apariciones de santa Teresa a Franco, y, hoy mismo, el reportaje de las picotas. Giménez Caballero se ha hecho la ruta de las picotas y ha sacado fotos. Aquí están las fotos y el texto, firmados por EGC (que sin duda aspira a consagrar su anagrama, como JRJ), en la primera página del periódico, como fuerte sensación, entre temerosa y patriótica, entre ilusionada y sangrienta, para los lectores dominicales. (EGC, buen periodista, ha dejado el reportaje para el domingo, y lo titula con grandes letras: «Rojos en la picota.»)

La cabeza que ha amanecido en la única picota de la capital (ésta, por razones obvias, no ha llegado a entrar en el reportaje) es la de Daniel Lozoya, con la melena de nube afrentada en sangre, los ojos azules eternizados en espanto y la mueca de la boca tirando a sonrisa, a insoportable sonrisa, imposible de mirar, él sonreía siempre.

La tertulia de los falangistas no ha aparecido a la hora del vermú dominical. Pero quizá durante el día han decidido que eso es como una confesión de culpa, que hay ausencias culposas, y a la noche están casi todos. Sólo que están en silencio. Unos leen los periódicos y otros escriben. Torrente Ballester, un poco esquinado, sigue trabajando en su teatro imposible.

El café comenta el suceso y uno o dos periódicos con las fotos van de mesa en mesa. El instinto del pueblo siempre le lleva al tono justo y se habla de la cosa como de un choque de trenes, qué barbaridad, qué desgracia, bueno, son cosas que pasan en la vida, imprudencias, temeridades, ya se sabe, cada uno acaba como acaba, eso, como tiene que acabar, es cosa de Dios, Dios lo tiene escrito. Cerca de la medianoche aparece el grupo de los maestrillos, los contertulios de Daniel Lozoya. Su entrada mineraliza el café como un mar muerto. Van todos de luto riguroso. Se sientan en su rincón, toman el sobrio café de siempre y tampoco hablan, como los otros. Al fin, las dos Españas en silencio, atónitas.

Tras un rato de silencios sucesivos, Dionisio Ridruejo se acerca a ellos:

—Vengo a darles el pésame y a decirles que estarán de acuerdo conmigo, supongo, en que nada tenemos nosotros que ver con eso. Ya saben que no es nuestro estilo. Hay mucho odio desatado en torno de todos nosotros. Nadie es capaz de controlarlo. Ustedes saben que también pasa en

116

la zona republicana. Esta guerra se nos está yendo de las manos a todos. Sólo puedo decirles que, en lo que yo valga, eso no se volverá a repetir.

La respuesta es un enlutado silencio colectivo, largo, y Ridruejo se vuelve a su mesa y pide un whisky, necesita un whisky.

DANIEL LOZOYA, el vasco poderoso, sospechoso y dulce, ha sido fusilado por alguien al amanecer y luego se habían entretenido en serrar su cabeza del tronco para colocarla en la picota del monasterio, en la capital. Ramón Calvo, obstinado y miope, es un republicano que se le nota de lejos. Antoniano Reyes, ético y hepático, fuma en pipa y está hecho de un esparto ideológico que no cede a nada. El ciego Alberto Rodríguez, músico y republicano, toca el violín despiadadamente. Profesores y maestros de escuela de la ciudad, los contertulios de Daniel Lozoya en el café. «Al llegar al soneto tres mil trece, la máquina Ridruejo se detiene.» Todos reían siempre con esta salida de Lozoya. Con ellos está hace algún tiempo Ricardo Uría, actor y judío, un hombre de dos metros, sombrío e irónico, lúcido y hermético, que hiciera teatro con García Lorca en La Barraca. A Ricardo Uría le cogió el Alzamiento en zona nacional, poniendo cosas de Valle-Inclán, de Galdós, del propio Lorca, lo que a él le gustaba, era director de compañía, aunque no propietario. A Ricardo Uría le cogió por ahí por la zona de Valladolid, y antes de poner teatro de don Sotero Otero del Pozo, comerciante local con inquietudes escénicas, se ha quedado en el paro. Finalmente, viniera a dar en la capital y en la tertulia de los republicanos consentidos. Ricardo Uría tiene dos doberman negros, con los que se pasea por la ciudad, toda la noche, quizá porque no duerme muy seguro en la pensión. Los falangistas pueden llamar en cualquier momento y fusilarle por haberse negado a poner a Marquina. Daniel Lozoya, profesor de matemáticas en el Instituto de la ciudad y poeta por libre, es un donostiarra grande, ya se dijo aquí, divertido y hambriento. Corre la leyenda de que un día, en clase, quiso reducir a Dios a matemática. Lozoya vivía amancebado con una maestra nacional mucho más joven que él. Eso hay que pagarlo y se paga, y por todo eso y más está hoy, 25 de julio, fiesta nacional del Apóstol Santiago, en la picota de las Huelgas, con la mirada dulce llena de la crueldad de la muerte y la sonrisa blanda fundiéndose en mueca. Ramón Calvo, maestro y labriego, se ayuda con traducciones y corrección de pruebas, y va de maestro espontáneo de los jóvenes poetas locales. Ramón Calvo es miope y azañista. Antoniano Reyes, profesor de dibujo en Artes y Oficios, es artista sin inspiración y conspirador por naturaleza como es hepático. El ciego, músico y machadiano, tiene la romántica cabeza y la dura verba de los intensos ciegos iluminados.

Todos ellos paseaban con don Miguel de Unamuno por la clara carretera de Zamora. Su peor pecado es haber paseado con don Miguel de Unamuno por la clara carretera de Zamora. Una vez, en la Universidad, Millán Astray empezó a decir disparates, y Unamuno escribía en un pupitre, improvisando un discurso que era respuesta a cada una de las frases del legionario. Hasta que, como rector, le tocó hablar. Y entonces hizo un discurso de prosa dura y maleable, valiente y elegante, como era la suya, y les dijo aquello de «venceréis, pero no convenceréis». Millán Astray quiso matarle, pero todo quedó en nada. Salvo que Unamuno se retiró de todos sus cargos y representatividades, se encerró en casa a escribir y sólo en las dulces tardes samainianas salía, con el grupo que se ha dicho, a dar un paseo por la clara carretera de Zamora.

(Mientras tanto, el suspecto anarquista Baroja, escribía carta servil al Generalísimo pidiendo asilo y seguridades para volver a su casa de Vera, Franco tardó meses en contestarle, Baroja volvió donde solía y previamente juró, prometió y lo que hiciese falta: era un anarquista de sainete.) En la muerte de don Miguel, todo el grupo de los maestrillos había aparecido de luto riguroso, como ahora en la muerte de Daniel Lozoya. Hay quien dice que en las tardecicas de marzo y abril, fijándose bien en el aire, puede verse a don Miguel de Unamuno paseando solo por la clara carretera de Zamora.

Día 25 de julio, festividad del Apóstol Santiago, Patrón de las Españas, Santiago Matamoros (sólo que ahora los moros, a las órdenes de Franco, matan españoles, y quizá de ellos ha sido la ocurrencia de las picotas, un tanto tribal). El grupo enlutado y republicano se presenta en las

Huelgas, a la salida de misa, y ante todo el público toman delicadamente la cabeza de Lozoya, la meten en una urna cineraria con dos asas y, llevando un asa cada hombre, los otros detrás, se dirigen a enterrar la cabeza en el cementerio civil, clausurado a cal, canto y olvido desde la llegada de Franco a la ciudad.

En la punta de la picota ha quedado un afilado extremo de sangre negra, como un inmenso lápiz de colores. El público que salía de misa, señoras de mantilla y militares de cordoncillo, se perplejiza ante la audacia de estos hombres. Cuando ellos llegan al cementerio, la guardia municipal ya está allí, para impedirles pasar. El cementerio civil es un huerto de nombres abandonado, donde sólo florece el cardo de leche y la amapola negra.

Hay forcejeo con los municipales, que sólo llevan porras, y el grupo consigue entrar. Quieren hacerle a la cabeza de Lozoya un entierro masónico. Nuevo forcejeo con los municipales, uno de ellos resbala y se da la nuca contra el mármol de una losa, de una tumba. Muerto. Un guardia muerto. Todos se perplejizan. Los otros guardias han huido a denunciar el caso. Habla Ricardo Uría, el actor de dos metros, judío de la comunidad de Haro, que se ha traído sus doberman, extrañamente neutrales en la lucha, quizá porque nunca han visto a su amo en peligro:

—Ha muerto un guardia por casualidad. Es igual. Somos unos asesinos. Enterremos a nuestro amigo, su gran cabeza (la cabeza es el hombre) como se merece. Luego, lo que nos espera es la cárcel y quizá la muerte. Qué más da.

Parece que está recitando a Benavente.

Enterrada la cabeza de Daniel Lozoya por el rito masón, en aquel cementerio que ha cobrado vida, actualidad de sol y emoción de julio con tan imprevisto enterramiento (alumbran los crisantemos católicos y las rosas profanas en el mediodía), el grupo se dirige a la imprenta de EGC, a poner una esquela en el periódico. El escritor les recibe asustado y cortés. Francesillo, que ha frecuentado la tertulia republicana, se mete en el retrete para no ser visto. En el retrete, con olor a sol y mierda, medita el acontecimiento de la vida y la palabra decisiva de la muerte. La esquela es sobria y laica: «A Daniel Lozoya, que enseñó matemáticas y ética, asesinado por su ética y su matemática, los amigos y discípulos que no le olvidan.» Y venían las firmas.

—Verán ustedes —se pone gestero EGC—, yo lo doy

con mucho gusto, admiraba a Lozoya, singular vasco burgalés, pero este periódico tiene censura, como los de Madrid. La guerra es eso: Prensa censurada (y parece dolerse). La esquela saldrá mediante censura, son veinticinco pesetas con cincuenta céntimos.

Ha estado más Groucho Marx que nunca.

Al día siguiente no sale la esquela. Por la noche, en el café, Ricardo Uría se acerca despacio a la tertulia falangista y se dirige a Dionisio Ridruejo, que se pone en pie:

—Señor Ridruejo, le devuelvo a usted, en nombre de mis amigos y en el mío propio, la visita de la otra noche, en que tan descorteses fuimos con usted.

—Usted dirá, y sepa primero que le he visto recitar a Valle y a Lorca: es usted un actor intelectual que pone emoción contenida en los grandes textos. Y no digamos Calderón...

—Señor Ridruejo —dice la voz suasoria y fumadora de Ricardo Uría—, no vengo a recoger aplausos, sino a decirle que nuestra esquela por Daniel Lozoya, el gran hombre de la picota, ha sido censurada por alguien en el periódico, y usted es el jefe de la censura.

Ridruejo guarda un silencio largo y hostil. Se vuelve a por el whisky, bebe y razona:

—Por encima de mí hay otros, como usted comprende. Y otros por encima de ellos. Somos un sistema piramidal. Yo claro que hubiera autorizado la esquela. Sólo puedo decirle que hablaré con el Caudillo. Por otra parte, ha muerto un guardia y...

—Todos vamos a ir a la cárcel en seguida, señor Ridruejo, y quizás al paredón, pero nuestra última victoria era la esquela de Daniel Lozoya, y usted nos la ha negado. Buenas noches.

GOETHE HACE la delicia de las damas, empelucado y gestero, con la voz nemorosa y la anécdota barroca. Goethe pone un imposible y distinguido siglo XVIII en el comedor aburguesado de la marquesa de San Crisólogo. La marquesa de San Crisólogo, madrina de guerra, enfermera de sangre y lo que haga falta (viuda que busca este torbellino de hombres que es la guerra), ha invitado a cenar a Eugenio d'Ors, y el maestro se ha presentado vestido de Goethe, no es la primera vez que lo hace. Cada noche le invitan en una casa aristocrática, y luego habrá que volver a empezar la rueda. Generalmente son siempre los mismos, pues que se trata de una etnia reducida y altiva, única en la ciudad, y siempre van todos a todo. A todo lo que van, que es poco. Tras la romería galante y sangrienta de los fusilamientos en la Pradera, ya abolida, les ha venido esta bendición del filósofo mondain. Como D'Ors les confunde, no les conoce y en el fondo los desprecia (son una pequeña nobleza feudal y agraria, poco ilustrada), a veces repite frases y anécdotas, creyendo que está ante otro auditorio (esto les pasa a todos los grandes conversadores: a don Eugenio se le cambia el interlocutor y no se entera). O bien dice en una casa todo lo contrario de lo que ha dicho la noche anterior en otra. Con estas cosas, su público se va desconcertando y las risas son cada vez más forzadas. No saben que todo gran filósofo, como todo gran abogado (y pequeño) lo mismo puede defender una cosa que la contraria. A la marquesa de San Crisólogo ha tenido la precaución de avisarle por la mañana, mediante billete, que se iba a presentar vestido de Goethe, pues duda de que muchos puedan identificar al personaje. Así y todo, más de una dama distraída o un caballero ingenioso le han dicho:

—Maestro, está usted muy gracioso de criado medieval.

En cualquier caso, estas cenas le permiten al maestro evitar el lúgubre menú del hotel. En cuanto al cordero asado de la provincia, que tiene fama, no le gusta apenas («muy castellano todo, demasiado castellano: Castilla está mejor en la Historia que en el estómago»). Ni tampoco las glosas le dan para pagárselo. Lo cierto es que el maestro les da, en ingenio, ciencia y gracia, mucho más de lo que vale una cena ducal y provinciana. Don Eugenio, no hace falta decirlo, está en el uso de la palabra:

—Cuando termine la Cruzada voy a tomarle juramento a nuestro Caudillo en Santa Gadea, aprovechando que está cerca. Juramento de que hará una España imperial, esto es, ecuménica: esto es, europea: esto es, romana: esto es, cupular.

Parece que la hidalguía local no le sigue muy bien y entra en ser más directo:

—Nuestro Caudillo, en sus discursos, habla mucho de Imperio, pero yo sé cuáles son sus proyectos. Heredero de

Ganivet y Costa, como todos nuestros modestos cirujanos de hierro, que han resultado de hojalata, el Caudillo hará escuela y despensa, una España doméstica en la que él pueda gobernar mejor. Nuestro César es provinciano, y eso no puede permitírselo un César. En esta tierra sabéis bien que los hombres se dividen en serranos y ruanos. Serrano es el que tiene destino, misión, mando, jerarquía. Ruano es el que sólo tiene que obedecer y no sirve para otra cosa. Franco, que tiene físicamente algo de burrillo blas, está llamado por dentro a otra cosa. Hoy me parece que, como sueño imperial, lo más que se permite es soñar con la reconquista, algún día, del Oranesado. El Oranesado como utopía de un Caudillo intendente, pero nada más. Y sólo para eso no estamos haciendo una Cruzada.

Por el silencio fino y hondo del auditorio, por la mudez en que han quedado las locuaces platas, los vidrios de la mesa, y hasta los cuadros antiguos y mediocres de las paredes, el maestro comprende que está diciendo verdad y que le están entendiendo:

—Yo publiqué una glosa dedicada a Franco, breve y barroca, lo comprendo, en la que le explicaba todo esto, o se lo sugería. No sé si la ha entendido, no sé si me ha entendido. Pero tanta guerra, tanta muerte, tanto heroísmo inútil, sólo se justifican y subliman por una causa mayor que el sindicato vertical, que por cierto aún no sé lo que es.

La media verónica final pone a los comensales en risa y aplauso, alivia la tensión como el maestro sabe hacerlo:

—Así que ya les digo: a Santa Gadea. Yo me llevo al Caudillo a Santa Gadea.

Entran los criados con helados y barquillos. D'Ors prueba el mismo napoleón que le ha enseñado a beber Foxá. La marquesa de San Crisólogo, viuda y brillante, fea y noble, está feliz con su cena. «Esto se recordará mucho tiempo en la ciudad.» A los criados de smoking les asoma debajo el garzón de vacas que realmente son. El que sirve al maestro tiene las uñas negras. Toda esta nobleza rural, todo este salmantinismo feudal, hidalgo y fanático, se ahíla y estiliza un poco con la palabra del maestro. Pero no deja de haber el hermoso segundón falangista, con la pistola bajo el smoking, que se adelanta:

—Maestro, ¿no estaremos conspirando un poco?

—Yo no soy otra cosa que un conspirador, joven. Yo, y que me perdone el maestro de Weimar, a quien esta noche encarno para ustedes, lo que de verdad hubiera querido ser es Benvenutto Cellini. Un orífice galante, genial y asesino.

Pero nadie tiene allí la alacridad necesaria para decirle que es un orífice de la prosa y las ideas, que es lo que él espera. «Al final, casi había sido mejor cenar en el hotel y quedarme en la cama leyendo a Voltaire, otro conspirador.»

—Galante y genial claro que lo es usted, maestro —dice al fondo una voz femenina.

Y el Benvenutto del estilo y la ideación se alivia un poco. Y se encara vagamente con el hermoso segundón:

—Usted es de José Antonio, claro. Yo también. José Antonio es el Doncel de Sigüenza. Pero yo, en Sigüenza, me he fijado bien y el Doncel no está leyendo. No mira para el libro. El libro me temo que sólo fue un recurso del escultor para ponerle algo entre las manos. Y deduzco que a nuestro José Antonio también le pasaba un poco eso: hacía como que leía, pero no sé si leía.

—En su prosa se advierte que había leído por lo menos a Ortega —arriesga el escritor local, algo así como una caricatura de don Alfonso XIII: bigotillo audaz, gemelos vaticanos y un monarquismo del tiro de pichón provincial.

Ya le han citado a D'Ors el nombre que más puede dolerle, el que en Madrid nadie citaba ante él. ¿Y cómo decirles a estos atónitos paletos con escudos de dónde vienen palabras como jerarquía, misión, servicio, etc., tan utilizadas por José Antonio y luego por la Falange? Pero el ángel de la ironía, dorado como una luna y visible como un alma antigua con arpa, asiste una vez más al maestro:

—A Ortega quizá lo leía de reojo. A otros se los apropiaba directamente.

—¿A quiénes?

—No debo decirlo. Sería alabarme solo.

La marquesa de San Crisólogo le había enviado su coche a recogerle, para la cena, y ahora el coche le devolverá al hotel. No se puede andar por el Weimar salmantino/burgalés vestido de Goethe. Y D'Ors regresa a su hotel de medio precio diciéndose que el éxito de provincias es triste y no merece la pena: como conquistar el amor de una fea: fácil, pero triste. Tres soledades o ausencias luchan contra su angeología mientras vive en la ciudad: ausencia de mujer, ausencia de gloria (gloria política, el Caudillo le ignora), ausencia de público: no le entienden. «Tienen el plateresco en la Universidad y el gótico en la catedral, pero no han aprendido nada, no saben leer mi prosa gótico/plateresca.» Y D'Ors, solo en el fondo frío del coche que lleva un mecánico con gorra de visera y nuca de matarife, intuye lo que puede ser su vida en la España de la Victoria: la de un parásito de oro en Madrid y un traidor en Cataluña. El mecánico, ante el hotel, ya está llamando al sereno, pero Goethe le hace el truco de la llave.

TODO ES SOL de agosto en la plaza de toros de la ciudad, llena de hombres, de prisioneros, de soldados. Unos pasean por el ruedo, en una silenciosa manifestación particular que no pide nada, otros fuman quietos, de pie, mirando fijos a ninguna parte, solos: suelen ser los condenados a muerte; otros hacen tertulia en la sombra de los palcos y balconcillos. Alguno duerme, al sol o a la sombra, tendido muy largo y con un pañuelo sobre la cara, como el muerto que va a ser pronto. Hay presos en las plazas de toros de Madrid, de Guadalajara, de Burgos, de Salamanca. En ambas zonas, en ambas Españas, la plaza de toros acoge esta otra fiesta nacional, también sangrienta y antigua, que es el guerracivilismo.

Campo de concentración redondo, anillo de cárcel, penal circular, la plaza es hoy una piedra de sol, silencio y conversación. Antoniano Reyes trafica su pipa y su buen tabaco de pipa con otro preso a quien no conoce de nada. Todo el grupo de los maestrillos ha sido encarcelado hace días:

—Si me sacan a mí primero, le dejo a usted en herencia mi pipa y mi tabaco. Huela, huela.

Y le da a oler al otro la bolsita de tabaco enmelado.

Ridruejo ha conseguido que los detengan de uno en uno, en sus casas, y no en grupo, en el café, por evitar espectacularidad y abrumación al suceso. De modo que van vestidos a su caer: Antoniano Reyes de negro riguroso, con el traje de enterrar a Daniel Lozoya. Ricardo Uría en mangas de camisa. Ramón Calvo en pijama de rayas. Andan sueltos, haciendo amistad con conocidos y desconocidos.

—¿Y si voy yo por delante? —le pregunta el otro preso a Antoniano.

—Entonces, me comprometo a enviarle a su viuda este apunte que le he hecho, para que tenga el último recuerdo de usted —dice Antoniano con su humor fúnebre, que no se sabe si llega a ser humor.

—Mire usted, tengo que pensarlo.

Y es que Antoniano le pide compartir la cantimplora de tinto. Este preso ha resultado ser un guadamacilero o un peraile de la provincia. Serrano Súñer ha acudido a ver a Franco muy temprano, requerido por éste:

—Un entierro masónico y un guardia muerto. Hay que fusilarlos a todos, Ramón, y en seguida.

—No es el momento, Paco.

—Para ti nunca es el momento. Para vosotros nunca es el momento.

(El Caudillo se asegunda imparcialmente en la humillación del plural: parece como si su cuñado estuviese dejando de ser impar, como lo es.)

—Quiero decir lo de las picotas. Las radios rojas no paran con el asunto. Y en seguida saltará a la Prensa extranjera.

—Lo de las picotas no es asunto mío, Ramón. Quizá vuestros muchachos falangistas, que se emborrachan todas las noches y se van por los pueblos a matar gente, como les enseñara José Antonio en Madrid.

Estas mortificantes alusiones a José Antonio le dicen a Serrano que Franco no perdona a ese rival muerto que le han inventado. Y dialectiza su ira:

—En cualquier caso, no puedes ahora fusilarlos a todos, Paco.

Franco advierte la personalización. Él es el que mata y hace la guerra. Serrano le está recordando que se encuentra solo. Rodeado de obispos, pero solo. Y Franco mira a su cuñado a los ojos con mirada redonda, fija, hipnótica y vacía:

—Ramón, tengo cien generales y hoy puedo hacer en España lo que me dé la gana. Tomar Madrid mañana mismo. Y voy a fusilar a esos masones asesinos, de quienes me teníais que haber informado hace mucho tiempo. ¿Qué le digo yo a la viuda del guardia cuando venga a verme, cuál es la justicia del Caudillo?

«Tomar Madrid mañana mismo.» Ramón sabe que Franco está prolongando la guerra voluntariamente (luego eso se llamaría, se está llamando ya, «heroica defensa de Madrid»), porque primero quiere limpiar fondos a España, y eso se hace mejor en la guerra que en la paz. Serrano cambia la voz, como buen abogado que es, y buen parlamentario:

—Se me ocurre que, para escarmiento, bastaría con uno solo. Son hombres de cierta edad y con la perpetua, los otros, van arreglados. No ofrecen ningún peligro.

(Serrano se siente como la madre que arroja un hijo a los lobos, desde el trineo, por salvar a los otros: cree haberlo leído en Ganivet.)

—Bien, Ramón, uno como escarmiento. Dime quién es el jefe. Toma la lista.

—No hay jefe. No forman una conspiración ni nada de lo que piensas. Sólo una tertulia.

Y Serrano se concentra en la lista por disimular la satisfacción de su mediocre victoria, como un abogado defensor.

—Decide tú, Paco —y le devuelve la lista y los expedientes.

—Hay uno que está echando mítines en la plaza de toros a los otros presos. Ése puede ser. Parece que es músico.

El Caudillo juega, una vez más, sutilísimo como una monja tahúr, la carta de sus informaciones secretas, el naipe de lo que sabe y calla.

—Bien, voy a llamar a Dionisio para consultarle. Él los conoce mejor.

Serrano coge el teléfono y Franco se tuerce un poco para revolver en otros papeles, desentendido ya del caso. Suenan trompetas y latines, mientras Serrano habla, en algún patio o capilla del arzobispado. Serrano cuelga:

—Paco, Alberto Rodríguez, el músico, es ciego.

Franco sigue medio vuelto, ya en otros asuntos:

—¿El Frente Popular no fusila ciegos? Tienes que enterarte, Ramón. He dicho que ése. Y en seguida.

Por la plaza se difunde la voz redonda de que esta mañana van a sacar a algunos. Muchas mañanas se difunde esta voz, y a veces se confirma. ¿Cómo se saben estas cosas? Alberto Rodríguez, el ciego milenarista, de pie en una grada, arenga a unas docenas de presos que le hacen semicírculo en la arena o se sientan a sus pies, en las gradas, como debían sentarse los griegos a los pies de Homero ciego. Alberto Rodríguez, el músico que tocaba el violín cruelmente, dice tópicos que son verdades y dice verdades tópicas. Como no ve, no tiene ese azaro de los políticos de mitin, que no saben a quién mirar ni para dónde. Alberto Rodríguez se diría que mira al cielo.

Cuando va a acabar, le traen un violín desvencijado que cobra nuevo lujo al sol y nueva vida en las manos del ciego. Toca algo muy sosegador y triste que se difunde como un ensalmo entre los presos.

—Es Chopin. Chopin lo borda —le dice Ramón Calvo al que tiene al lado.

Antoniano Reyes, que ha oído la voz de amenaza que da vueltas al coso, y que siempre ha sentido un cierto protagonismo de la muerte, le dice al otro:

—Tome usted, mi pipa y mi tabaco. Pero si no me toca hoy, usted me los devuelve, hasta otra. Disfrútelo mientras.

Han entrado los soldados, un piquete de fusilamiento, y se llevan al ciego casi por los aires. El músico va cantando La Internacional. El violín, mínimo barco, pasa de mano en mano, por sobre las cabezas, hasta que cae a los pies de un soldado, que lo aplasta con su bota. El violín aplastado no suena a madera en astillas. Suena a cisne estrangulado, a virgen confesora y mártir y a una cuerda que se desprende con grave nota final. A Rodríguez lo llevan a cocheras, que es ya el sitio de los fusilamientos oficiales. Y el jefe del pelotón:

—Venga, vendarle los ojos.

—Si es ciego, mi teniente —dice un soldado pardal de Cabezón.

La tropa ríe la salida con broma campesina. El teniente se cabrea e insiste en el error, que es lo militar, lo que ha hecho Franco una hora antes, sostenella y no enmendalla:

—Se le venda de todos modos.

Y el músico, sujeto en dobles cegueras, la suya y la del trapo negro, cae, lleno de ira tranquila, al grito de viva la República.

¡OFICIALES, CADETES, SOLDADOS! Vais a partir en seguida hacia el frente, vais a incorporaros a una de las más altas ocasiones que vieran los siglos en España: nuestra Cruzada Gloriosa. Algunos ya conocéis la emoción de luchar por España, la cercanía de la gloria y el peligro. Otros vais a conocer todo eso por primera vez. Cómo os envidio a todos por no poder estar siempre con vosotros, allí, en primera línea, de cara al triunfo y a la muerte. Pero sabed que también desde aquí, desde estas altas y nobles ciudades de Castilla, origen de España, vuestro Caudillo está ganando la guerra, también la está ganando, porque la guerra, soldados, la ganamos un poco cada día y hoy podemos decir que la Victoria es cercana y nuestra. ¡Viva España!

Siempre que una compañía, un regimiento, unas fuerzas salen para el frente, desde la ciudad, Franco despide a los soldados con un discurso. Esta mañana ha madrugado aún más que de costumbre y aquí está, en su tribuna, a la sombra alta de la bandera española, en el patio enorme y rectangular del cuartel de Caballería, diciendo su palabra débil y gritada, de una exaltación fácil y un poco descompuesta por el esfuerzo, más que por la emoción, a los que parten hacia la muerte. Le rodean varios generales. A la derecha, en una tribuna larga, la botánica variada de las familias de los oficiales y cadetes, colores entre la fiesta y el luto. En esta guerra, las madres de los soldados rasos no tienen tribuna. Entre los caballos bayos y los ruanos, la femenina distinción de las yeguas. La mañana es clara, intensa, con el cielo muy alto, y el patio está lleno del olor noble, épico y doméstico de los caballos. Franco luce las más altas insignias del Cuerpo.

La ciudad espera a los guerreros, ha madrugado para despedirles y, sobre lo que este burgo tiene de dorado tapiz en piedra, el paso de la caballería adquiere una gloria medieval y rampante.

Idos los escuadrones, el Caudillo, tras la gesticulación excesiva, desajustada siempre de su persona, y que apenas le acrece, pasea ahora el patio del cuartel entre generales, la cabeza erguida y anodina, la tripa muy fajada militarmente, las manos pequeñas y con tendencia a buscarse una a la otra, a reposar juntas sobre el vientre, con algo más de monja que de monje.

Francesillo, en su chiscón de la imprenta, está corrigiendo galeradas de un libro de don Pío Baroja. Con artículos sueltos, cachos de novelas y otros recortes, Giménez Caballero ha pergeñado un libro barojiano que titula «Comunistas, judíos y demás ralea». La cubierta va a ser la bandera española. Parece que don Pío ya ha dado su consentimiento, desde Vera o desde París, y espera el pequeño anticipo que le va a hacer EGC, con cargo posiblemente a Prensa y Propaganda.

Francesillo, con el achaque de consultarle alguna cosa al jefe sobre la imposible prosa barojiana, entra en materia:

—Nunca creí yo que Baroja se manifestase tan abiertamente anticomunista.

—Tú eres muy joven, Francesillo, y no sabes —dice EGC, feliz de tener un discípulo—. Don Pío es un anarquista de derechas, como yo.

—¿Y no se le nota un poco a Baroja el racismo vasco, bajo el antirracismo judío?

—Don Pío sabe bien que los judíos han hecho mucho daño a este país. Pese a la expulsión que decretara Reyna Ysabel, queda mucha judería incluso en estas viejas ciudades castellanas, tan altas y nobles, como diría el Caudillo, que por cierto, esta mañana, ha hecho un hermoso discurso a los escuadrones de Caballería que parten para la guerra. Mañana lo recogemos en primera, con foto.

—¿Son esas juderías las que le mueven a usted a las quemas de libros que anuncia en el periódico?

Giménez Caballero se ha quitado las insoportables gafas romboidales (insoportables para el que le mira). Se sube y baja un poco la cremallera del mono blanco. Está sentado en su mesa caótica de papeles, castañuelas y Vírgenes. Francesillo está de pie ante él.

—Sí, ya sé, Francesillo, que una de esas bibliotecas, quizá la más importante de la ciudad, era de tu abuelo don Cayo. Pero don Cayo se arrepintió a última hora y legó vuestra casona a las Santas Madres Crucíferas, como bien sabes. Quiere decirse que era ya otro hombre. Y tu presencia en nuestras filas, la presencia de su nieto entre nosotros bien prueba que sois una familia de la que puedes estar orgulloso, como lo está la ciudad.

A Francesillo le sorprende e inquieta que este hombre tan peligroso conozca a fondo su vida y, sobre todo, que nunca le haya hablado de ello.

—Entonces —dice—, ¿por qué quemar los libros?

—No querrás que las Santas Madres lean a Voltaire.

—No sé si mi abuelo legó la casa, no he visto papeles. Pero en todo caso la legaría para convento, no para cárcel.

EGC pierde su sonrisa de Groucho Marx.

—¿Has estado en las bodegas?

—Tenga usted en cuenta que es la casa de mi familia materna. He pedido a las monjas que me dejen volver a verla por dentro.

—Nuestras gloriosas tropas cogen muchos prisioneros y ya no hay dónde meterlos. Franco no mata a los rehenes. Franco sólo mata para hacer justicia. Tenemos un Caudillo justiciero, no sanguinario. Y ahora vas a pedirme que salve la biblioteca libertina y krausista de tu abuelo.

Y se vuelve a poner las gafas romboidales, que disparatan la situación.

—No, don Ernesto, no voy a pedirle nada. Usted sabrá lo que tiene que hacer.

—Y voy a hacerlo. Anda, muchacho, sigue corrigiendo las galeradas de don Pío.

Francesillo se aleja un poco con las galeradas en la mano. De pronto se vuelve.

—Habría que corregirlas de arriba abajo. Baroja es tan malo...

EGC levanta la cabeza de sus papeles y le mira no se sabe si con sorpresa, indignación o qué. Le dice paternalmente, siguiendo el tono de toda la conversación:

—Yo a tu edad también fui un rebelde literario, y abjuraba de Galdós y todos los maestros.

Se había quitado las gafas y vuelve a ponérselas. Queda circense y a Francesillo le entra la risa, de modo que se va a su chiscón. Aquí estoy, corrigiendo al incorregible Baroja, corrigiendo un libro fascista, soportando la incautación de mi casa y el anuncio de la quema de mi biblioteca. A partir de la conversación de hoy, este loco no me va a quitar ojo. ¿Yo, el pequeño escribiente florentino? Yo, una mierda. El pequeño escribiente florentino era valiente y tenía una moral, siquiera fuese la moral burguesa de Amicis. Entre la prosa mazorral de Baroja y el rumor industrioso y honesto de la Minerva, Francesillo se va adormeciendo.

Por la tarde, en la siesta caliente y horizontal de la ciudad, late la soledad de la casa. Francesillo, en su cuarto, empieza a escribir una carta a su madre. Entra la Emilia, la lela, que pasa ya sin llamar, cuando están solos. Francesillo, que sólo ha escrito el encabezamiento, guarda la cuartilla con prisa y torpeza:

—¿Qué escondes, Francesillo? Tú estabas escribiendo una carta a alguien. Ya sé, a una novia, tú tienes una novia en Madrid y después de la guerra te casarás con ella. Tú me estás engañando, Francesillo, por eso ya nunca quieres dormir la siesta conmigo, ni que nos emborrachemos juntos, ni casi me diriges la palabra cuando sirvo la mesa.

La Emilia, la lela, una belleza malograda por el poco entendimiento, que se le nota, está en combinación negra, muy blanca de carnes, con una blancura lechal y descalza. Se ha cogido la cara de alhelí con las manos rojas de fregar y llora como una Virgen de retablo aldeano, como una Virgen campesina, fea y entrañable. El muchacho se lo imagina todo en un zigzag de pensamiento: la Emilia, la lela, que ya hace semanas viene asediando su indiferencia, desde ahora, al hacerle el cuarto, le fisgará las cartas, los papeles, las cosas. Piensa en su conversación de la imprenta: «Ya tengo dos espías más en un solo día.» De momento, decide ganarse de nuevo a la chica, Emilia, trae la frasca y pon la radio bien alta, hoy lo vamos a hacer aquí en mi cuarto, y joden y beben en un fragor de lágrimas y mordiscos, de soltería y sangre (la Emilia está menstruando), y en la cocina toca fuerte la radio, ayayayay cómo se la lleva el río, ayayayay niña de mi corazón.

LOS LIBROS, en deshecha pirámide sobre las losas del patio, arden en la noche con lumbrarada alta, vertical y renovada. A cada nuevo mordisco del fuego, un deslumbramiento de chispas, casi diurno, cae sobre las páginas abiertas de un libro grande y tendido, como disponiéndolo para la lectura. Los soldados salen y entran con nuevas brazadas de libros, como si fueran ladrillos o piedras. Giménez Caballero se mueve nervioso y exaltado, lleno de la eficacia de lo siniestro, que puede multiplicar las facultades de un hombre. Giménez Caballero ha hecho un previo expurgo de la biblioteca de don Cayo, salvando solamente el Año Cristiano, doce tomos, uno por mes, edición del XVIII.

131

En torno de la hoguera hay algunos oficiales, soldados y falangistas más curiosos que colaboradores, alguna monja vieja, como la madre Crescencia. Las pocas novicias que asisten a la lóbrega y luminosa fiesta, se mantienen muy a distancia, con una distancia que quizá sea reticencia, piensa Francesillo. En la noche de aire parado y nubes de verano, sin luna o con luna de luz distinta, hay como una noche de San Juan tardía y sin felicidad. Y esta noche de San Juan, inquisitorial e improvisada, se multiplica en las varias hogueras, diez o doce, quizás quince o veinte, más tarde, que las ventanas altas del convento ven arder en todo este barrio antiguo, ilustrado y noble. Porque Giménez Caballero no hace inquisición a los judíos de la chapinería o el cardumen, sino a las viejas familias liberales, krausistas, ilustradas (esas que no invitan a D'Ors a sus cenas).

—Los rojos queman iglesias y éstos queman libros.

—No sé qué es peor.

De modo que hay un momento en que lo que arde en la alta noche no es sino la vieja piromancia española, devorándose a sí misma en la purificación inversa y fanática del fuego. Todo un barrio de la ciudad en llamas, el más hermético, confidencial y remetido en sí mismo. Hogueras en los patios, en la calle, en el cielo bajo de agosto, que hace una aurora boreal de nubes con el resplandor de las llamas.

Francesillo y la novicia Camila, cogidos de la mano, asisten al espectáculo en el convento. Falangistas y soldados siguen acarreando libros a las órdenes de EGC. De vez en cuando un libro se viene abajo, abierto e iluminado sobre las losas, y la novicia Camila tuerce un poco la cabeza, como para leer, y este gesto infantil emociona a Francesillo y siente que unas lágrimas candentes, antiguas y familiares, le suben a los ojos. Las monjas hablan entre sí:

—Resulta que teníamos el demonio en casa y no lo sabíamos.

—La inocencia nos ha salvado.

—Y la Virgen María.

(Hay una tendencia católica a considerar a la Virgen analfabeta.)

—Y qué raro que aquel señor tan piadoso guardase este infierno en casa.

—Eso, la madre Crescencia.

La madre Crescencia calla. La madre Crescencia sabe cómo entró el Requeté en esta casa y otras, donándolas a los frailes y monjas que venían tras ellos por los caminos de la guerra. La madre Crescencia, que nada dice, lo que ve arder esta noche es el alma de don Cayo, el hombre que metiera el demonio en su casa. De modo que saca el rosario y reza.

—¿Reza usted por el alma de don Cayo, madre? —pregunta la novicia Camila, llena de maldades niñas.

—Tú qué sabes por quién rezo, Camila. Aprende tú a rezar, que te veo poco rosario.

Giménez Caballero se acerca al muchacho y la novicia. Sus gafas romboidales se tornan ahora diabólicas. Le hacen unas cejas en pico, como diablo de teatros. Se detiene a secarse el sudor, las calores del fuego y la tarea.

—No quise avisarte, Francesillo, de que era esta noche la quema. Comprendo que es un trance para ti. Pero nuestro deber primero es desarraigar el mal de nosotros mismos, como el Caudillo lo está desarraigando de España.

—Le avisé yo —dice la novicia.

—Y no creas que a mí no me duele hacer esto, muchacho —sigue el loco romboidal—, no creas que a mí no me tiran, con el tirón del infierno, muchos de estos libros. El Demonio ha dado siempre talento a los suyos. Cuánto de todo esto tengo leído en mi juventud. Pero hoy he aprendido ya a distinguir la lucidez del Demonio de la lucidez del Ángel.

Francesillo guarda silencio y de pronto dice, sonámbulamente:

—No hay más que una lucidez, no hay más que un talento, y usted lo está dejando en cenizas esta noche.

—Comprendo lo que sientes, ya te lo he dicho. Déle usted consuelo, hermana, que usted es joven y tiene la gracia. Yo tengo que seguir en este difícil trance por España.

Los dos jóvenes han retrocedido sólo un paso, pero le miran como desde muy lejos, con remoto desprecio. Y EGC vuelve a la tarea, chillón y hitleriano, sabiéndose iluminado por el resplandor de múltiples fuegos, como por una grandeza. En una noche, en esta noche confinada de agosto, EGC está exterminando los más rancios fondeaderos de la cultura y la ciencia castellana, judía, española, liberal, árabe, universal. En una noche de monjas y hogueras, de soldados que son mozos de cuadra y también odian los libros, de jóvenes falangistas que eran quienes amotinaban la Universidad, por no estudiar, Giménez Caballero está limpiando fondos a la vieja y enorme nave castellana de la Historia, galeón de piedra, como la catedral, varado en los campos góticos y con las sucesivas bodegas de los presocráticos, los erasmistas, los krausistas, los libertinos, los iluminados y los iluministas, los racionalistas y los enciclopedistas, de los heterodoxos y los utopistas. Sócrates y D'Alembert, Feijoo y Fourier, socarrados y juntos en la Inquisición luminosa que el viejo loco (ni viejo ni loco) ha encendido a deshora. Los laínes y los ridruejos, que ni se han enterado, estarán en su café, en su tertulia llena de abrumaciones y conductas, tratando de verticalizar el caos mediante palabras como vértice, jerarquía, misión, etc., palabras que ni siquiera son suyas, sino de un príncipe sobredorado, irónico y catalán, que dilapida su genio entre marquesas de provincias.

El fuego tiene una tendencia a la ojiva y, con las multiplicadas hogueras, toda la noche se ha puesto de un gótico iluminado que llega a exaltar la vaguedad de este cielo cargado y caliente de agosto. Francesillo ya no puede soportar el espectáculo, la devoración de su vida, su biografía y su cultura entrevista, por el incendio de un loco. La novicia Camila se lo lleva a su celda, monacato de cal, y allí hacen un amor urgente y duro, pubis contra pubis, hueso contra hueso, un amor valiente y caliente, a la luz maldita y gloriosa de la hoguera, que entra por el alto ventano de la celda, palomares de la casa/convento.

Cuando bajan de nuevo, la fiesta está terminando. Ernesto Giménez Caballero, condecorado de llamas y victorias contra Diderot y Rousseau, se acerca a Francesillo con una brazada de libros en la mano:

—Muchacho, es el Año Cristiano de su abuela, sin duda. Lo he salvado de la quema, para que veas que sé distinguir. Pienso, y piénsalo tú, que tus bisabuelas y tatarabuelas, hasta el siglo dieciocho, habrán leído en este hermoso castellano viejo, cada noche, la vida del santo del día, siempre edificante y ejemplar. Diré que te hagan un paquete con estos doce preciosos volúmenes, para que te los lleves.

Francesillo recuerda aquellas lecturas veraniegas del Año Cristiano, obligado por alguna de las abuelas, cuando niño, como una masa repugnante de santos agusanados y vírgenes centenarias y un poco brujas. Pero ama estos libros, ahora, como resto antiguo y familiar de una cultura donde la uve se escribía efe, o algo así, cosa que a él le incomodaba mucho. Toma los libros sin decir nada. De pronto se siente flojo y caído, consecuencia de una tensión de la que no era consciente, así no puedes irte a casa, y la novicia Camila le sube de nuevo a su celda, con el atadijo del Año Cristiano, y allí el chico duerme lo que queda de noche, cuando la plaga del cielo sobre la judería de los ilustrados va remitiendo en huida del amanecer. La novicia Camila vela y lee a un libertino francés que salvó de la quema su mano alhelí y ladrona.

EL FUNCIONAMIENTO del garrote vil, instrumento casi medieval con que Fernando VII institucionalizara la singularidad española en cuanto a métodos de ejecución capital, había estado en desuso por breve tiempo, durante la República. Esa formidable y espantosa máquina de hierro reaparece en Barcelona a principios de la guerra. El Caudillo despide a Fusset con los expedientes y se concentra en el caso Dalmau. Últimamente han pasado cosas. La muerte de Mola o, peor aún, eso que dicen que se ha convertido en «el caso Mola». Lo de las picotas. Las difundidas apariciones de santa Teresa. El entierro masónico y la muerte de un guardia. El fusilamiento del músico ciego. Las quemas de libros por Giménez Caballero. El Caudillo toma más café que de costumbre, el café ligero de la Legión, y se pasa las noches oyendo Radio Unión, de Madrid, y otras emisoras rojas. Con todas estas cosas, y otras, se está creando en la zona republicana, y como consecuencia en el mundo corrupto y cobarde de las democracias y las logias, un clima antifranquista que no le favorece nada. Ya no es para el mundo el posible aliado de Hitler y Mussolini, sino un tirano pintoresco, español, typical spanish, tópico en el que se va haciendo soluble la hermosa leyenda del César Visionario que le creara el poeta. A partir del Alzamiento, el garrote vil viene funcionado, desengrasado con sangre, en casi toda la zona nacional. Cientos y miles de españoles mueren estrangulados y su nombre aparece en los periódicos bajo la gloria tipográfica de «sentencias cumplidas». De los oficiantes como verdugos se sabe poca cosa. Hacen su trabajo y luego se retiran a la penumbra honesta del anonimato, con un mediano pasar. Casi como toreros sin suerte, trabajadores sin suerte. Toreros a quienes les ha tocado matar en la época de oro y cairel de los grandes de la fiesta. En otro momento, sin la sombra luminosa de los grandes, quizá habrían sido alguien. Casimiro Municio Águeda o Federico Muñoz García han quedado ahí, en la vieja y hermosa tauromaquia de la guerra civil, como maestros ejemplares y honrados en la rara suerte del garrote vil, no menos certera que la estocada certera, pero sí menos vistosa. De los demás pudiéramos decir, incluso, que no fueron sino laboriosos matarifes, negros y aplicados matarifes, menestrales de la muerte, toreros sin suerte.

El Caudillo, que había advertido una favorable imparcialidad de las democracias y las cancillerías, a medida que su victoria se iba acercando (en contraste con la hostilidad de los primeros tiempos), piensa que esta campaña orquestada de desafueros, milagrerías y éxtasis hitlerianos, como las quemas de libros, va a enajenarle la naciente simpatía del mundo, que no hace sino entoñar. «El mundo está con el que vence, la Historia está con el que gana», y se toma otro café ligero, como en la Legión, muchos y muy ligeros. El Caudillo necesita un golpe de fuerza, lo viene necesitando desde Guadalajara, no vayan a pensar por ahí fuera que está perdiendo terreno. Claro que lo del Ebro fue definitivo. Si los generales ingleses y franceses fuesen algo más que generales de salón, sabrían que en la batalla del Ebro he ganado la guerra. Y se deleita, mientras sorbe el café, en la memoria de las riberas del Ebro camino de Tortosa, tierras de Gandesa, con su disputado vértice, Gaeta, sierras de Pàndols y de Cavalls, viñedos y olivares, Tortosa, sí, ciudad mártir. Si fuesen algo más que generales de salón, sabrían que allí gané la guerra, en el Ebro, y también anda en lenguas y párrafos la leyenda de si Franco estuvo o no estuvo en el Ebro, como en Alfambra, como el Apóstol en Las Navas de Tolosa, que se le vio en su despacho recibiendo gente, al mismo tiempo que las agencias internacionales publicaban fotos de Franco en el Ebro, rodeado de generales, serio, pero no grave, con los grandes gemelos de campaña condecorándole el pecho.

El garrote vil consiste en un aro de hierro con que se sujeta, contra un pie derecho, la garganta del sentenciado, oprimiéndola en seguida por medio de un tornillo de paso muy largo, hasta conseguir la estrangulación. El siglo pasado, en Madrid, plaza de la Cebada, las ejecuciones de garrote vil, generalmente contra barateros, eran espectáculo muy gustado, casi como una corrida de toros matutina. Ramón Casas pinta una ejecución con garrote vil y le da tintes y ritual de auto de fe. El Caudillo ha hecho llamar a Serrano, Ramón, están pasando muchas cosas, las conoces tan bien como yo, no te las voy a repetir ahora, insisto en que es el momento de Dalmau, hay que echar mano de Dalmau, hay que definirse ante el mundo y contra el anarcomarxismo internacional, la cosa será mañana de madrugada, se dan órdenes y se le comunica al reo. Este «se» impersonal, tan utilizado en los cuarteles para dirigirse a los inferiores, es deliberado en Franco para establecer una repentina distancia respecto de su cuñado, más que para humillarle, aunque Serrano, naturalmente, se siente humillado, y responde utilizando el «se» con seca ironía, se hará como dices.

A Dalmau se lo comunica un oficial de prisiones y Dalmau se pone a leer a Bakunin como si fuera un libro de horas. Serrano no aparece por la tertulia de mediodía, pero habla por teléfono con todos ellos, llamándoles a sus casas. Y en la tertulia del vermú se comenta desde muy temprano (todos han acudido con prisa).

—Es una injusticia.

—Es un error.

—Después de esto, quedamos impresentables ante el mundo.

—Hay que hacer algo.

—¿No pensaréis pedir audiencia al Caudillo?

—Este hombre no es católico. Un católico de verdad no podría hacer esto.

—Debiéramos haberlo previsto.

—Demasiado lo hemos previsto.

Y Laín, cuyo rostro ilumina el ventanal al echarse hacia adelante:

—Este hombre ya sólo respeta al papa. Que le ponga un telegrama Pío XII.

—¿Y cómo se llega al papa?

Todos miran para Sáinz Rodríguez, cara entre redonda y cuadrada, miopía y confusión en los ojos.

—Sí, puede hacerse.

—Vamos a intentarlo ahora mismo.

—¿El nuncio?

—Sería peor. El nuncio está aquí, con el Caudillo. Es ya más nuncio de Franco que del papa.

—Como que Franco ha sabido ganárselo.

—El nuncio desharía en seguida toda la operación, aunque primero nos dijese lo contrario.

—Hay que evitar que se entere.

A media tarde llega el telegrama del papa, que parece tener un azul más celestial que los otros telegramas. Franco lo lee y lo deja sobre la mesa, muy visible. Esto es cosa de los laínes. Ni siquiera llama a Serrano. Sabe que Serrano aparecerá. Sigue trabajando sobre un mapa de la guerra. A última hora llega Serrano. Franco se limita a indicarle el telegrama con un leve movimiento de cabeza. Sigue trabajando. ¿Y ahora qué vas a hacer? Eso es cosa de tus falangistas liberales. Probablemente, pero algo habrá que hacer. Llamar al padre Bulart. Serrano comprende que eso es una evasiva, pero el padre Bulart, capellán de Franco, aparece casi demasiado oportunamente, una cosa como de teatro. El padre Bulart toma y lee el telegrama con la misma devoción que si fuese una hostia consagrada. Es un telegrama del papa. Habría que consultar con el nuncio, dice. Ya he hablado con el nuncio, les comunica Franco a media voz, mientras sigue haciendo crucecitas en su mapa. Y deja un silencio corto en el que sólo se oye como la oración perpetua e interior del padre Bulart. Le he dicho al nuncio que en su momento redactaré el indulto del reo, que se lo comunique a Su Santidad. Y Franco seguía los caminos del mapa con su índice corto y un poco rollizo, que iba perdiendo el tostado de África. Serrano va directamente al café, donde los otros están reunidos como en sesión permanente, y les comunica la buena nueva. Deciden hacerle al Caudillo una visita de gratitud, pero Serrano lo desaconseja. De madrugada, en el patio lívido de un cuartel, suena un chillido de hierros, un crujido de huesos, una palabra de sangre dicha al inmenso silencio del mundo. Franco ha redactado su indulto breve y seguro, imperativo como una receta médica. Es la madrugada y suena el teléfono: «Sentencia cumplida.» Franco toma un telefonillo accesorio: «Que salga el motorista con el mensaje.» El indulto, moto alemana con sidecar, llega diez minutos tarde. Lo previsto.

EL CLAMOR y la sangre, los heridos y los muertos, la agonía
blanca de los hospitales, fragmentos de un ejército, o de
muchos, como el revés caliente y caído de la gloria militar,
una urgencia de monjas y enfermeras, la eficacia tranquila
de los médicos, su manera altruista y científica, facultati-
vamente desapasionada, de mirar un corazón abierto, de
asomarse a un cerebro como a un plato de sopa, de punzar
un hígado con dos dedos del guante, y calibrarlo como una
curiosidad de la naturaleza, como si se acabase de descu-
brir que el hombre tiene hígado. El hospital huele a los
caballos reventados que quedaron en el campo de batalla
más que a los jinetes que regresan desvencijados o muertos. El hospital huele a un alcanfor dramático y los hombres huelen a caballo. Todo soldado herido huele a caballo
(aunque sea de infantería) y a niño muerto. Los jinetes
bizarros y armoniosos que Franco despidiera en una mañana de sol y patria, viva Franco, arriba España, han sido
devueltos por la marea de la guerra con un brazo de menos
o el costado elegantemente abierto, de manera que al moribundo se le ve el arpa de las costillas y la relojería hacen-
dosa del corazón, y hasta el aleteo del pulmón izquierdo,
como un murciélago grande y sangriento que pugna por
huir. El hospital de sangre es un guerrero abierto en canal,
en cuyas vísceras hacen fiesta las moscas y las monjas.
Francesillo busca la cama de Víctor, que ha vuelto herido
del frente.

Víctor, en una nave de muchas camas, está incorpora-
do en el lecho, desnudo hasta la cintura, y es un hombre
más grasiento que musculoso. En todo caso parece un gi-
gante caído.

Víctor tiene un brazo y una pierna vendados. La pierna
fuera de la cama. Víctor está más moreno (es el moreno de
la pólvora, el moreno de la guerra, inconfundible), más
delgado y más sonriente que nunca, se está bien en el
frente, Francesillo, debieras probar a asomarte un día, se
vive la guerra, que es hermosa, y la camaradería entre
hombres, que es lo más noble del mundo, esto mío no es
nada, yo me levanto en cuanto se descuiden, caí de este
lado y ya ves, el médico dice que dos meses, yo me escapo
mañana, palabra, prefiero arrastrar una pierna por ahí

que estar aquí quitándole la cama a otro que le hará más falta, y mira a Francesillo a los ojos, con un exceso de mirada, y no le suelta la mano que se han dado como saludo, en el frente hasta he hecho sonetos y todo, no creas, esta guerra la tenemos ganada, te lo digo yo que no soy más que un capitán, y Francesillo, por sobre el cautiverio incómodo de la mano sujeta, siente y ve la realidad roja y brutal de la guerra, las mil posturas del repertorio de la muerte, la guerra no es más que muerte, se dice, y lo demás es teatro, llamamos la guerra al teatro y el decorado de esta ciudad, como los niños llaman el mar a la playa, por fin se suelta de la mano enamorada y guerrera, que le abruma, pero está sentado en la cama y siente el cuerpo del otro, a través de la sábana, pegado al suyo, hasta que llega una enfermera bella y autoritaria a hacerle a Víctor las curas, y el muchacho aprovecha para irse.

A los pocos días, Víctor se presenta en la imprenta a buscar a Francesillo. Víctor se abraza con Giménez Caballero, que le dice algunas grandezas sobre el heroísmo y la Patria. Víctor saluda con la mano libre, la derecha, a los operarios de la imprenta. Trae un esparadrapo en la frente, el brazo izquierdo colgado de un pañuelo, y cojea mucho del mismo lado. Se lleva a Francesillo a comer cordero a un mesón. Beben vino tinto y continuamente hay gente que se acerca a Víctor para felicitarle por su heroísmo (heroísmo que se supone) y contemplar admirativamente el brazo muerto, como si fuera un trofeo de caza. Francesillo comprende que Víctor ha venido aquí a dejarse ver. Todo el mesón está lleno de heridos, altos mandos y mujeres.

—Esta tarde vamos a hacer una excursión, Francesillo.

—Preferiría dormir la siesta.

—Sí, ya sé que estás muy cansado. Han pasado muchas cosas durante mi ausencia. La quema de libros en el convento te tiene que haber afectado, pero tú sabes que había que hacerlo. La excursión te vendrá bien. No es más que un juego, y distraído, tráete la pistola.

Esto de la pistola inquieta al muchacho, pero le tranquiliza en cuanto a las posibles intenciones amorosas de su amigo. Francesillo se siente muy capaz de pegarle un tiro. Y casi con ganas.

Víctor conduce con su sola mano derecha un Ford viejo, animoso y despintado. Pasan junto al Cid de Juan Cristóbal, una cosa espectacular y mala, un gran murciélago humano que no evoca apenas al Cid. Francesillo sube a la pensión a coger su pistola de soldado, y se la pone con el cinturón de cartucheras. Víctor fuerza el motor y sus propias energías de enfermo (está febril de vino, guerra y fiebre propiamente dicha). Francesillo comprende que su amigo/espía/enamorado trae la inercia de la guerra y se ha inventado alguna aventura. Víctor lleva el coche dando saltos por los malos caminos o a campo través, bajo un sol vertical que abruma la nada de estas pobres tierras. Llegan a Poza de la Sal. Víctor saca un fusil del coche y se lo echa al hombro. Cuatro viejos y un niño les miran con curiosidad.

—Buscamos al Bótalo, el que fuera alcalde.

El Bótalo está en su casa de una sola planta, durmiendo la siesta. Su mujer le despierta, anovelada y urgente. Francesillo va deduciendo, de lo que Víctor habla con el campesino, que el ex alcalde socialista fue también presidente de la Casa del Pueblo. Pero en Poza ha habido pocos paseos falangistas y ninguna revancha personal. El Bótalo, ahora, se dedica a sus pequeñas agriculturas. Es un hombre maduro, medio, sobrio e impersonal.

—Sabía que vendrían un día u otro —dice.

—Pues aquí estamos.

—Ya estaban tardando.

Francesillo se interpone entre los dos.

—Conmigo no cuentes para fusilar a este hombre, Víctor.

Pero Víctor le hace un guiño.

—Lo que se me extraña es que no son horas —dice el Bótalo.

Efectivamente, no son horas, y esto tranquiliza un poco a Francesillo en cuanto al juego cruel y estúpido que pueda estar jugando Víctor. Sólo que no cree a Víctor capaz de controlarse a sí mismo. Una vez metido en la aventura, acabará matando a este hombre, se dice Francesillo. «Y entonces le mato yo a él», añade casi en alta voz. Se llevan al Bótalo en el coche entre una expectación de las cuatro de la tarde en Poza de la Sal. Los más interesados parecen los perros. Una mujer sale de casa con un niño en brazos y varias puertas y ventanas se cierran. Hay cabildo de viejos y de niños. El coche corre hacia el río:

—Vas a cruzar el río andando, Bótalo, y cuando llegues

a la otra orilla te fusilamos. A ver cómo lo haces. Dicen que fuiste muy bravo como alcalde.

Francesillo deduce que todo es un cuento que Víctor trae del frente. Seguramente un soldado de Poza le ha contado que en su pueblo el alcalde socialista sigue vivo. El coche se detiene a la orilla del río, entre los árboles, y el Bótalo les mira por última vez, como queriendo descifrarles, con más perplejidad que odio. Luego echa a andar y se mete en el agua, que le llega por las corvas. El Bótalo ha elegido un sitio por donde cubre poco, en vez de ir en derechura. «Prepara el arma, Francesillo.» El Bótalo vuelve la cabeza, en mitad del río, y ve al capitán apuntándole con el fusil, que maneja con un solo brazo. Víctor está jadeado, sudoroso, lleno de inminencia y fiebre. «Este loco va a disparar.» Bótalo ha llegado a la otra orilla y se sacude los pantalones cargados de agua. «¿Un buen susto, eh, Bótalo?» Silencio. «Ahora vuelve a casa como puedas.» Se dice que a Bótalo le entró una urticaria, del susto, y tuvo que curársela el doctor Soberón. «¿No ha sido una buena broma?», decía Víctor, de vuelta.

Pero el chico miraba el campo por la ventanilla.

Los VIVAS y los mueras, los gritos y la gente, las ingencias rojas y amarillas, negras y pardas, de una provincia humana, de un cielo comarcal, de muchos días y gentes, la Patria como una cometa roja y gualda que airea la multitud, férvida y mucha, en la Plaza Mayor, cuadrada y plateresca, Franco, Franco, Franco, a ti te lo debemos.

Franco había hablado con Serrano Súñer:

—Mira, Ramón, lo del anarquista ése tampoco han querido entenderlo. Las democracias caducas y la Prensa grancapitalista y masónica me está llamando asesino. Yo he accedido a la petición de Pío XII, no podía ser menos, el nuncio lo sabe y se lo ha dicho al papa, y ahora, por culpa de un malentendido horario, de una indecisión de Gregorio Mayoral, el funcionario del garrote, por un lamentable error, el mundo entero me llama asesino, las logias y las cancillerías nos ponen cerco, el mundo está otra vez contra mí.

Al Caudillo, en los raros momentos del agravamiento

histórico, le salía el acento entre andaluz y melillense, el acento de la Legión. A Ramón, no sabe por qué, le conmueve un poco este acento de Franco, que le humaniza, se diría. Pero Ramón Serrano sabe que Franco ha enviado el indulto deliberadamente tarde. Otras veces lo ha hecho y seguirá haciéndolo. Franco ha querido quedar bien con el papa, con el mundo y consigo mismo, con el yo interior que le pedía ejecutar a Dalmau. Y Franco se ha equivocado, una vez más (sólo se equivoca cuando le ciega la sangre) y ahora quería arreglarlo:

—En primer lugar, Ramón, quede claro que defenderé a Gregorio Mayoral hasta donde haga falta. Que nadie le llame asesino delante de mí, que nadie le nombre. Y ahora mismo le dices a Ridruejo, que es el que lleva eso, me parece, que me organice una manifestación multitudinaria en la Plaza Mayor, miles de personas, toda la ciudad y toda la provincia, y las provincias de Valladolid, Segovia, Soria, Ávila, Santander si hace falta. Que se llene la plaza y se llene la ciudad. Una muestra de adhesión al Caudillo (aquí de la habilidad de Franco para hablar de sí en tercera persona, sabiduría de papas y de reyes), algo que impida la retirada de las legaciones extranjeras y la simpatía naciente del mundo hacia mi causa, que iba siendo creciente a medida que ganamos la guerra, Ramón.

Gregorio Mayoral, verdugo de Burgos, verdugo oficial de Burgos, ha salido de la ciudad, con sombrero de ala baja, traje de rayadillo con brazalete de luto —¿luto por Dalmau?— y zapatos de rejilla, para la sudoración de los pies en agosto. Gregorio Mayoral lleva en la mano un maletín negro, donde porta el garrote vil, una acumulación de hierros y muelles que, ensamblados, dan el garrote vil. Gregorio Mayoral tiene algo de médico que lleva la muerte a las casas, más que la salud, tiene algo de veterinario que está de luto, tiene algo de viajante de comercio que ha vendido poco y toma el tren con resignación y millas en el ánima. Los niños, algún niño, en el tren, se asusta de Gregorio Mayoral:

—Mamá, ese señor me da miedo.

—Pero hijo, si sólo es que está de luto. Usted perdone, caballero. Los niños, ya se sabe. Y mi Libertín está muy mimado.

—Dispensada, señora, dispensada. Lo comprendo. A mí también me gustan mucho los niños.

—Ese señor es el verdugo mamá. A mí me da miedo.

Y Libertín se echa a llorar contra el vientre de su madre. En la primera parada, el tren hace muchas, el señor de luto y rayadillo dice que va a beber agua y se cambia de vagón, sin duda, porque se ha llevado consigo el maletín negro.

Han venido, ríos afluentes, campesinos de todas las Castillas, salvo la Nueva, que aún es de la República, han venido, ríos confluentes, las campesanías y las menestralías de varias provincias, y Franco comprende, mirando por el cristal emplomado del balcón, que su reinado es agrario, como el de los godos, y que lo que tiene enfrente son las grandes ciudades (aunque haya tomado ya algunas: en Bilbao entraron por Durango), nido de proletarios rojos y señoritos masones, más los agentes de Moscú, que están en la Prensa y la radio. Los suyos, todos reunidos en el Concejo, los laínes en grupo mudo, conscientes de la estratagema del indulto, Nicolás Franco, más hermano que nunca, los moros dando guardia, los ministros de paisano, Sáinz Rodríguez de zascandil enano y gracioso, como el bufón de lujo de esta corte, los generales en torno a Franco, Franco tiene cien generales, como él gusta de pregonar, ganándole la guerra, pero seis u ocho siempre están en torno a él, precisamente los que no sirven para la guerra, Giménez Caballero, con el desajustado uniforme falangista, y Millán Astray, perdido y sin protagonismo, Serrano Súñer, de gala joseantoniana, y el Caudillo sale a la gran balconada municipal:

—¡Castellanos, españoles!

La ovación, como un mar que ha perdido el buen sentido del mar, no le deja seguir. El Caudillo, de Capitán General, vuelve a empezar:

—¡Castellanos, españoles! Esta guerra que estamos ganando y la justicia que vuestro Caudillo está haciendo en España, echan sobre nosotros la ofensiva de la conspiración judeomasónica, el odio de las democracias caducas, como la que estamos derrotando en España, como la que hemos derrotado en el Ebro (grandes ovaciones), y las logias y las cancillerías y la prensa grancapitalista y el comunismo injurian a España, que no hace sino seguir los dictados de la Patria y la Fe, así como el monumento y voluntad de nuestro Santo Padre Pío XII (ovaciones)...

El Caudillo va completando el discurso, con la voz en-

144

tre monótona y andaluza (voz nostálgica del Oranesado), entre las interrupciones de los aplausos, Franco Franco, Franco, a ti te lo debemos, y las pancartas que se agitan sobre la multitud, «Villanueva de Cerrato con Franco». En torno a él, en primera fila, Franco tiene a los generales (a la derecha doña Carmen, de luto y perlas purísimas, discreta y señora), en segunda fila a los falangistas, Ridruejo muy visible, quizá ha escrito o corregido este discurso magistral, donde todo se alude y nada se dice, corrector a su vez de la exaltación tipográfica de Giménez Caballero, que saca la cabeza en tercera fila. El resto de la gente se ha quedado en el gran salón de sesiones del Consistorio, hablando de otras cosas, elegantes y distraídos, como en una boda. Después del discurso, Franco tiene que saludar muchas veces, y cuando se retira del balcón, las multitudes siguen allí dando vivas y mueras y almorzando chorizo de Cantimpalos. Franco se lo había dicho a Serrano:

—Nada de la «estética de las multitudes» y esas cosas que Ridruejo ha copiado de Hitler. Yo no soy nazi. Yo soy un militar fiel a la Patria y la Bandera. Quiero una cosa natural, espontánea, popular, la alegre libertad del pueblo, su simpática improvisación.

Y la cosa ha quedado tal cual. El Caudillo se sienta en el sillón del alcalde, que inmediatamente se convierte en trono, y los generales y los moros le hacen servidumbre.

—Esto es lo que yo quiero ser, Ramón. El alcalde de una España en paz. ¿No te parece que ha quedado todo muy bien? ¿Estaban las agencias internacionales?

—Sí, Paco.

Estaban las agencias internacionales, y la manifestación popular y espontánea (viaje pagado en autocar, almuerzo gratis y cinco duros) saldrá en las fotos y crónicas de toda la gran Prensa. El mundo se va persuadiendo poco a poco de que lo que Franco está derrotando en España es el sovietismo antidemocrático, al que la República no supo hacer frente, el mundo se va entregando poco a poco a la trampa fácil del fascismo sin pensar que hay un Franco más ambicioso, menos provinciano, Hitler, que no descansa. La manifestación de esta Plaza Mayor provincial y plateresca sale en fotos de Nueva York a Londres. Dalmau le ha hecho a Franco un buen y último servicio.

Cuando Franco abandona el Consistorio, el coche se embarranca de multitudes, en una mañana intransitable de patriotismo. Franco saluda con mano blanda, dentro de su guante de gala, y doña Carmen, como marquesa prestigiada y poco vista, saluda por la otra ventanilla, Franco Franco Franco, a ti te lo debemos.

EL CAUDILLO en las fiestas religiosas, que le consagran a él más que al santo, el Caudillo con su capotón de campaña, cuello de piel, doña Carmen a su derecha, chapiri negro y plano, casi como una boina de vuelo, y gran rosario colgandero, obispos y generales en torno, todos haciendo el saludo fascista, en un palmeral de manos triunfadoras, a Franco se le engatilla un poco el pulgar de la derecha, no consigue el saludo perfecto, se dice por la ciudad que el Caudillo ha residenciado para siempre a los borbones en Suiza, como los griegos a sus dioses en el Olimpo, lo dicen los falangistas, pero Franco sí tiene en sus previsiones, ya se dijo aquí, a los borbones como una mitología indefinidamente aplazable, como la de los griegos.

El falangismo y el carlismo, con millares de hombres armados, son una preocupación para el Cuartel General y para los militares, salvo algún general falangista o carlista, que los había y aquí se han dicho. Franco está ganando una guerra y al mismo tiempo tiene que ganar, cada día, la guerra política y psicológica contra estas dos facciones integradas y rebeldes:

—Casi preferiría enfrentarme a Líster y el Campesino, Ramón —se engaita la voz caudilla.

Ramón Serrano Súñer, que tiene un parecido gatuno con Baroja (algo así como un Baroja que ha ido a la peluquería), sigue terne en sus convicciones joseantonianas y su uniforme negro de falangista de primera. Es su fidelidad al Ausente y su manera de afirmarse frente al militarismo exclusivo y excluyente de su cuñado. El general Yagüe, melena blanca poco explotada estéticamente, gafas y barriga, fue elevado por los falangistas a oponente de Franco, pero éste dejaría que el invento se derrumbase solo. Agustín Aznar, gordo y joven, palabrón y modalero, el niño mimado y violento a quien mamá ha dejado el hoyito de la barbilla como tierna señal, también hace lo que puede, pero la desaparición de José Antonio ha probado que la

Falange era él, es decir, un tropel bienoliente de señoritos audaces sin ideas claras, pero con ganas de liarla. El joven Primo de Rivera, don José Antonio, les daba jerarquía humana, y vertebración, a aquellos locos. Franco permitió la aventura de Aznar, que llegara a pisar tierra alicantina, para el rescate, Franco aplicó tardanza y paciencia a las propuestas de intercambio, sabiendo que lo que tenía enfrente no era un partido ni una contrarrevolución nazi, sino un joven intelectual y pistolero, que empezó reivindicando la memoria de su padre, el dictador, y luego le cogió gusto a la cosa. El famoso Fal Conde era temido, asimismo, en el Cuartel General, y Franco pensó muchas noches, entre el reloj de péndulo y la radio roja, cómo quitárselo de en medio, pero esto habría provocado una grave deserción en los frentes.

—¿Y Fal Conde no te preocupa, Ramón?

—Lo mismo que a ti, Paco.

Pilar Primo de Rivera, beata del hermano doncel, como todas las solteras profesionales, se levanta contra el restablecimiento de la bandera bicolor y la Marcha Real con circulares donde reinvidicaba el Cara al sol como himno nacional y la bandera roja y negra de la Falange. La hermana del Ausente también está *ausente*, a su manera, del pensamiento y proyectos del Caudillo. Franco le aplica a Pilar, como a Fal Conde, como a Yagüe, como luego a Hedilla, como a todos, ese gran ácido disolvente que es el tiempo: lo deja estar:

—A ver si entendéis esto de una vez, Ramón. Yo soy militar, monárquico y patriota. Yo no soy fascista ni revolucionario. Mis principios católicos y españoles no me lo permiten, y mi análisis político me dice que Hitler y Mussolini acabarán mal. Yo no quiero meterme en esa aventura. De una vez por todas, Ramón, yo no soy fascista.

Y no lo era. Era franquista, militarista, vagamente borbónico y un poco cursi. Son las tardes lluviosas y provincianas en que Pilar conspira en su piso con los falangistas:

—Manolo, no entregues la Falange a Franco —le dice a Hedilla.

Pero Hedilla es un hombre mediocre y honrado —ah la inútil honradez de los mediocres— que se cree socialista siendo fascista. Hedilla acabará encarcelado por Franco, más por torpe que por peligroso. Dionisio Ridruejo, lleno de impaciencias juveniles, desprovisto de cauciones, sin otra potencia del alma que la dialéctica, tiene un rostro bello y gótico. Ha puesto el lirismo en la política y en su poesía sólo ha puesto la métrica. «Al llegar al soneto tres mil trece, etc.» Lo que decía el pobre Daniel Lozoya, que acabara en la picota de las Huelgas.

—Ramón, el Caudillo está ganando la guerra, pero la Falange no está ganando nada, sino perdiendo miles de hombres jóvenes en el frente.

—Yo espero que todo esto se arreglará con la victoria y la paz, Dionisio.

Palabras. Los falangistas no caían sólo por heroicos, sino por inexpertos y aficionados, como novilleretes y capas de pueblo en los sanisidros de la guerra. Y cuántas veces no se ha confundido el luminoso heroísmo con lo que no era sino tierna y virginal inexperiencia, inocencia de la guerra. Fernández Cuesta, Serrano Súñer, Mayalde, Ridruejo, Jordana, García Viñolas, se reúnen todas las noches en el café para hablar de estas cosas:

—A medida que se aproxima la Victoria, la Falange retrocede y va perdiendo papel.

(Y ya decían Victoria con mayúscula. A veces la tipografía se anticipa a los hechos.) Eugenio d'Ors, al ángel soriano y violento de Ridruejo lo llamaba ingenuidad. Sería siempre un ingenuo brillante. Se equivocó en la política y en la poética. Luego estaban los falangistas entre dos aguas: García Valdecasas y Gamero del Castillo, que se habían creído el decreto de Unificación y mantenían su compromiso monárquico con Acción Española, aquel plagio monótono de la Acción Francesa. García Valdecasas, afigarado y fino de alma, hombre que sabe elegir sus camisas, lo que quería en el fondo era hacer carrera con el Caudillo. Gamero, feo, ingenuo y vocacional, se reengancharía más tarde.

Todo este expediente humano, todo este mapa contradictorio de las guerras intestinas, lo va resolviendo Franco mediante la pasividad y la autoridad. A don Manuel Azaña se le presenta algo semejante en su bando, pero rehúye el bulto y deja hacer.

La tertulia del café se reúne todas las noches (más los encuentros ligeros del vermú), y enfrente tienen la mesa vacía de los maestrillos, dos asesinados y los demás prisioneros. Por lo menos a uno, a Antoniano Reyes, es fácil que le caiga pena de muerte. La ausencia de los maestrillos quita autoridad y vistosidad a los laínes, que se niegan a saber lo que ya saben: que ellos no cuentan en la gloriosa campaña militar de Franco, y que posiblemente contarán poco en el Nuevo Estado:

—El Caudillo será más ecuánime en la paz que en la guerra. Entonces habrá llegado nuestro momento —predica Laín, un gran profesional en esto de optimizar la Historia.

Y Ridruejo, siempre revoltoso:

—Si ahora que nos necesita no nos tiene en cuenta, ¿qué va a querer de nosotros cuando gane la guerra?

—Tú, después de todo, puedes seguir haciéndole los discursos —se insinúa Foxá, entre el napoleón y el puro que no tira.

Ridruejo le mira con desprecio, fragua mentalmente una contestación y luego no contesta.

Y Torrente Ballester, arrinconado como un ciego de la catedral compostelana:

—Con la paz vuelve la cultura, vuelven las letras. Esto no tiene otra redención que la literatura.

Antonio Tovar, vallisoletano, puritano, misacantano de las erudiciones, el más cercano a Hitler (silenciosamente) y el más traidor:

—Mi porvenir, con Führer o sin Führer, está en Alemania. Yo me voy y ahí os quedáis.

Luis Felipe Vivanco, poeta o, más bien, monje de la poesía:

—La paz nos devolverá el paisaje, el Tiétar, la Sagra, España.

Y Foxá, cerrando plaza como siempre:

—La paz y la victoria para vosotros. Yo me voy a una embajada antillana para el relajo, que esto ya es una lucha.

Consejo Nacional del Movimiento, donde se reúnen para tratar de nada y no resolver nada. Les lleva allí, más que otra cosa, el ritual negro y fascista al que Franco se somete, pensando en sus cosas, hasta que un día, hoy, Dionisio Ridruejo, como siempre, saca el tema de Dalmau:

—El asunto está resuelto mediante la legalidad, que esta vez se ha adelantado a nuestra proverbial piedad, y de acuerdo con los deseos de Pío XII y la magnanimidad de vuestro Caudillo —le dice Franco.

Ridruejo se pone en pie:

—Yo creía que aquí se venía a razonar.

Y se marcha.

Puede pasar lo peor, pero no pasa nada (que quizá es lo peor). Franco siempre le ha consentido a Ridruejo que juegue a niño terrible del Nuevo Estado, pero nunca le diera cargos importantes, poder real. Ya presides los cielos defendida entre el bosque y el mar, sola y serena, Ridruejo le echa versos a la señorita provinciana y fina de la que está enamorado, a su novia de guerra, que visita a solas en el piso de ella, Ridruejo es muy enamoradizo y le gustan estas señoritas azorinianas y delusivas, entre la patria y el piano, que le encuentran un poco bajito para doncel, pero cómo se crece con el verso, y es espejo del sol sobre la arena tu desnudez apenas revestida.

—Hoy le he dejado al Caudillo con la palabra en la boca.

—A ti te pierden los prontos, Dionisio. Si no fuera por los prontos, con el talentazo que tienes.

Ridruejo, de pie en mitad del café, erguido con la bizarría de los bajitos, uniformado de falangista, echa discursos al personal de la media tostada. Luego se reintegra a la tertulia de los laínes. El gran espejo de enfrente los reúne a todos como en el Pombo de Solana, los sujeta y fija como muertos, verdes y perpetuos. Mi amor que guarda y sufre tu medida, están viviendo todos de Garcilaso, han echado de España a la generación del 27, y a Juan Ramón, y encuentran que lo más coherente con su proyecto imperial es el poeta militar, el doncel Garcilaso, tiembla en la pompa cenital y llena, a la señorita delusiva le suena un poco obsceno esto de la pompa, pero sigue pensando si este gran hombre se irá a casar con ella cuando acabe la guerra.

Y está la tierra que mi red ordena en tu limpia hermosura comprendida:

—¿Más anís, Dionisio?

—Bueno, otra copita para aclararme la garganta.

Habían confundido el sexo con la métrica y el anís con Bécquer, si bien consta que a Bécquer no le gustaba el anís, al menos de una manera exasperada. Bajo el aire sin hálito, caliente, en el radiante peso abandonado, a la señorita delusiva le parece que debajo de tanta palabra hay mucho tomate y se refugia en su piano como en una barricada de música. «En cuanto termine, me pongo a tocar, y se acabaron esas obscenidades de la pompa», goza el inmenso espacio su presente. Las tardes de la ciudad a veces eran así, con tormenta de agosto, temblorosas de alácenas, sonoras de aparadores, confusas de piano e irreparables de amor cuerpo a cuerpo y aquel en soledad acariciado, hace piedra mi amor, huella reciente, como un tiempo que nace y acabado. A Ridruejo le tira el concepto, el desplegamiento de una idea, y eso le quita vuelo y sorpresa a sus sonetos. Es la hora del chocolate familiar, que viene a tomarlo con ellos la tía soltera que hace de madre de la señorita huérfana, filarmónica y delusiva.

—¿Y tú crees que Franco te va a hacer pagar el desplante?

Ridruejo se encoge de hombros con la indiferencia heroica del hombre que ha quemado sus naves. Ridruejo está enamorado de su propia juventud y no lo sabe. Y está fascinado por la hitleriana «estética de las multitudes», como Serrano y Tovar, que son el núcleo nazi del Poder. El pequeño Ridruejo necesita engrandecerse con algo así y pretende hacer de Franco un Hitler español, pero el Caudillo se limita a tolerarle. Incluso su amigo Serrano Súñer tiene que tolerarle muchas cosas. Ridruejo es bello, brillante y directamente insoportable. Lleva al cuello la cruz nazi, sobre la camisa falangista.

Tovar tiene ojos de espía de película tras sus gafas redondas. Es otro pangermanista convencido que huele a esa cosa rancia y bibliotecaria de los adolescentes célibes. Y Serrano. Los tres hacen viajes a Alemania y vuelven borrachos de geometría y belicismo. Luego quieren embutir en eso su catolicismo de chicos de los Luises, cuando la grandeza del pangermanismo está en su virginidad rubia, en su mitología natural y violenta, sin el sucio juego de mentiras y arrepentimientos que es toda religión nacida del judaísmo.

No han resuelto su problema original y quieren integrar al Caudillo en su épica joven, olvidando que el Caudillo ya tiene una épica propia, primero África y luego la guerra que está ganando, más el lírico y cursi sueño del mar como calzada del Imperio. Serán tres hitlerianos frustrados, tres joseantonianos reprimidos, tres lanceros bengalíes sin lanza.

—¿Otro poco del mono, Dionisio?

—Estoy harto de esta bebida de viejas. Sácame el whisky.

La tía se escandaliza un poco. «Y estos chicos falangistas, que a mí me parecían tan finos y tan piadosos.» Dionisio Ridruejo es un hombre, como tantos, que camina tras los pasos de su corazón, ese hombrón incansable que le lleva de acá para allá. Demasiado corazón, una dialéctica lúcida que sólo le sirve para darse la razón a sí mismo, y la juventud como caballería fustigada por latigazos de whisky.

Ridruejo está a gusto en casa de su novia, de su amante, lo que sea, sobre todo, después de que se va la vieja, que ha venido por un aparentar, Ridruejo está a gusto entre el whisky y la mujer, pero no sabe dónde poner el corazón. Es siempre como un hombre con un ramo de flores demasiado grande que ignora a quién está destinado, es el Sísifo de su propio corazón. Tovar es algo así como un seminarista del fascismo. Serrano Súñer es un fino político embotado por la fascinación hitleriana, al que le dicen una amante marquesa y casada, como él:

—Casados los dos. Doble adulterio —se auspicia en el café.

Tovar y Serrano se ve que son los que se van a recastar en la vida, los que se van a retirar a tiempo de todo. A Ridruejo se le abre su juventud como una religión y profesa en ella. Si este chico pasa la guerra, la cardiopatía y el whisky, esas tres trampas para elefantes, morirá viejo de adolescente heroico, Doncel de Sigüenza bajito, Garcilaso sin vuelo, José Antonio sin mito y Amadís de Gaula sin biografía.

—Recítame otro verso, Dionisio.

—Mejor toca tú algo al piano.

La señorita enamorada sabe tocar La leyenda del beso, de Soutullo y Vert. El héroe, más que escucharla, se recita sus poemas a sí mismo, por dentro, ya presides los cielos, defendida, entre el cielo y el mar, sola y serena. Versos y Soutullo y Vert. Ridruejo piensa que ésta es la España pequeñoburguesa con la que ellos quieren terminar mediante su revolución nacionalsindicalista. Apura el whisky y se pone en pie para irse. La señorita viene hacia él, todavía entre gasas de música y lejanías de piano. Se besan de una manera muy poco delusiva. Este beso le parece al héroe más de acuerdo con la paganía pangermanista. A ella, sencillamente, este beso le parece pecado:

—Yo creo que este último beso ha sido pecado, Dionisio.

—Me gusta dejarte así, en pecado mortal.

—Qué cosas dices, a veces no te entiendo.

Y el joven más brillante del Nuevo Estado cruza la ciudad y se va al café a seguir soñando, con los suyos, una imposible revolución de derechas. La tensión entre falangistas y militares es cada día más fuerte en la ciudad. Ridruejo pide whisky con desesperación, recordando su incidente de esta mañana con el Caudillo. Pide whisky como si pidiese una daga para matarse.

GONZALO TORRENTE BALLESTER retoca su comedia, *Viaje del joven Tobías*, sobre el velador del café, por la mañana. Es escritor de mucho arrepentimiento, indecisión, premeditación y forzosidad. De su fábula parece seguro, pero los diálogos son ya de catedrático de Instituto más que de autor teatral. Es muy difícil hacer hablar a los personajes históricos, míticos, bíblicos. Es muy difícil hacer hablar a los símbolos. Pero ahí está su paisano Cunqueiro que lo hace, y Torrente lo sabe y le importa mucho más esta guerra con el estilo (impotencia rara en un gallego) que la guerra propiamente dicha. La Victoria, para él, si llega, será el triunfo en los teatros de Madrid, lo único que puede salvarle de un largo porvenir de profesor de bachillerato que, cuando se eche a volar literariamente, soltando la fantasía por las ventanas del aula, se caerá de bruces, probablemente, sobre el patio del recreo.

En tanto, Victoria o no, Caudillo o no, Falange o no, Torrente trata de que el ángel de Tobías, que tiene alas como todos los ángeles, hable asimismo con un lenguaje alado, y eso es lo que no le sale. Fuma con avaricia, bebe de su vino gallego, pero no le sale. Es el joven sin juventud que va para la segunda enseñanza, irremediablemente, el erudito de provincias, ese hombre feo y sabio en cuya vida no ha sonreído nunca la primavera.

Tiene ya, cuando escribe, encorvaciones de vieja que pide limosna en la Puerta del Obradoiro, en Santiago, y como nunca acierta a decir la cosa ingeniosa, en las conversaciones, balbucea, silba poniendo la boca redonda y chupona, y finalmente murmura algo para entendido o para no entendido. Este confusionismo, en todo caso, queda siempre muy gallego. Lo que más abrumación da a su espalda es esa fama de crítico literario, de sabio prematuro, que los demás le han puesto como apartándole inconscientemente, con su admiración, de toda posibilidad creadora.

Mira la ciudad de oro, plata y guerra con gafas negras y redondas de peregrino gallego y ve una vida sepia que no es la vida. El claro porvenir de que hablan a veces los otros falangistas, es para él un porvenir sepia, y mira las cuartillas y ve una prosa sepia, todo el texto como envilecido de café con leche, va a ser un escritor a quien la esposa le derrama siempre un poco de café sobre las cuartillas, al traerle el desayuno al despacho lóbrego y penoso de la creación que sale como dura ebanistería, la ebanistería abrupta de sus muebles estilo español. Porque ya se ve a sí mismo como escritor de cátedra por la mañana y despacho por la tarde. Lo malo es que los libros se los querrá escribir el catedrático, y nunca saldrá lo que había soñado el escritor. Tiene un modelo francés, Roger Martin du Gard, todavía el realismo del XIX, y en sus días de más aldeana desesperación se propone hacer una trilogía sobre el papel pautado del otro, como los soldados del frente de Madrid escriben a su madrina de guerra en papel rayado.

Si no estuviese tan sujeto entre sus gafas, su tabaco negro y su cargazón de la espalda, si no fuese tan rehén de sus gafas ni del enano que le cabalga los hombros ni tan gallego de fielato y tabaco negro, a lo mejor se le ocurría algo. Mientras tanto, sigue fumando, probando su ribeiro a chupitos y mirando por el ventanal del café una ciudad que no ve y unas muchachas cuyas populosidades veraniegas alcanza con el deseo, pero no con los ojos.

Al otro lado del café, en la mesa de enfrente, está Agustín de Foxá terminando su «Madrid de Corte a cheka», que ha escrito íntegramente aquí, incluso siempre en el mismo velador, y que algunas noches, como ya se ha contado, lee a los circunstantes lo redactado por la mañana. Foxá es escritor rápido, brillante, preciso y precioso para el detalle, valiente para el adjetivo, valleinclanesco en la sintaxis. Foxá es el conde que, además de conde, ha nacido escritor por la gracia de Dios («y del Caudillo», suele añadir él con sonrisa inocente y maligna), como se ve todos los días en los artículos que entrega a Giménez Caballero para su periódico. Foxá hace una prosa de bulto, rica, barroca, variada, voluble, y ha aprendido a jugar con los tiempos verbale como don Ramón.

Torrente es el esforzado muchacho de clase media aldeana, el voluntarioso muchacho de clase pequeñoburguesa y provinciana, que en lugar de la imaginación tiene la erudición, como la que en lugar de un lunar gracioso (se llevan mucho los lunares femeninos en el erotismo de esta guerra) tiene una verruga.

Foxá tuvo de niño cucharilla de plata.

Torrente tuvo de niño cucharón de palo para las sopas aldeanas.

—¿Un puro, Gonzalo?

—Sabes que sólo fumo negro.

—¿Qué tal ese ribeiro?

—Si quieres te paso la botella.

—Estoy escribiendo todo mi libro con napoleón y si cambio de bebida temo que me cambie el estilo —dice Foxá.

Torrente, desde la lentitud meditabunda de su fragua apagada, observa tras las gafas ciegas la escritura rápida y como desordenada del conde, que sólo se detiene para un chupito de coñac, mientras el adjetivo le viene solo. Cuando el gallego bebe y piensa, es que se ha quedado sin adjetivos. En cualquier caso, el gallego y el madrileño son dos grandes trabajadores, sólo que el madrileño, quizá por heráldico, tiene la elegancia de darle a su trabajo un ritmo de juego. Está haciendo su libro en un fanal de humo, perfume y coñac francés, y eso a la larga se nota en los libros.

Se hablan de mesa a mesa, todas las mañanas, pero el conde se guarda del resentimiento previo del otro, que es el resentimiento de los muy jóvenes, y Torrente quiere convencerse a sí mismo de que desprecia la brillantez y facilidad del señorito, que en realidad le deslumbra incluso detrás de sus gafas negras.

Mañanas del Novelty burgalés, llenas de sol y literatura.

Serrano, Tovar, Ridruejo, Laín, Rosales, Vivanco, Neville, no llegarán hasta la hora del vermú. Y el grupo de los falangistas catalanes: Samuel Ros, un tanto enmadrileñecido, Agustí, con esas ojeras de bulto que dan luego una prosa como escrita con tinta de calamar, Masoliver, fenicio, engarabitado y resentido no se sabe de qué ni contra qué o quién, quizá contra sí mismo, jaspeado de erudiciones y barroco hasta la confusión, Vergés, etc. Mientras Cataluña lucha por dos libertades, la de España y la de Cataluña, mientras Cataluña lucha en el frente anarquista con la canción y el cuchillo, mientras Cataluña lucha en el frente catalanista con la bandera y el fusil inglés, como un grito gótico y un episodio homérico, mientras todo eso, unos cuantos intelectuales catalanes, señoritos de profesión (al margen el individualismo histórico de D'Ors), han decidido esperar dulcemente en esta ciudad a que Franco masacre Barcelona y toda la nación catalana, del mar elocuente al regazo de la media montaña, del gótico al Ampurdán, de Gaudí al Pirineo de Lérida. Se contaban unos a otros, como absolviéndose recíprocamente, que los comunistas habían matado frailes en Montjuich y Montserrat. Y todos los días, a la hora del vermú, brindaban por una Cataluña española con alcoholes del Penedès, llenos de un patriotismo distante y vitivinícola.

Y ENTONCES VINIERON los dinosaurios y los diplodocus, los proboscídeos y los tiranosaurios. Y por entonces fue la primera glaciación del Régimen. O sea, la taifa de los segundones y los mediocres. Fernández Cuesta, perplejizado de su propia importancia, Muñoz Grandes, predilecto de Hitler y falangista, Arrese Magra, que era como una caricatura joven del Caudillo, en más caballero de Carranza, lleno de un trascendentalismo triste que no escondía nada. Etcétera. José Antonio andaba en escayola desnuda por todos los despachos.

Y fue cuando el grupo de los puros, el aduar primigenio y fundacional, Serrano, Ridruejo, Laín y los otros, comprendieron la magna jugada del Caudillo. Lo decía Ridruejo en las noches revueltas del café:

—Con esto no contábamos. El fundador de algo nunca cuenta con los que vienen detrás. Hemos perdido nuestro tiempo, ha pasado nuestra hora y llega la triste primavera de los segundones.

Serrano Súñer, barojiano pulcro y hitleriano de derechas, lo razonaba mejor:

—Franco ha comprendido que no puede prescindir del

partido único, que es lo que vertebra y legitima su victoria. Pero teme que el partido único, es decir, la Falange, es decir, nosotros, le devore. Y entonces ha esperado la hora undécima de los mediocres y los vendidos, como Arrese Magra.

(Serrano, ya se ha dicho, odia especialmente a este hombre.)

El Caudillo, en una nueva operación genial de habilidad política, ya que no puede deshacerse de la Falange, decide hacerse una Falange a su medida. Y la élite del café se encuentra de pronto destronada y postergada. Esto es lo que jamás habían podido imaginar. Ellos eran el cofre de las esencias, la urna viva y cineraria de José Antonio. Franco no puede prescindir de eso, naturalmente, pero puede ir sustituyéndolo paulatinamente. Quiere decirse que Franco cuenta siempre con la canjeabilidad del hombre por el hombre, por otro hombre, cosa con que los demás no cuentan, y de ahí su ventaja casi antropológica sobre todos ellos, sobre amigos y enemigos.

Y el desvaído Fernández Cuesta, y el castrense y doméstico Muñoz Grandes, y el suasorio, ofidio y ocasional Arrese Magra principian a aparecer por la ciudad, por los bares de lujo, por los despachos oficiales (vienen o van a ver al Caudillo), incluso por el Novelty. Arrese, en la tertulia, donde no hay manera de no admitirle, habla de «servicio y sacrificio», como un lector provinciano de «Jerarquía». Lo que quiere es un gobierno civil o una embajada. A los otros, a la piña de los puros y primeros les avergüenzan ya un poco estas palabras. Palabras que en Arrese tenían un primer sentido servil y heril, y no el alto sentido que les diera D'Ors. (De ahí que los laínes no le perdonasen a D'Ors su glosa sobre Arrese.) Fermín Yzurdiaga, Giménez Caballero, Urraca Pastor, Pilar Primo de Rivera, el Queipo falangista y palabrón, Orgaz, Mercedes Sanz Bachiller, etc. Franco ya tiene un partido único que aporta ideología a su mero golpe militar. Es cuando el cura Yzurdiaga, dorsiano y provinciano, más se pasea por la calle Mayor, ya Avenida del Generalísimo. Es cuando Giménez Caballero apenas aparece por la imprenta, según puede comprobar Francesillo, porque al fin ha llegado su hora, la hora de los hermosos segundones, que ni siquiera son hermosos, ni tampoco hermosas (Pilar). Es cuando la Constitución del I Consejo Nacional de FET y de las JONS, sobre un fondo de cristaleras saltadas por la guerra y generales ambiguos. Es la hora de los otros Primo de Rivera, hermosos segundones (éstos sí que sí) del Fundador. Es la hora de Girón, Elola y Sancho Dávila, el que creía que los de Teruel se llamaban tiroleses.

Serrano se lo dice a Franco:

—Perdona, Paco, pero no entiendo muy bien lo de Muñoz Grandes. Bien sabes que Hitler le prefiere a ti.

—Por eso. Que él se comprometa con Hitler todo lo que quiera.

(Mandaba a Muñoz a cumplir con Hitler como dice Ortega que enviamos nuestro cuerpo a cumplir con una mujer, y nosotros nos quedamos en casa.)

—Girón no es más que un señorito revoltoso de Valladolid.

—Me está haciendo muy bien la guerra, Ramón. Mira el Alto del León. Es un joseantoniano. Debieras estar orgulloso de él, Ramón.

Y Ramón calla, porque comprende que Franco ha confundido la majeza vallisoletana de Girón (Valladolid, novena capital de Andalucía) con las jerarquías joseantonianas. Confusión que seguramente es deliberada.

—¿Y este Arrese Magra, que habla de devoción y servicio y otras bobadas, cuando lo que quiere es ser gobernador civil?

—La Falange va dando nuevas levas, Ramón, y debieras estar orgulloso de ello.

Kafka dijo que toda discusión con una mujer acaba en la cama. Ramón sabe que toda discusión con su cuñado acaba hablando de la familia. De modo que lo deja.

En este fragor de mediocridades, Queipo de Llano se persona en la ciudad pidiendo la laureada. Visita a Franco y le dice:

«Yo no me la otorgué siendo jefe autónomo del Sur, cuando podía hacerlo. No sé si todos habrán sido tan honestos como yo.» Queipo, cabeza pequeña y cuerpo grande, queda como un poco desajustado, con sus magnitudes, frente a la recoleta armonía del Caudillo, que le concederá la laureada más tarde. En todo caso, Queipo, desde Sevilla, no puede intuir el origen de su postergación: se dice que es un general falangista y eso Franco no lo perdona.

—A un general le basta con ser general y serlo dignamente.

Dávila es breve, hacendoso y sincero. Ha sonado la hora de Dávila. Kindelán se pasa de monárquico, quiere apretar por ahí a Franco:

—Dado que somos un Estado monárquico...

—Lo que somos lo digo yo, Kindelán, que estoy ganando la guerra, no usted.

«Los Césares no eran otra cosa que generales invictos.» Franco lo piensa y lo escribe. De modo que él es un César. El César Visionario que cantó Federico de Urrutia, o quien fuese. Saliquet, general comunicativo y honesto, hasta bonancible en la muerte, irracionalmente fiel a Franco, con su bigote blanco y su tripón sujeto por el fajín de general (al fin se comprende para qué se han inventado los fajines). En lugar de Luis Rosales, Vivanco o Ridruejo, anda llenando la ciudad de literatura verbal un tal Federico García Sanchiz, con cara de indio cuaco y verba facilona. Es muy amigo del cardenal Gomá y del fantasmal general Aranda. Yagüe, hombre en quien se lee claro, con su fealdad simpática y su melena blanca en espolones, austero, pobre y eficaz. El cinematográfico Ríos Capapé, Eliseo Álvarez-Arenas, humilde, tranquilo y verdadero, García Valiño, luminaria en los frentes y hombre gris junto al Poder, también de un cinematografismo previo, Suances, Rodezno, Jordana. Y la frase mediocre y grandiosa (existe una grandeza de la mediocridad), de Fernández Cuesta, una noche, en el café, con su cara de nada:

—Sí, lo sé, me nombran para que fracase.

A su lado tenía el bizarrismo demediado de Millán Astray, la crispación de Ridruejo y la sonrisa de Giménez-Arnau. Martínez Anido, Galarza, Iturmendi. Con gente así se constituye el Gobierno el 30 de enero del 38, sobre el tapete vistoso y doméstico de los Consejos de Ministros. Serrano se cruza de brazos. Gamero del Castillo, delfín feo de la nueva generación falangista, repite tópicos sobre un fondo de rafaeles. Sánchez Mazas, nariz noblemente judía y complejamente torcida, tiene un gran violín literario y poca gana de tocar. Es un astro de la primera hora, pero se deja envolver por la segunda generación falangista, la de los mediocres. Su catolicismo judaico puede más que él. Beigbeder, Larraz, Ibáñez Martín, Esteban Bilbao, Alonso Vega, el obispo Alcalde y Melo. Lo que fuera un apretado aduar campamental de hombres y furias, se va haciendo soluble en la majestad de las catedrales, que son los pianos de

159

Dios. Tras la reorganización del 39, el monárquico Varela se ha hecho cargo de la cartera de Ejército e Ibáñez Martín, del naciente Opus Dei, de Educación. Se reúnen ya en mesa de brillos, abrumados de tapices, y van dejando de ser unas Cortes errantes. Ya no viven del pastoreo y el pillaje, como los tuaregs. Hay un promedio de militares, paisanos y falangistas. Franco asoma las puntas de la camisa negra por sobre el uniforme militar. Por la noche, en el café, Serrano informa a la tertulia:

—Ha llegado el renuevo y el relevo. Debemos agradecerle al Caudillo que no prescinda de nosotros, porque puede hacerlo perfectamente. Ha llegado la generación de los mediocres, la que nunca se espera.

Y Ridruejo, con precisa intuición político/poética:

—Nosotros ya hemos perdido la guerra, camaradas. Franco rehará el partido con los segundones y los mediocres. Creíamos que le teníamos cogido. No contábamos con los serviles y los ocasionales, que siempre llegan a la hora undécima.

Foxá, renunciando por esta noche a la lectura de su novela, pero no al napoleón, al puro ni a la cena de mariscos (la ciudad castellana es puerto de mar porque nos sale de los cojones a los falangistas):

—Nunca ha habido más que una Alta Edad Media y una Baja Edad Media. Leed a Huizinga. Nosotros fuimos la Alta Edad Media y nos damos cuenta ahora, cuando ya hemos pasado. Nos corresponde asistir a la Baja Edad Media de los mediocres, los funcionarios y los amanuenses. Para ellos va a ganar Franco la guerra.

Y tuvo que callar, porque el tropel marengo de los funcionarios, los amanuenses, los mediocres y los segundones irrumpía en el café, aquel Novelty con prestigio republicano y mundial de ser el trust de cerebros de Franco. Menos mal que el camarero decano y sordo les cortó a tiempo: «Señores, vamos a cerrar.»

HA LLEGADO, sí, la primera glaciación del Régimen (la Historia no tiene leyes muy distintas de la Prehistoria), ha llegado la hora de los proboscídeos y los tiranosaurios, de los mamuts y los dinosaurios, la hora de las especies a extinguir, pero cuyo reinado puede durar miles de años. Agustín Aznar, el que más cerca estuvo de liberar a José Antonio (él dice que llegó a pisar tierra de Alicante), se sienta delante del Caudillo cruzando las piernas en equis, de modo que le asoma la punta de la bota por encima de la mesa, y Franco mira fijo y perplejo esta punta de bota que ha pisado la tierra mortal y alicantina de José Antonio, pero el otro está muy lejos de avergonzarse de sus botas, no le llega la sensibilidad hasta las botas, no le llega la sensibilidad ni a lo sensible. Queipo, que ha venido, ya se dijo, a hacer oposiciones por su laureada, se presenta una noche en el café y recita ante el «grupo dinástico», como llama EGC a los de la tertulia, Estos, Fabio, ¡ay dolor!, que ves ahora, campo de soledad, mustio collado. Luis Rosales ahoga su risa en ginebra:

Y Queipo:

—Yo estudié humanidades en el seminario. Vosotros os creéis que todos los generales somos unos brutos.

Con razón había hablado Foxá del nacionalseminarismo. Las laureadas, en principio, habían decidido suprimirlas, como impropias de una guerra entre hermanos —¿pero no eran soviets los que estaban matando?—, hasta que vino el relajo triunfalista y las laureadas empezaron a funcionar como si en lugar de laurel fueran de perejil. Muñoz Grandes no va al café por las noches. Muñoz Grandes va y viene de Alemania de vez en cuando, en su honestidad de tabaco negro, y le gusta que Hitler le diga eso de «Usted tiene que sustituir al clerical Franco».

Lo que no sabe Hitler es que en España todos los generales (incluso algún republicano) son clericales. Varela sí aparece por el café, alguna noche, pero no se integra en la tertulia de los perdedores, los laínes, sino que se queda en la barra, muy puesto en su dandismo heroico, un dandismo bordado de balas enemigas. El alfonsino Varela ha conspirado contra Franco. ¿Y quién no ha conspirado contra Franco en el naciente franquismo? Pero Varela, con su distanciamiento de la tertulia, está dejando claro que él lucha por la Patria y el Rey, y no por aquella sucursal de una cervecería de Munich que es la tertulia presidida ora por D'Ors, ora por Serrano Súñer. Varela toma su vinito blanco en la barra, sí, dejando el meñique engarabitado, como barroquismo dandi, y se sacude o azota elegantemente con los guantes, que se vuelve a poner al salir. A los laínes sólo les dedica una reverencia palaciega.

Yagüe lleva siempre en la cartera un retrato de José Antonio. Todos conspiran, sí, o han conspirado contra el Caudillo. Incluso Arrese. Arrese estuvo embaulado en el proceso de Hedilla y le salieron dos años. Ahora va para secretario general del Movimiento, que es como llama Franco, ya, al monstruo que ha engendrado: partido, ejército, Iglesia, monárquicos. Franco tiene su argot personal y melillense y al Poder lo llama «mando» y a lo suyo personal —¿humildemente, africanamente?—, «capitanía».

Los falangistas intelectuales y liberales, los laínes, tratan de ser el corrector de Franco y de su militarismo sin juridicidad ni destino. Los falangistas de la segunda hora, más algunos generales de pocas luces, conspiran directamente. Es siempre la conspiración de los torpes y Franco lo va dejando pasar. Franco cuenta con ese ácido disolvente que es el tiempo y con ese naipe tahúr y seguro que es el halago, el Poder repartido. Pero Franco sigue como hipnotizado por la punta de la bota —sucia, gloriosa e insolente— de Agustín Aznar.

A través de las radios rojas, Franco escucha a veces, o intuye, las discrepancias de la zona republicana. Divide y vencerás. Se están dividiendo solos. Él se ve amenazado con las mismas, o peores, sólo que cuenta con dos herramientas viejas y eficaces, viejas como el mundo y eficaces como un dios: el tiempo y la muerte. Todas las conspiraciones contra Franco tienen un denominador común, y por eso fracasan: sustituirle. Los conjurados no buscan corregir la dirección del Nuevo Estado ni ninguna otra noble cosa, sino crudamente sustituir a Franco mediante un hombre aproado que es siempre el nuevo hombre que vendrá a sustituir al Ausente. Están celosos de la muerte que se ha llevado a José Antonio. Incluso Serrano Súñer ha sido solicitado como líder de una conspiración, pero es leguleyo, blando, razonable y cuñado de Franco. Ahora el mito urgente es el vallisoletano Girón, que también estuvo en el frustrado rescate de José Antonio, algo tan fantasioso como un viaje a la Luna. Girón arma bronca todas las noches con los obreros de las tabernas periféricas, rompe las frascas de vino y se caga en los obreros en nombre del socialismo. Pero en los discursos sabe hablar de los luceros verdes.

Franco va putrefaccionando las conspiraciones falangistas, reparte Poder, que es lo que ellos querían: por una parte aclara el paisaje y por otra crea una nueva Falange, de arribistas y fieles, de francofalangistas, que es la que está sustituyendo al trust de cerebros. Y, de paso, el Caudillo, en los bailes de Capitanía, observado por la luz genuflexa de los espejos, va haciendo soluble en entredichos a José Antonio:

—Primo de Rivera, ese muchacho, no está muerto. La República lo ha enviado a Rusia y los soviets le han castrado sus partes púdicas.

(Como si se pudiera castrar algo que no fuera eso.)

O bien, cuando la muerte de José Antonio es noticia universal:

—Creo que al final tuvieron que ponerle una inyección para llevarle hasta el patio de los fusilamientos. Al pobre le faltó entereza, muy comprensible, no era un militar...

Asimismo, el ágrafo Caudillo:

—José Antonio, a la vuelta de Italia, cuando fue a ver a Mussolini, dijo a los periodistas: «Caramba, se me ha pasado visitar a Benedetto Croce.» ¿Ustedes se imaginan, un joven intelectual que se olvida de Croce?

La anécdota y el rumor se hacían solubles en la rueda elegante, gentil y militar del baile. Franco estaba entre los suyos y, como decían las marquesas salmantinas, «se despachaba». Al día siguiente lo sabía toda la ciudad y en el café ponían el grito en el cielo artesonado, contra la avilantez. Hasta el «alequericado» Lequerica, conspiratorio, ministrable y sin idiomas.

Don Juan de Borbón, Príncipe de Asturias, ha querido sumarse al frente con los alfonsinos. Franco se lo prohíbe, pensándole príncipe heredero. ¿O temiéndole? He aquí un conato histórico en que ambas razones, la mala y la buena, se confunden y complican, se quitan la razón, y se la dan, una a la otra. Más tarde, Franco se dirigiría a Don Juan para algunos tratos. Don Juan pone como condición primera y única el final de la guerra y la pacificación de España.

Serrano, Laín, Rosales, Ridruejo, Vivanco, Foxá y los otros se reúnen más que nunca, y beben más que nunca, en el

Novelty, hasta el alba. Serrano y Ridruejo ya están fraguando su dimisión. Laín es más cobarde y, tan bizarro, anda como agachado por dentro. La vida y la Historia le tienen agachado a pedradas. Se encuentran de pronto con que su tiempo ha pasado y en España no volverá a reír la primavera. Foxá hace la frase que le inspira la noche, el napoléon de la literatura, pensando en su José Antonio madrileño de la política como una rama hermosa de la retórica:

—Hemos traicionado a Amadís, y eso se paga.

EL CARDENAL SEGURA, cabeza de campesino vestido de príncipe de la Iglesia, ha venido a ver al Caudillo y se pasea por la ciudad con estela de camarlengos y beatas, arrastrando púrpuras:

—La Falange es una estatolatría, un panteísmo hegeliano, una herejía.

Tan antifascista se pone que el Caudillo tiene que moderarle. Pero a Franco le agrada este antifalangismo de Segura (por eso le perdona tanto respingo): ya tiene una gran fuerza contra la obstinación falangista de la primera hora y su vigencia hitleriana. Muerto José Antonio, que era católico, el grueso de esta gente tira al panteísmo germano, ya que no hegeliano (Franco no domina muy bien a Hegel). No hay más que darle poderes y ocasiones a la Iglesia para que ésta se lleve al pueblo por otro lado, a lo de siempre. Y, de paso, la Iglesia justifica, legitima, como causa universal que es. Franco encuentra en la Iglesia una legitimación parcial y provisional que le falta (según dicen, él no la echa de menos), y de ahí que haya dado a los obispos, mayormente a este loco de Segura, el protagonismo que tienen. Franco nunca hace una cosa por una sola razón. Si no hay como mínimo dos razones, no la hace o hace otra cosa. Y en toda la España nacional está planteado ya el pleito entre el gobernador falangista y el obispo, que todos los domingos, en misa de una, llama a lo de Franco una guerra santa.

Guerra santa contra cuartelazo o revolución fascista. ¿Cuál de las tres cosas es la que está haciendo Franco? A él le gusta oír hablar, mientras le inciensa Eijo Garay, de palabra y obra, de «guerra santa». El cardenal Segura, caritativo, violento y medieval, prohíbe el baile agarrado, pero da de comer a los parados andaluces y responde cortijero a los halagos:

—Yo no soy más que el párroco de Sevilla.

Cuando la verdad es que vive y siente en príncipe de la Iglesia. Tan príncipe, que se enfrenta un par de veces a Pío XI, en el Vaticano, la primera cuando el papa le acoge como huido de la República:

—Precisemos, Santidad. Quien a mí me ha echado de España son el nuncio Tedeschini y don Ángel Herrera Oria.

Interviene en un acto de beatificación, ante el citado Pío XI, y contra el némine discrepante (sí) de los otros cardenales, se levanta y dice que aquella beatificación no ha sido llevada con rigor y que él vota en contra. Todo el Vaticano queda en suspenso, con sus cúpulas y sus Miguel Ángel, pero Pío XI le da la razón y se interrumpe el proceso. Franco recuerda todo esto mientras tiene delante al hombre cuya cabeza es agricultura macho y cuyas manos se ve que tienen el mordisco de la tierra, ese mordisco de haber arrancado el tomate en la mata, para un niño.

Esa mano derecha, labriega, pastoral y gastada, es la única mano obispal que no ha saludado brazo en alto, y esto a Franco le gusta (aunque él mismo haya impuesto el saludo, qué remedio). El catolicismo parroquial y antiguo de España contra la «paganía» falangista. Es un juego que a Franco le va, aunque haga como que modera a Segura.

Recepción en Capitanía, a la tarde, para honrar al cardenal sevillano. Pronto le llega al Caudillo recado indirecto de Segura, a través de Bulart, su capellán. «Como príncipe de la Iglesia, sólo puedo dejar pasar delante de mí a reyes, reinas, jefes de Estado y príncipes herederos. Esa señora (doña Carmen) o va detrás de mí, o no va o no voy yo.» «O que no se celebre la recepción.» Franco se llena de una furia fría, de un mutismo estentóreo, y decide no celebrar la recepción. A la noche ya se comenta en el café:

—Que el cardenal no traga con doña Carmen.

—Es mucho cardenal Segura.

—Ni con doña Carmen ni con los falangistas.

—Ahí les tienes hechos unos tristes.

—Es mucho cardenal Segura.

—Por fin hay un hombre que se le sube a las barbas a Franco.

—Franco no tiene barbas.

—Bueno, usted ya me entiende. Y ha tenido que ser un hombre con faldas.

—Es mucho cardenal Segura.

Se le verá pasar por la ciudad en el coche negro de Gomá, de un lado para otro, haciendo su política eclesiástica y agrícola. Tiene documentos contra Tedeschini, y cuando le ha vencido los destruye, no los utiliza. Todavía deja solo a Franco en alguna otra celebración. Parece decidido a demostrar que, en esta Cruzada, Dios está por encima del Caudillo. «Dios será el primer sorprendido», comenta Foxá en el café. El Ejército ha arrinconado al partido y ahora la Iglesia quiere someter al Ejército.

Pla y Deniel escribe a Franco denunciando la «inflación religiosa». A veces hasta los obispos usan del sentido común. Inflación religiosa que llega, inevitablemente, a Giménez Caballero, el eterno excesivo, que anda subiéndose a los púlpitos a predicar el sermón de las Siete Palabras:

—Pero qué cosas traen las guerras —comentan las viejas y entrañables y usadas comadres del café.

—Modernismos, hija, todo modernismos —explican las marchitas y amantísimas y tarascas cotorronas del café.

Segura se niega a bendecir una placa que se va a poner en una iglesia con los nombres de los caídos de la ciudad (diploma de mármol y hierro), y aquella noche los alegres y adolescentes falangistas, en lugar de salir por la provincia a la caza del rojo, ponen su caligrafía de almagre, negra y violenta, esquemática y fascista, en los muros del Arzobispado. Toda la ciudad acude a leerlo. Como no citan a Franco ni a Segura, no se sabe por quién va la cosa, y cada uno piensa que va por el otro. Ni siquiera el nombre de José Antonio dicen que tolera el cardenal en las iglesias de Sevilla. Delante del inmenso haz de flechas falangistas coloca inesperadamente un crucifijo de tamaño humano, lo que no deja de constituir un esperpento involuntario y colectivo, logrado entre unos y otros, que quizá es como viera Valle-Inclán el esperpento: invención contradictoria y risa negra de todo un pueblo. En una misa de ermita (también quiere hacer de párroco pobre, el más altivo príncipe de la Iglesia), mañanera, dice que «Caudillo» significó en otro tiempo «capitán de ladrones». Las beatas se santiguan y se van, no por el desacato, sino por miedo.

—Hemos venido aquí a rezar y estos curas no hacen más que política.

—Allá entre Franco y él, que se arreglen.

Lo cual que se equivocaba Segura. «Caudillo», medievalmente, fue jefe de hueste. Al ver que le dejan solo, el cardenal, saliendo de la sotana verdeante del párroco, se arrecia:

—Caudillo, sinónimo de demonio; y no lo digo yo, lo dice san Ignacio de Loyola en sus *Ejercicios Espirituales*, en la Meditación de las Dos Banderas, y no creo que vayan a contradecir al santo.

Con estas cosas, Franco se llena de una cólera fría y le vuelve al rostro el como tostado de África, que es su manera de enrojecer, una manera discreta. Pide que expulsen al cardenal de la ciudad y luego de España. Lo segundo no se cumpliría nunca y lo primero no hizo falta, pues que Segura se fue por su pie.

Franco había querido utilizar a Segura contra los falangistas, pero Segura (la Iglesia) es antigua, noble, peligrosa y rara herramienta, arriesgadera de manejar. Y Segura, sí, se va por su pie, en un rigodón de cumplidos y malentendidos, de desplantes y besapiés, entre el fervor de las marquesas que le habían invitado a cenar (las que antaño invitaran a D'Ors) y de las porteras y los seminaristas más bravitos, todo como en una cultísima pavana bailada por aldeanos.

CAMINOS DE CASTILLA, Arlanzón, Carrión, Pisuerga, Caput Castellae, Burgos, se aparece José Antonio, ha vuelto el Ausente. Parece que José Antonio, fugaz, profético, ubicuo, sigue la línea del Duero. Que ha hablado en Vivar, que cruza los ríos maquileros, como el Ubierna, que duerme en los ejidos. Rápido, vivo, profético. Carrión, Belorado, Montes de Oca, el mojón de Castilla, Villafranca, Atapuerca. Pueblos, aldeas, caseríos, andan revueltos y en pie. Aparece al atardecer, hoy aquí, mañana allí, dice palabras suyas, las de siempre, tended vuestras miradas, como líneas sin peso y sin medida, hacia el ámbito puro donde cantan los números su canción exacta. Habla entre antorchas, noche cerrada, en rito rural y falangista. No entra nunca en las ciudades, come lo que le dan, bebe vino con los mozos de la Falange agraria y desaparece. «No puede ser, José

Antonio no bebía.» Tardajos, Hontanas. Que ha dormido anoche en el albergue cartujo de Rabé. Castrojeriz, Hitero. Pequeños y grandes pueblos en revuelta, levantados de la muerte de la guerra, encrespados de horcas, antorchas, hoces, vivas y mueras, palmerales agrarios de manos en el saludo falangista. Habla el Ausente junto al yugo y las flechas, en madera, a la entrada de cada pueblo galvanizado y loco otra vez de revolución y miedo. A los pueblos nunca los han movido más que los poetas. Levantad frente a la poesía que mata la poesía... «No puede ser, José Antonio no bebía.» Las falanges locales mueven expectación por el aparecido y los vecinos y labriegos acuden a la curiosidad, la superstición y el miedo de la otra vez, que vuelve.

Giménez Caballero lo da en primera, con letras de cartel taurino más que de periódico: «¿José Antonio ha vuelto?» Hay una foto mala y ampliada. En el empastelado del offset parece que quiere reconocerse un José Antonio nocturno y sin afeitar, descamisado, entre antorchas y manos levantadas. Ridruejo arruga, violento, el periódico, con crujido de ropas y almidones chafados, y manda retirar toda la edición. «Esto es otra fantasmagoría de Ernesto.» Arlanza, Arlanzón, Jimeno, Pico, Vena. El Ausente por los herbazales, por los puentes: puente de Santa María, puente de San Pablo. Vegas de Carrión, frontería, vado, acequias y choperas, alamedas, de Peña Prieta a Dueñas, la sombra errante, delgada y en huida. Saldaña: Volvamos a la dialéctica de los puños y de las pistolas. Pero va desarmado. Sólo un cuchillo de monte, dicen. Hay mucha precisión de datos en el reportaje y en los otros reportajes vivos, los de las gentes, pero todo recuerda un poco las predicaciones erráticas y campesinas de Jesús, esos saltos geográficos que pega el Evangelio.

La Trapa, Dueñas. La sombra se aleja y vuelve. Una hoguera de antorchas y palabras en cada pueblo. Parece que acusa a la ciudad, a la capital, a la corrupción, desmán y asegundamiento en que ha caído su doctrina. No dice nombres, pero condena a todos. Los jóvenes falangistas de la ciudad le buscan de pueblo en pueblo, con sus Ford T y sus viejos Princess de papá. Pero siempre está ya en otro sitio, se ha ido, y vuelven a los bares con noticia, dato, palabra y obra recogidos de los campesinos. Vuelven borrachos de falangismo, vino y nada. Parece que el Ausente increpa a la capital como Cristo a Jerusalén. Camporredondo, Guardo, se aleja y vuelve, sí. Tormes. Ahora se diría que sigue la línea del Tormes. Va dejando un rastro de antorchas que apaga el alba, un eco del *Cara al sol*, cantado al crepúsculo por toda la extensa provincia de los pobres, va dejando una estela de convencidos, asustados, muertos sin sepultura y resucitados.

Duerme en los sotos. Tejares, otra vez Salamanca. Cruza tenerías y alfares, manantíos, turbiones. Que se ha escapado de la cárcel, que ha cruzado las líneas de fuego, que viene a echar a los mercaderes del templo y a ganar esta guerra que ya está durando tanto, demasiado. Que bebe vino con los jóvenes falangistas agrarios. «No puede ser, José Antonio no bebía», dice el escepticismo minucioso de la ciudad. Parece que el Ausente merodea la capital, pero no acaba de entrar. Franco, después de oír a unos y a otros, se lo piensa con rabia helada, pero sin alarma. Éste es un loco solitario o es una broma siniestra de los aznares para alborotarme a la gente (Franco tiende a pluralizar determinados apellidos, peyorativamente: los aznares, los laínes). En todo caso, que lo detenga la Guardia Civil y se le fusila. Pero la respuesta de los campesinos, aparte que son dados a milagrerías, hay que tenerla en cuenta. Entre todos, y menos mal que hemos parado a ese loco de Giménez Caballero, están creando la superstición de José Antonio. Bueno, José Antonio ya no era más que una superstición, pero ahora me la avivan con esta mascarada. (Franco ha comprendido en seguida que la conjura va contra él y, si se trata de un loco aislado, le está perjudicando lo mismo, porque la gente sigue al loco.) Esta guerra se me está pudriendo entre las manos. La he prolongado por limpiar fondos a España, la represión se hace mejor en la guerra que en la paz, como siempre he dicho, aunque luego, por desgracia, habrá que seguir, y sonríe recordando las radios rojas, todas las noches, con su slogan de «la heroica resistencia de Madrid». Pero las guerras no deben durar demasiado, igual nos pasó en África, llega un momento en que los soldados ya no saben por qué luchan, y nosotros casi lo vamos olvidando. No puedo entregarme a la inercia de la guerra. Ese fantasma loco ha sido una advertencia, si hay alguien detrás se van a enterar, a ése se le fusila y en seguida tomo Madrid, y llama a Ramón para que le informe de si hay alguna conspiración en marcha en la ciudad.

Luego coge un mapa y su índice corto y prior va siguiendo, con meandros y rectificaciones, el camino de Madrid.

Caminos de Castilla, Arlanzón, Carrión, Pisuerga, la vuelta de José Antonio, Caput Castellae, fugaz, profético, tácito, su sombra torna, el Ausente —¿la sombra de Abel, la machadiana sombra de Caín?— cruza los campos, incendia los pueblos de himnos y palabras, los niños y las viejas quieren tocarle, pero sigue su ruta y sus predicaciones, siempre entre dos luces o bajo el bosque en llamas de las antorchas, a los pueblos no los han movido nunca más que los poetas, Vivar, Ubierna, Belorado, Castilla falangista otra vez en armas, horcas y hoces. Dicen que anoche durmió en un ejido y falangistas agrarios lo velaron de lejos, campamentales, dormidos de pie, sujetos a su viejo fusil de la guerra. Y a la mañana, cuando van a mirar, ya se había ido.

Querida madre:

Ya ves que esta guerra se termina, y ya ves que la hemos perdido. Mi única y gran alegría es pensar que pronto vamos a encontrarnos y estar juntos, vencidos o como sea, pero espero que vivos y (relativamente) libres.

No quiero asustarte sobre esto de la libertad, pero a mí, como quizá a todo el mundo, me vigilan más que antes, o tengo yo esa sensación, aunque, por otra parte, la victoria prevista está trayendo un relajamiento en que ya vale todo y hasta parece que a esta gente se le van pasando las ganas de matar.

Por los periódicos y las radios te habrás enterado de las cosas que pasan aquí, sobre todo la ejecución de Dalmau, y la consiguiente manifestación «espontánea» y popular a mayor gloria de Franco. Se dice en los cafés que Franco ha dicho que las guerras no deben durar demasiado y que ésta ya está durando mucho. Esto se interpreta aquí como el anuncio del final. Franco va a tomar Madrid, y es terrible escribir estas palabras. Yo sigo en la imprenta. Pero entre la imprenta y la pensión tengo algunos problemas, pequeños roces inevitables que, al final, no creo sean nada grave. De todos modos, hay que andarse con

cuidado. Yo ya lo hago, y espero que tú también. No
me queda más esperanza, como a ti, seguro, que el
encontrarte pronto, donde sea, para vivir juntos lo
que venga, que no será nada bueno. Con el amor de
tu hijo,

FRANCESILLO

AYAYAYAY cómo se la lleva el río, ayayayay niña de mi corazón con razón tenía celos de él. Emilia, la lela, es una res
herida que gime amor y desamor por toda la casa. La
Emilia, la lela, cuando hace el cuarto de Francesillo, por
las mañanas, va profundizando cada día un poco más en
los cajones y secretos del muchacho, desde que le descu-
briera escribiendo algo, seguro que una carta, seguro que
de amor.

La Emilia, la lela, enamorada y olvidada, res herida
cuyo pecho gime como un buey en el mar, gime y muge,
con mugido de bestia joven y enferma o de virgen vulnera-
da y fuerte. Lo único que respeta la Emilia, en sus averi-
guaciones tímidas e impacientes, ausente el chico, es ese
bolso interior de la maleta, cerrado con cremallera, donde
el soldado guarda la pistola, que nunca usa ni lleva. Se
nota al tacto que también hay unas cajas en ese bolso,
cajas de balas, sin duda. Pero hoy la Emilia, esta mañana,
femenina y doliente, de una manera casi inercial, abre la
maleta, que tiene tan rebuscada, y descorre la cremallera.
Lo ha pensado la noche anterior, quizá en sueños. «Es el
único sitio que me falta por mirar.» Tiene la maleta sobre
la cama. Saca la pistola y la pone a un lado. Saca tres
cajas de balas y las abre una por una. La tercera, en lugar
de los paquetes de balas, contiene un atadijo de cartas. La
Emilia ya se lo ha temblado por el menor peso de esta
caja. Las cartas están atadas con una cintita roja y mora-
da. «La bandera republicana», se dice Emilia, poco sorprendida. «Seguro que se escribe con una roja.» La Emilia, la
lela, apenas sabe leer, y, sobre todo, que su hallazgo, su
tesoro la asusta de pronto como un sacrilegio, como una
profanación, y se llena del miedo a saber, a enterarse, un
miedo que no conocía y que es el movimiento último de los

171

celos. No se siente capaz de desatar el paquete. Las cartas
están un poco viejas, apretadas, como antiguas, y la Emilia sabe ahora mismo, de golpe, que ella está haciendo
algo horrible, peligroso y desconocido.

Tiene las cartas entre sus manos de temblor y lejía, y
las deja caer en el fondo de la maleta. Mira el paquete con
fascinación y miedo, Maruja, se lo voy a contar a Maruja,
que venga y vea, ella sabrá qué hacer, y va en busca de su
hermana, que está todavía en la cama y medio dormida:

—Maruja, ven, mira lo que he hecho.

—Algún disparate de los tuyos —dice la Maruja, rubia
y bruja, alta, delgada y casi guapa, saliendo de la cama
con su combinación negra y licenciosa, que es lo que se
pone para dormir, o lo que no se quita.

Maruja coge el paquete de cartas en sus manos de uñas
largas y rojas, manos de modista que trabaja mucho con
la sínger y tiene pinchazos de aguja en las puntas de los
dedos:

—Al fin lo has encontrado, ya sabía yo que buscabas
algo, andas como una perra salida por el Francesillo, un
señorito madrileño, y vete tú a saber si rojo, que se ha
acostado contigo un par de veces, por aburrimiento y porque no le dejas en paz. Pero esto no se puede hacer, Emilia, lela, en una pensión decente, como ésta, no se puede
registrar a los clientes cuando están fuera. Y Francesillo,
además, es un soldado, y eso hay que respetarlo. Pon otra
vez estas cartas en su sitio y aquí no ha pasado nada.

Maruja, la Maruja, entredormida y curiosa, lee el sobre
de encima. Un nombre femenino y un domicilio en Madrid.

—O si no espera, que esto me da mala espina. Nuestro
soldadito ha estado escribiendo cartas a una mujer de Madrid, su novia o su madre o quien sea, y no ha podido
pasarlas nunca, como hacen otros. Se ve que todas las
cartas son iguales. Es algo que Francesillo quería hacer
llegar a una persona en Madrid. Amor o política, vete tú a
saber. Pero nadie puede hacer eso, y menos un soldado:
tratar de pasar mensajes al otro bando. Se ha estado aprovechando de ti, te ha follado valiéndose de que eres lela, y
ahora lo va a pagar. Aunque sean cartas de amor, esto es
delito grave.

La Emilia comprende lentamente y ahora teme por su
amor, amor que ha borrado ya los celos, en el mecanismo
elemental de los sentimientos:

—No, que a Francesillo no le pase nada. Vamos a guardar otra vez las cartas. Yo por qué habré...

Maruja no la escucha:

—Se me ocurre una cosa. Esto quien lo va a ver es Félix. Félix es jefe de Falange en su taller, tiene autoridad. Se hará lo que diga Félix. No digas nada a mamá.

A la noche, cuando Francesillo llega a la pensión, le abre la puerta, cosa rara, Maruja:

—Pasa al comedor. Félix tiene que hablarte.

Francesillo tiene de golpe la intuición de todo, pero también la contraintuición de que Félix, el ebanista de Falange, quiere darse importancia, como otra veces. Félix está sentado a la mesa del comedor (en verano se cena en la terraza, que está más fresca), entre astuto y solemne, y hasta pícaro (es de los que guiñan un ojo para fumar). Félix, el ebanista tísico y falangista, tiene delante el paquete de las cartas. Francesillo comprende que tenía que pasar un día: lo había sabido siempre.

—Siéntate, soldado.

Pero Francesillo no se sienta.

—La Emilia, la pobre, de cuyo poco entender te has aprovechado para abusar, ha encontrado esto en tu cuarto, haciendo la limpieza. Buscaba cartas de amor y se ha encontrado esto. Bueno, ella no sabe nada. Ellas han respetado al huésped, Maruja me ha dado las cartas para que yo dispusiese, uno tiene autoridad, y tú lo sabes. Yo he leído las cartas, algunas, y me basta para comunicarte que, como ya sabes, traidor de mierda, esto te puede llevar al paredón.

Félix, naturalmente, está vestido de falangista. Francesillo sabe que después del final (y esto es el final), uno es mejor que se calle.

—Has abusado de la Emilia, la pobre, y de esta casa, y lo vas a pagar. Pero lo importante es que he cazado un rojo donde menos esperaba, aunque nunca me diste buena espina, hijo de la madre más roja que pueda encontrarse en Madrid. Estas cartas que nunca has podido pasar al otro lado traen fusilamiento inmediato, y tú lo sabes, que tonto no eres. De momento me las quedo y ya se decidirá. Como el hombre que soy de esta casa, y autoridad política, te ordeno que te vayas esta misma noche. Ya se te encontrará. Eres un soldado y no puedes ir muy lejos. Puesto que yo te he cazado, solicitaré el honor de fusilarte yo mismo. De verdad que para mí es un honor, hijo de puta.

VIVAR. El Ausente duerme en un herbazal. Cuatro falangistas del pueblo, dos jóvenes y dos viejos, velan su sueño. Trae caminos y ríos de Castilla, Arlanzón, Carrión, Pisuerga. Tiene siempre algo de ahogado que sale del fondo del río a decir una verdad que ya no se oye sobre la tierra. Otras veces se ha hilvanado al Duero, duro río castellano. Vive entre el agua y la maquila. Se habla del mitin de Ubierna, el más reciente, con antorchas y perros y un Cara al sol poniente y campesino. Habló poco, como siempre, y dijo las viejas y míticas verdades que la gente esperaba, necesitaba oír. «Están explotando esta guerra como un negocio, como una industria; esta guerra es de los generales y los obispos. No es nuestra guerra.» Y cuando el entusiasmo, el fanatismo y la superstición joseantoniana subían en la noche como un fuego forestal y antiguo, el ausente pidió una mula güelfa y cabalgó en ella hacia lo que ya era noche. Belorado. Dicen que ha dormido en las cuevas de Atapuerca. Tardajos, Hontanas, está volviendo sobre sus propias huellas. Castrojeriz, Hitero. Se diría que torna a los núcleos duros del falangismo agropecuario. Una Falange de escopeta con barro y alcalde socialista paseado el 19 de julio del 36. Una Falange con escopetas de caza y mítines del vallisoletano Onésimo. «Amamos a España porque no nos gusta. No nos gusta esta España de generales tripones y cardenales ladrones que están haciendo.»

Franco no quiere meter en esto al Ejército. Sería darle al conato una importancia que no tiene.

—Esto es cosa de la Guardia Civil. Hay que aplicarle un tratamiento de robagallinas.

Pero la advertencia ha sido grave, por la reacción popular, y el Caudillo, ya se dijo, comprende que esto son floraciones viciosas de una guerra demasiado larga y de un culto joseantoniano que se está convirtiendo en otra cosa. «Voy a arrancar de raíz la superstición joseantoniana», se dice. El loco, loco o no, muñeco o no de una conjura de los aznares u otros, expresa de manera inesperada y luminosa el resentimiento y el descontento y el desencanto de los grandes joseantonianos: «Empezando por Ramón y siguiendo por Ridruejo y todos los laínes. Ramón, que, por cierto, no acaba de decirme si hay o no hay conjura en la ciudad. Algo me calla Ramón.» Pero Franco ya ha tomado sus medidas, todo esto se corta tomando Madrid y proclamando la Victoria. «Entonces empezará de verdad mi obra.» El Ausente, como le llaman todos, ahora que ha dejado de serlo, ha cenado y bebido con los falangistas del pueblo. A la salida del mesón, todo Vivar le esperaba y es cuando huyó de aquello en mula güelfa. Cuatro falangistas le escoltan, ya se ha dicho. Ramón Serrano Súñer no sabe realmente nada del caso, aunque su cuñado piense que calla. Ramón Serrano Súñer lo explica en el café:

—Mi tesis es que estamos ante un loco joseantoniano.

Y Foxá:

—Hasta ahora, los locos se creían Napoleón. A partir de hoy empezarán a creerse José Antonio.

—No recibo informes de los jefes comarcales. Me dicen que por allí no ha pasado o que ellos no le han visto. El Caudillo ha dado orden directa a la Guardia Civil para que lo busquen como a un robagallinas y luego se le fusile.

Ridruejo toma un trago de whisky para restar exaltación a lo que va a decir:

—Loco o no, la reacción de los campesinos está siendo grandiosa. Ahora sí que sabemos que el pueblo y la Falange son conscientes de la trampa en que estamos todos metidos. Ese loco vale metafóricamente por la vuelta verdadera de José Antonio. Ahora Franco ya sabe que la Falange es mucha y está viva, que Castilla es falangista. Si fusila a este hombre como a un robagallinas, es como si hubiera fusilado él a José Antonio.

—Loco como Don Quijote —glosa Giménez Caballero.

Ridruejo, que primero reaccionara contra lo que pensó una fantasmagoría más de EGC, ha comprendido en seguida, pues que la historia ya dura días, que los levantamientos del campo valen más que el propio loco, vagabundo, farsante o lo que sea. Ahora, quien no permite a EGC sacar más reportajes del Ausente, es directamente Franco.

—Con este segundo José Antonio haré yo un día una novela —canturrea la voz del prioral Cunqueiro—. Una novela como otra que ya tengo pensada: «Un hombre que se parecía a Orestes.» Esto será «Un hombre que se parecía a José Antonio». ¿Qué os parece? José Antonio es nuestro Orestes.

Ridruejo, siempre corazonal, ha pasado de la indigna-

ción a la exaltación y ahora espera del incidente un entoñar falangista y segundo, olvidando que la semilla (que
son ellos mismos) ya está podrida.

Como a José Antonio sólo le habían visto por los periódicos (y alguno, muy de lejos, en un mitin), los campesinos
no saben si es o no es, aparte que, naturalmente, está
comido por las usuras de la guerra, la cárcel, el hambre y
la aventura. Pero todos recomponen, sobre un pelo hacia
atrás (más largo que el de José Antonio), una frente amplia,
unos ojos que pasan fácilmente de la tristeza a la exaltación y un rostro doncel con barba de muchos días, la imagen que quieren y necesitan ver. Ahora duerme en el herbazal y sobre las doce y media de la noche, pasadas, llega
la pareja de la Guardia Civil. Un cabo y un número, a pie:

—Entregadnos a ese hombre. Sabéis que es orden de
arriba.

—Es José Antonio.

—José Antonio o no, está proclamado. Y venimos a
por él.

El más joven de los cuatro falangistas ha montado su
escopeta de caza. Los civiles apuntan con su fusilería. El
Ausente, aparecido entre los árboles, no ofrece resistencia,
como Cristo en el huerto de los olivos.

—Quietos, locos, que os puedo freír a todos y por Dios
que me voy a llevar a ese hombre.

El Ausente, camisa de Falange desgarrada y heroica,
harapo glorioso con las flechas deshilvanadas, hace vagos
gestos de imponer paz.

—Esteban, esposa a ese hombre —ordena el cabo.

—¡Camaradas, muerte a la guardia civil vendida a Franco y a la República! —grita el falangista adolescente cuando ya ha disparado. Esteban, el guardia, cae muerto. En el
silencio duro que se produce, cabe la noche entera. Todos
dudan. Y de pronto los cuatro campesinos, asustados de sí
mismos, tiran las escopetas y salen huyendo hacia lo más
oscuro. El cabo dispara sin mucha fe en su puntería. El
hombre misterioso está allí, ante él, mirándole indiferente
y manteniendo de una punta la manta de mula sobre la
que ha dormido. La mula relincha ahora, tarde, desperta-
da por la detonación.

—Ven, que voy a esposarte.

Y le esposa por delante, como a Cristo.

El hombre se acerca. Deja caer la manta. Lleva el cuchillo de monte a la cintura, pero no parece que vaya a usarlo. Llega otra pareja de civiles, éstos a caballo.

—Aquí lo tenéis, ya cayó el pájaro.

Y mientras lo esposa, el cabo le mira de cerca la cara en sombras, a ver si es o no es. Le entra la aprensión de estar esposando a José Antonio, pero tiene órdendes. Y la pareja ecuestre le da una seguridad. Él ya es algo viejo.

—Jacinto, eres un héroe —dice uno desde el caballo. Luego desmonta y entre los tres encabalgan al hombre. Se vuelven hacia el guardia muerto, que parece tendido plácidamente, mirando la luna de agosto:

—Lo de Esteban sí que ha sido un crimen. Igual me habían dado a mí.

Cargan a Esteban en la mula. El de a caballo es sargento y va delante. Detrás el esposado en el otro caballo, a su lado la mula güelfa con el muerto y finalmente el cabo Jacinto y el otro guardia, picando el tabaco negro con la uña para hacerse el pitillote de después de un buen servicio. «José Antonio o no, uno ha cumplido órdenes.» «Pues claro, Jacinto, eres un héroe; esto te vale el galón.» La noche es clara y de estiaje. El hombre esposado va con la cabeza caída, como dormido, dejándose balancear por el caballo. Cruzan pueblos de sueño y grillo como conduciendo, efectivamente, un robagallinas.

EL AÑO CRISTIANO de la abuela de Francesillo, que Giménez Caballero salvó de la hoguera, lo tiene la novicia Camila en su celda. Ahora está sentada en las rodillas del muchacho y lee la vida de un santo:

—¿Ves? Eran fanáticos, locos, masoquistas, y además unos asquerosos y ellas unas guarras que no se lavaban. Te agradezco mucho el regalo. Cada noche leo la vida del santo del día, como me dijiste que hacías tú de pequeño, sólo que yo lo paso muy bien, me excito mucho y a veces no tengo más remedio que bajar a la bodega a ver si hay algún preso que me quiera. Ya sabes, ellos dicen que me «aparezco».

—Qué puta me has salido, novicia.

—Y te diré una cosa, eso de fornicar con un hombre sucio, lleno de piojos y de mierda, sin afeitar, es como tirarse a un santo. A la hora de follar ya no distingo entre los santos y los presos. Yo diría que tenemos todo el santoral ahí abajo, en vivo. Aquello, tú ya lo has visto, sí que es el Año Cristiano.

La parla de la novicia Camila es infantil y cruel, continua y ligera, matinal y obscena. Francesillo ha venido a refugiarse al convento (a su casa, en fin) tras huir de la pensión sin llevarse nada, salvo el Diccionario Enciclopédico de Voltaire que cogiera un día de la biblioteca de su abuelo. Le ha contado a Camila sus peligros.

—Aquí estarás bien y seguro. Aquí no va a encontrarte nadie. Hay oficiales y falangistas que se quedan a pasar la noche. Ya sabes que somos unas monjas muy enamoradizas.

En seguida le habilitó una celda al chico, cercana de la suya. Francesillo conserva el uniforme de soldado, porque lo que quedaría raro en el convento sería un paisano. La novicia Camila, sentada en las rodillas del muchacho, deja de leer la vida de san Wenceslao y san Boleslao, hermanitos y santos a quienes se comió un lobo en la nieve, o algo así, y besa a Francesillo en la boca. Los besos de la novicia Camila son besos de novia y de puta. Lo que no son es besos de monja. Suenan unos nudillos en la puerta y entra un militar con capotón. Es Víctor:

—Lamento haber interrumpido este tierno idilio. Buenos días.

—No vendrá usted a llevarse a mi novio —dice la novicia Camila.

Víctor mira a Francesillo, que no levanta la cabeza. Víctor saca del capotón el paquete de cartas:

—Toma, muchacho, para que veas que no vengo contra ti.

Francesillo mira las cartas y mira los ojos de Víctor, en los que encuentra, como siempre, ironía, amistad, peligro y amor, un amor que le repugna, todo envelado por una niebla de tercería interior o alcohol. Toma el paquete de las manos de Víctor, que ya parece curado de su brazo, aunque al entrar se ha visto que cojea, en cambio. Seguramente cojeará toda su vida, necesaria o voluntariamente, para engrandecer su biografía militar. Con la cojera, es curioso, a Víctor le ha salido una cosa maricona que no tenía, un juego de anca que manifiesta lo que el capitán es.

—Gracias, Víctor.

Allí están las cartas de tres años escribiendo a su madre sin gran esperanza de que las lea. Escribiéndose a sí mismo. Este paquete de cartas, esta cosa que él mismo ha fabricado, llega a ser como el objeto más cálido y querido de la madre, y besa el paquete y las lágrimas enturbian su caligrafía, la caligrafía del primer sobre. La novicia Camila ha perdido su gracia pajaril y de pronto ama profundamente al muchacho, comprendiendo. Y ama a este capitán, de quien ha oído hablar a Francesillo, y que sin duda es un amigo. La novicia Camila, claro, ya conoce la historia de las cartas. Y habla Víctor, con su voz militar que tiene un revés entrañable y cordial, aportado por la homosexualidad o por una naturaleza que hace compatible la crueldad con la ternura (suponiendo que no sean la misma cosa):

—Nadie va a leer esas cartas que pueden costarte el fusilamiento en veinticuatro horas, Francesillo. Me las ha dado ese Félix, porque me sabía tu amigo, para que supiese que eras un traidor. Yo ni siquiera las he leído. Sólo sé lo que el ebanista me ha contado. No me ha sorprendido porque algo así me imaginaba. Una lástima que no lograses pasar las cartas, como hacen otros. Estoy seguro de que lo has intentado mucho. No las conoce nadie y ese falangistilla no va a hablar. A cambio sólo te pido una cosa, que te vengas ahora mismo conmigo a almorzar. ¿No merece este amigo que le pagues un cordero?

Después del almuerzo (cordero de mesón, vino castellano y áspero), Víctor habla, según esperaba Francesillo, que está a la expectativa y sabe que lo de las cartas no va a quedar así:

—Ahora, si te parece, Francesillo, vamos a hacer aquella misma excursión que hicimos un día, a ver al alcalde socialista de Poza, ¿te acuerdas? Bueno, pues como único castigo voy a pegarte el mismo susto que al Bótalo, y ya está.

—Aquello me pareció una chorrada.

—Pues vamos a repetir la chorrada.

Y Francesillo no sabe nunca hasta dónde llegan las confusas y mediocres intenciones de su amigo. Apura el trago fuerte y rojo de la jarra pensando que es el último de su vida.

Han ido a Poza de la Sal en un coche pequeño, viejo y militar. Seguramente, un coche que ha hecho la guerra.

—Ahora cruzas el río mientras yo te apunto. Nunca sabrás, como el Bótalo, si te voy a matar o no. Delito tienes más que el Bótalo, desde luego.

—¿Cómo se llama este río?

—No sé. Me parece que Homino. Qué más te da.

—¿Con hache o sin hache?

—Tampoco lo sé. ¿Estás ganando tiempo o qué?

—Uno quisiera conocer el nombre del río donde va a morir.

—¿Y quién te ha dicho que vas a morir?

Francesillo entra en el agua caminando despacio. El paseo acuático es incluso agradable. Pisa un légamo dulce y las aguas de agosto le refrescan. No conoce el río como el Bótalo y se ha metido por donde más cubre. Pronto tiene el agua por medio pecho. Lleva en alto los brazos, el paquete de las cartas. «Si muero, estas cartas andarán por los juzgados. Si este maricón no me mata, me tendrá siempre en su poder con el chantaje de las cartas. No hay solución.» Víctor, en la orilla, mal arrodillado, porque su pierna coja no se dobla, tiene el fusil al hombro y grita:

—¡Sigue, Francesillo! ¡En la otra orilla estás salvado!

«Estas cartas a mi madre, estas cartas que son mi madre, acabarán yendo a malas manos, profanadas.» Francesillo, en mitad del río, suelta la cinta y echa las cartas al aire, para que se las lleve el agua. Queda un momento como aureolado de gaviotas y, luego, la breve y brava corriente del Homino se lleva un palomar blanco y dispendiado:

—¡Cabrón, me has traicionado, has destruido las pruebas! —grita Víctor desde la orilla—. ¡Has traicionado mi amistad, has sido, como siempre, más astuto que yo, cabronazo, rojo!

Un disparo ha dado en la nuca de Francesillo y otro en la espalda, entre los omóplatos. Pero el cuerpo, sujeto entre unas rocas, no se hunde, mientras las últimas cartas en huida se alegran de sangre. Víctor entra en el río y se acerca a Francesillo. Está muerto y bello. Se inclina sobre él y le besa, al fin, en la boca, como la novicia Camila. Luego libera el cuerpo de las rocas y deja que se lo lleve la corriente o se hunda. Tiene el fusil en la mano y lo mira con extrañeza y casi odio. Este fusil de matar rojos ha matado su amor. Y, con el agua por la cintura (Víctor es muy alto), ajenado y ciego en rojo, tira el fusil al agua y mira cómo se lo lleva la corriente y en seguida se hunde. Y allí, solo, en mitad del río, enorme y delicado, llora.

AMAMOS A ESPAÑA porque no nos gusta esta España de generales gordos y obispos ladrones. El patio de la casa cuartel de la Guardia Civil se ha ido llenando de una multitud silenciosa, espesa y falangista. El Ausente está ante el paredón que sirve a los guardias para jugar a la pelota, con las manos atadas y pelado al cero (Franco ha querido suprimirle todo parecido con José Antonio). El patio del fusilamiento, amanecer de agosto, se ha ido llenando de un gentío callado, denso y de camisa azul. Los guardias, que no esperaban esto, se miran unos a otros de reojo, se comunican el miedo, como en un telégrafo de miradas. El mando se quita y se pone mucho los tricornios, el sudor del trance más que el sudor de la hora, tempranera. Los tricornios, sin el brillo del sol, parecen más fúnebres, filipenses y sacramentales. El mando se exhibe en una tribuna de madera, improvisada, con faldellín de la bandera española. Las familias de los guardias, caras blancas, manchas asustadas detrás de los cristales, miran el espectáculo no se sabe sin con expectación o miedo. Hay niños, viejos, mujeres, pero se ha prohibido abrir las ventanas. Amamos a España porque no nos gusta. No nos gusta esta España de generales gordos y... El Ausente está vestido de mono carcelario, desprovisto de sus gloriosos harapos falangistas. La prensa y la radio han anunciado la ejecución por fusilamiento, sitio y hora, de «un farsante desaprensivo que durante algunas semanas ha profanado de palabra y obra la memoria y monumento de nuestro capitán y camarada José Antonio».

Tras esta nota oficial se adivina la peculiar mecánica de la astucia de Franco. No fusila a este hombre por «resucitar» a José Antonio, sino por haber profanado su memoria. En pleno renacer del falangismo castellano, Franco, para cortar la subversión, lo que ofrece es un gran acto de afirmación de la Falange, auto de fe joseantoniana, auto sacramental del Partido. Amamos a España porque no nos

181

gusta. El patio se ha ido llenando de una masa humana hermética e ingente, falangista y como llena de la callada indignación del mar. No nos gusta esta España de generales gordos y obispos traidores. El Ausente, el robagallinas, el pobre loco pelón y despojado, habla a la multitud y el mando no sabe si hacerle callar o qué. Es cuando, inesperadamente, llegan los grandes falangistas, Serrano Súñer, Ridruejo, Laín, Foxá, Giménez Caballero, el general Yagüe, todos con el uniforme negro y la camisa azul, incluso el militar. Suben a la tribuna de los generales y coroneles, graves y saludadores. El mando se desconcierta. Con esto no contaban. Pero se va a celebrar un acto de desagravio falangista, fusilando a un traidor, y la presencia de los grandes joseantonianos parece obligada. Serrano y Ridruejo, por su autoridad, se sitúan en primera fila, junto a los generales, con lo que corre el turno de sillas y algunos capitanes de la Guardia Civil se quedan de pie al fondo de la pequeña tribuna. Por lo de las sillas se hace evidente que nadie había llamado aquí a estos hombres. Cuando la multitud, que siempre es miope, les reconoce, hay una ovación que parece bajar del cielo más que subir del fondo del patio. Serrano y Ridruejo, de pie, saludan levantando el brazo, y cientos de brazos les responden. Pero el ritual de la ejecución sigue su curso y dos guardias le vendan los ojos al reo. El reo se arranca el trapo negro y saluda brazo en alto:

—¡Amamos a España porque no nos gusta! ¡No nos gusta esta España de generales traidores y...!

El reo está caído en el patio del cuartel, sobre las grandes losas del cuartel, sin apenas derramar sangre, como mucho antes o mucho después de que haya descargado la fusilería del pelotón, retemblando los cristales de todas las ventanas, que se estremecen en un viento de caras como hojas en el vendaval. Cara al sol con la camisa nueva que tú bordaste en rojo ayer, y un inmenso Cara al sol, macho y solemne, extenso como el mar, se levanta de la multitud. Serrano y Ridruejo se ponen de pie, añaden su brazo alzado al palmeral tupido de los brazos, desmintiendo con la violencia litúrgica del himno la farsa sangrienta que acaba de consumarse. Lo que más impresiona de todo, no se sabe por qué, es que entre la gente hay mujeres, muchas mujeres jóvenes. El himno va cobrando violencia a medida que crece y, a una seña de un coronel, la Guardia Civil monta sus fusiles. La hora está tensa de fanatismo y masacre, pero la gente ya se ha precipitado a recoger al muerto y se lo llevan en alto, parihuela de brazos, y, abandonando el patio, lo pasean por la ciudad, lo esconden todo el día en algún sitio y a la noche lo llevan a enterrar, entre antorchas y canciones, al gran cementerio de la ciudad, con una lápida que pone, escritura de almagre, Al Ausente, siempre presente, las Falanges de Castilla.

Ha sido un día de revueltas y escritura. Toda la provincia, marazulmahón, falangista, volcada en la capital, y los letreros en la catedral, en el Palacio Arzobispal, en la puerta de los cuarteles, viva José Antonio, viva la Falange, viva el Ausente, abajo los generales traidores, mueran los obispos capitalistas, muera la Guardia Civil asesina, muera la Guardia Civil republicana, muera la Guardia Civil vendida.

Parte de la Guardia Civil permaneció fiel al Gobierno legal de la República, el 18 de julio, y esto no lo olvidan los castellanos feudales, los castellanos medievales, los viejos castellanos hidalgos y pecheros.

Noche de antorchas, himnos y violencia. Franco ordena no hacer nada. Una guerra intestina contra la Falange podría torcer todos sus planes. Franco sabe que los entusiasmos de la multitud se extinguen solos. Pero la furia helada le ha invadido de nuevo. No recibe a Serrano ni a Ridruejo, que han intentado verle. Sólo se lo dice a su hermano Nicolás y a su primo, secretario y confidente, Salgado-Araújo:

—Voy a arrancar de raíz la superstición joseantoniana.

Los señoritos falangistas de la capital matan joyeros y usurarios. Todos judíos para ellos, como si Castilla no fuese judía. A Franco eso no le parece mal: eran la burguesía liberal y hasta democrática. Los falangistas agrarios se vuelven a sus pueblos, que conocen mejor, a por el boticario darwiniano, a por el médico marañoniano, a por el maestro republicano, si es que queda alguno. En la ciudad ha quedado, como un iluminado rastro de antorchas y de voces, como una vía fosforescente y láctea, el camino hasta el cementerio, el enterramiento del loco vagabundo, predicador y Ausente, que ha hecho visible, visual, ejemplar, la ignorada muerte de José Antonio en Alicante.

¿Conspiración gironiana, loco suelto e inspirado? Serrano no lo sabe o no quiere saberlo. Pero Franco se asoma a la ventana, con la luz apagada, y ve en la noche, apartando el estor, como la fosforescencia heroica y kilométrica del entierro de José Antonio. «Hay que terminar la guerra, esto a mí no vuelve a pasarme.»

Las antorchas, los viejos Princess con sus claxons, el *Cara al sol*, los disparos y los gritos llenaron toda la noche la ciudad. El Caudillo escucha las radios rojas, escribe y piensa, pide café, mucho café, amargo y ligero, como en la Legión. Los corresponsales extranjeros no han entendido nada y no saben cómo explicar el conato. Serrano y Ridruejo están abajo, sueltos o por junto, pero el Caudillo se niega a recibirles. Luego le llaman por teléfono, pero el Caudillo no se pone.

Da al botón de Radio Castilla:

«Cara al sol con la camisa nueva que tú bordaste en rojo ayer, me hallará la muerte si me llega y no te vuelvo a ver... Volverá a reír la primavera que por cielo, tierra y mar espera; arriba escuadras a vencer, que en España...»

Franco gira el botón, yugula el himno y se va a la cama.

E VIDI DIETRO *a noi un diavol nero correndo su per lo scoglio venire*. El Teatro Principal tiene esta noche la luminosidad mortuoria de los grandes estrenos. El oro cierto de los pomos no vale más que el oro falso de las purpurinas, pero el amplio hemiciclo, raso y luces, es un trazo elegante, ambicioso y romántico adonde se asoman calvas y escotes, eminencias y curiosidades, todo como desrealizándose en el ensalmo musical y nocturno de la antigua farsa. *Ahi, quanto egli era nell'aspetto fiero! E quanto mi parea nell'atto acerbo*. Su Excelencia el Jefe del Estado, Generalísimo Franco, está en el palco de honor con sus realengos, a la izquierda doña Carmen, siempre de chapiri negro, y sobre la balaustrada tapices, cortinajes y un mantón de manila. A la izquierda de doña Carmen, Fernández Cuesta, y por el otro lado Serrano. Al fin se ha estrenado *Marina*, por disposición urgente de Franco, esta zarzuela marinera y española, que el propio Arrieta convertiría en ópera, engrandeciéndola o abultándola, y la obra pinta en el gran escenario su caserío de pescadores y su mar de brocha, mucho más real que cualquiera de los siete mares. Después de los más graves conatos, Franco siempre manda un acontecimiento balsámico y triunfal. Después de Dalmau, la concentración de la Plaza Mayor. Después del «Ausente», el estreno, al fin, de *Marina*, obra que tan pedida les tiene a los intelectuales, Laín, Pemán y ésos, Franco piensa que lo más intelectual que se puede hacer con un intelectual es hablar de *Marina*. Franco tiene como el prurito ordenancista y paternal de recompensar a la gente, ayer al pueblo, hoy a las élites, después de un mal trago. A Franco le gusta poner broches de oro y que la vida y la muerte sigan su dulce y asendereado curso. *E vidi dietro a noi un diavol nero*. Jordana, Suanzes, Ridruejo, García Viñolas, Díaz Varela, el duque de Pino-Hermoso, etc. Los laínes se han vestido de falangistas, los marinos de galones, los paisanos de militar y Franco se ha vestido de Franco.

Mientras oye o no oye la música, el Generalísimo espanta hacia los lados, de vez en cuando, sus ojos grandes y negros, reconociendo, diagnosticando a los asistentes al estreno y como diciéndose éstos son mis poderes. *Correndo su per lo scoglio venire*. Eugenio Montes, lírico, cínico, pícaro, ha estado una temporada en Italia y anda hablándole a todo el mundo como el Alighieri. Areílza, vasco de los Zubiaurre, alto y con los ojos claros y graves, es el que mejor besa la mano a estas marquesas agrarias. Se conoce que va para embajador. Los amores tontos de la zarzuela ruedan por el escenario. Claro que si esto no fuese una zarzuela sería un incesto. El chico y la chica, criados juntos, como hermanos, como tales se quieren. A propósito de José Antonio, Mayalde le cuenta a alguien que él le llevaba pistolas a la cárcel. Franco piensa que siempre hay que tapar una cosa con otra. Lo hará toda su vida. Franco sabe que la gente es mudadiza, tornadiza, olvidadiza y un poco vividora. Al pueblo, chorizo y Plaza Mayor. El pueblo es ese golfo que lleva desde el siglo XIX subiéndose a las farolas para ver pasar la Historia. A éstos, smoking y zarzuela. Y un poco de champán catalán, recién incautado en Barcelona por nuestros gloriosos soldados. Pero Franco ha visto claro que no debe prolongar más esta guerra y hace táctica y estrategia, mentalmente, mientras mira sin verla la función que tanto le gusta. Esta burguesía provinciana se reconoce en la música de Arrieta, pretenciosa y nacional, de modo que aplauden a cada poco, se aplauden a sí mismos, ésta es la España que querían quitarnos y el Caudillo está recuperando. Me parece que Ramón tiene muchas dudas sobre mis cualidades políticas de Jefe, ahora que se nos termina la guerra, Ramón no cree en mí para la paz, aparte esa historia de Hitler, que no la está llevando ni mal ni bien, a veces ya no sé si trabaja para el alemán o para mí, un día se lo tengo que decir, Ramón, voy a prescindir de ti. *E vidi dietro a noi un diavol nero correndo su per lo scoglio venire, ahi, quanto egli era nell'aspetto fiero! E quanto mi parea nell'atto acerbo.* La Unidad Latina. Ramón Serrano Súñer, para después de la guerra, piensa en la Unidad Latina. Los italianizantes son Sánchez-Mazas, Eugenio Montes y él. Contra el «exceso de victoria» de Hitler y de Franco, España, Italia, Francia. Un día habrá llegado el momento de oponer nuestra latinidad como correctivo del pangermanismo de Hitler. Ramón todavía no le ha dicho nada de esto a Franco. Paco, hoy por hoy, no va a entenderlo. Ramón quizá se piensa líder de ese otro fascismo mussoliniano y español. Lo que pasa, quizá, es que a Ramón Serrano Súñer, últimamente, ya no se le recibe tan bien en Alemania. El Führer empieza a verle decantado como el hombre de Franco, frente a sus consabidos candidatos, Muñoz Grandes, etc., mientras que Franco le considera a días el hombre del Führer. Por estas cosas, por estos malentendidos y conatos, un político poderoso, Serrano, puede caer de un día para otro. Pero Serrano tiene una inteligencia de ojos azules y está pasando sutilmente, enveladamente, de hombre de Hitler a hombre de Mussolini. Con lo que Serrano, ahora por necesidad como antes por afinidad, viene a cerrar su ciclo joseantoniano, que también José Antonio soñaba un fascismo latino y se deslumbrara con el Duce. *E vidi dietro a noi un diavol nero.* La chica tiene un novio capitán de corbeta o de fragata, según las versiones de *Marina.* La chica se llama Marina, para mayor alegorismo, y espera y espera.

Cuando llega el capitán y van a casarse, irrumpe el amigo/hermano/novio/amante, arma el escándalo, desplaza al capitán y se casan ellos dos, que se habían amado siempre sin saberlo. Los aplausos quedan aterciopelados de guantes y encrespados de viva España, por encima de la música y los coros. Supuesto el gran éxito, los artistas van a repetir los últimos números musicales. Durante los entreactos, los generales subían a saludar al Caudillo y las marquesas a doña Carmen. Lausanne. Ahora que voy a ganar la guerra de Madrid, me queda la guerra de Lausanne. Lausanne no cede, ese hombre yo no sé lo que quiere. Pero Lausanne me hace falta como verdadera legitimación ante el mundo. (Franco, ya se ha dicho, resitúa a los borbones en Suiza como los griegos a sus dioses en el Olimpo.) Sólo que Don Juan conspira, apremia, y tiene detrás todas las monarquías y democracias de Europa. Bueno, cuando Hitler acabe con todo eso, si acaba, que lo dudo, Lausanne tendrá que rendirse. Ridruejo, más germanista que Serrano, confía en que Franco, ya que no ha querido hacerse de José Antonio, tendrá que hacerse de Hitler, que sin duda prepara la guerra. «Y entonces habrá vuelto nuestra hora», se dice. Ridruejo, en el fondo puro y violento de su corazón de juglar enfermo, sueña secretamente con la guerra mundial y con irse a Alemania o a Rusia a luchar. Ridruejo, en el hondón soriano y heroico de su corazón de capitán adolescente, sueña con la guerra, como el fascista Marinetti, «como la única higiene del mundo».

Esta sociedad nacionalcatólica está aplaudiendo un incesto venial que ignora, el amor y boda de dos hermanos. Esta sociedad nacionalcatólica es muy anterior o posterior a la noción de incesto. Quizá lo practican, pero la noción, como tal, la ignoran. Y ya en el teatro y con música de Arrieta son incapaces de enterarse. El himno nacional, que había tocado la orquesta a la llegada del Generalísimo, vuelve a sonar ahora, todos en pie, subiendo desde el foso como desde la bodega misma del gran navío del teatro. Sólo el himno nacional. El himno nacional contra el *Cara al sol* de hace unos días en el fusilamiento del «Ausente». El himno nacional borrando el himno falangista como el viento terral borra el viento garbí o el solano, o a la inversa. Se llega a pensar que Franco ha organizado esta función sólo para que le toquen el himno, después de lo ocurrido en las últimas semanas.

Ya en las despedidas, Franco se lo dice a Serrano, como distraídamente:

—Mañana mismo salgo para el frente, Ramón. Cuídate de todo.

(Decían ya «el frente», a estas alturas de la guerra, dando por supuesto que era el de Madrid.) Montes, lírico, cínico, pícaro, se cura de zarzuelas, solo en la madrugada, con el Alighieri, *e vidi dietro a noi un diavol nero correndo su per lo scoglio venire, ahi, quanto egli era nell'aspetto fiero!*

¡SOLDADOS DEL EJÉRCITO rojo que estáis en las trincheras de enfrente!: a vosotros vengo enviado directamente por el Generalísimo Franco, el Jefe del Estado, el Caudillo Nacional, el que me ordena venga a deciros lo que voy a deciros. Escuchadme, pues, empiezo a hablaros: ¿por qué es superior al vuestro nuestro Ejército? Bien lo debíais de saber, si es que a vosotros llegasen las noticias de la verdad: por el mando de Franco, por los generales que le siguen, todos caballeros, todos hombres de honor a través de una vida sin mácula, valientes, honrados y leales, por el heroísmo de sus tropas...

Frente de Madrid, 28 de enero de 1939, trincheras de Carabanchel Bajo, barrio del Comercio. Franco, bien aforrado de generales, entre ellos el general Asensio y el general Ponte y Manso de Zúñiga, jefe del Primer Cuerpo del Ejército. Millán Astray, con legionario descamisamiento de enero, a través del altavoz que le sostiene un soldado, pronuncia su alocución al enemigo. Franco, en su urgencia por tomar la ciudad, trata de desmoralizar a las tropas rojas y conseguir la rendición inmediata. El hombre lacónico y fanático de la acción, ahora apela a la retórica elemental y legionaria de Millán Astray.

—¡Madrileños! ¡Españoles! Soldados y milicianos rojos de todos los frentes: vengo por orden de mi Caudillo Franco, aquí cerca de vosotros, para deciros lo que Franco me ordena que os diga. Estoy con los generales, con los jefes y soldados que vosotros conocéis por ser los que tenéis enfrente. Franco me ordena os diga, y éstas son sus mismas palabras: «Sean para todos mis palabras anuncio de liberación, ofrenda de perdón y de paz.» Este mismo ofrecimiento ha sido siempre hecho por Franco en los momentos de sus victorias decisivas. Y sus generosas palabras han sido desatendidas por vuestros jefes. Así hizo ante Bilbao, ante Santander, ante Gijón, en Aragón y en Tarragona, antes de entrar victorioso en Barcelona. Franco dice: «Nuestra victoria es militar, económica y política.»

La voz desatentada de Millán Astray, llena de picos y de fallos, monstruizada por el altavoz, suena como amenaza deshumana (el tono traiciona las palabras) en la soledad y el silencio de este Madrid final, extenso, vacío, pobre y bombardeado. Como hay fachadas caídas, casas con las alcobas al aire, se diría que el legionario habla para una ciudad muerta, para una ciudad de comedores con el aparador roto y cuartos infantiles con las muñecas huérfanas de niña. Hay una cosa como pompeyana, de una Pompeya minuciosa y mesocrática, en este Madrid mineralizado por la lava incesante de la guerra. Hay como una hospicianía de los muebles y la mecedora del balcón en esta ciudad cuyo nombre, Madrid, no es sino una palabra mítica y sangrienta, perdida y en cenizas que se ha llevado el viento de enero.

Millán Astray quizá espera que, a la magia de su palabra, los rojos y los milicianos salgan saltando de los sacos terreros y los quicios más estratégicos, tirando el fusil romántico, atado con un cordel, y gritando viva España. Pero la mañana (han viajado toda la noche, durmiendo en el auto o velando con café legionario, cruzando una España en raigones que también ha perdido su nombre) es una mañana fría y hermética, donde sólo asoma su bayoneta el viento del Guadarrama, y Carabanchel es un inmenso nido de silencio, ese silencio populoso y peligroso que se adivina cargado del hermetismo desesperado de un pueblo.

Aquí mueren los viajes del agua, del telégrafo, del teléfono, del tranvía. Aquí muere Madrid deshilándose en flecos de sed, electricidad y abandono. Los Carabancheles, ciudad sagrada del marxismo, agonizan alevemente, como un enorme cuerpo irreconocible y deshumano, en una tienda vacía que pone Alquiler de trajes de smokings, chaqués y fracs, en un bar que ya no existe y donde dice Se compra pan duro, en un alto balcón sin cristales donde se lee Casa Antón, posada. Carteles de toros y de la CNT.

Franco mira Madrid a través de sus prismáticos de campaña y alcanza a ver, remoto, el rascacielos de la Telefónica. Todos los obuses que enviaba contra la Telefónica iban a caer en la glorieta de Bilbao, o sea un poco desorientados. Los madrileños, a quienes la propia muerte torna muy ocurrentes, a la glorieta de Bilbao la llamaban el guá. Franco recorre con los prismáticos el caserío apaisado y manchego de este poblachón enorme, imperial y misterioso que se viene resistiendo a todo y a todos durante siglos, como se le ha resistido a él (aunque no tanto como dice la radio roja). Napoleón, los carlistas, todos los pronunciamientos, asonadas y cuartelazos del XIX, y ahí sigue Madrid, ocioso y terne, jarrapellejos del invasor siempre que hace falta, y tomando café en sus mil cafés entre invasión e invasión. Por el otro lado, por la Universitaria y la Casa de Campo, por el Puente de los Franceses, ya están los moros haciéndose té moruno antes de atacar. Pero Franco va a dejar que otros generales entren en Madrid. Él se va a ir a Toledo a liberar a Moscardó en el Alcázar. Esto no se lo dice a nadie. Franco lleva estas cosas en la sangre y da primacía a una victoria militar, el Alcázar, sobre una victoria civil, Madrid. Aparte que quiere anexionarse la gloria de ser el libertador de Moscardó.

Los raíles del tranvía, muriendo entre adoquines como dos hilos de agua plateada. Las líneas de la luz y del teléfono, colgando de un poste torcido y herido por un refilón de obús en su corazón calcinado y de madera. El viento guadarrameño de enero es como una respuesta de la nada, respuesta silbante y fría, cuchillo de cielo, al mitin para nadie de Millán Astray. Franco deja caer los prismáticos sobre el pecho y habla en voz alta para sí mismo:

—A éstos les voy a dar un invierno duro y para la primavera entramos en Madrid.

La Dacha, septiembre 1990

Impreso en el mes de septiembre de 1991
en Talleres Gráficos DUPLEX, S. A.
Ciudad de Asunción, 26
08030 Barcelona